鍋奉行犯科帳

お奉行様の土俵入り

田中啓文

集英社文庫

目次

本文デザイン／原条令子
挿絵／林　幸

鍋奉行犯科帳

お奉行様の土俵入り

餅《もち》屋《や》問《もん》答《どう》

第一話

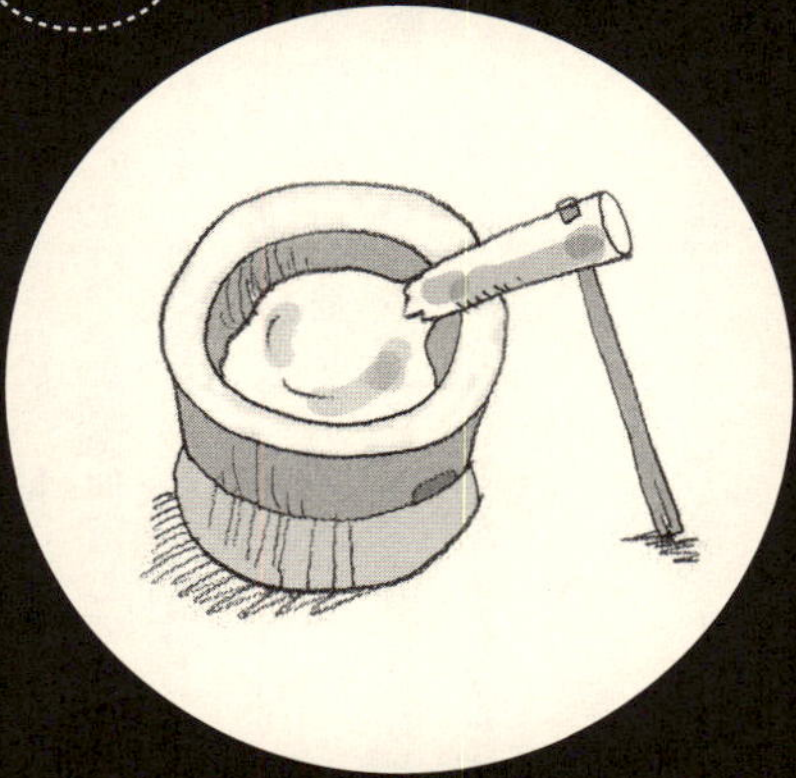

1

剃刀《かみそり》のように鋭い北風が真っ向から吹いてくる。皆が顔を伏せ、袖で風を遮りながら、縮こまって歩いている夕暮れの町を、ひとり顔を高く上げ、背筋を伸ばして闊歩《かっぽ》するものがいる。右手に剣術の道具を抱え、左手に着替えを入れた風呂敷包みを持ち、わざと寒風を迎え撃つようにまっすぐに歩む凛《りん》とした姿は、人目を引かずにはおれない。岩坂《いわさか》三之助《さんのすけ》道場の一人娘、小糸《こいと》だ。父親に代わっての出稽古の帰りなのである。

中之島《なかのしま》から栴檀木橋《せんだんのきばし》を渡って、北浜《きたはま》から屋敷に戻ろうというのだが、橋のたもとにだれかが座り込んでいる。痩せこけた若者だ。この寒空に、浴衣《ゆかた》一枚で震えながら、膝を抱えてうずくまっている。

「どうかしたのですか」

急な病で動けないのかと思わず声をかけると、若者はぼんやりした顔を上げて、

「腹……減った……」

小糸は呆《あき》れた。ただの空腹なのか。

「この近くに、業突屋《ごうつくや》という『お決まり』を出すお店があります。そこのお婆《ばあ》さんは怖いけど、味はいいし、安いですよ。連れていってあげましょうか」

「金……ない……」

「もちろん私が出しますよ。さあ、行きましょう」

だが、若者は動こうとしない。

「立てないのですか」

「いや……どうせ食うなら……餅のほうがいい」

またしても小糸は呆れた。動けないほど空腹なのに、しかも、ひとにおごってもらうのに食の好みを言い出すとは。だが、考えてみれば、どうせ食べるのなら好きなもののほうがいいに決まっている。小糸はふと、あるお方のことを思った。人生のすべてを食べることに捧《ささ》げているあのお方なら、おそらくどんなに空腹でも、食べるものをいいかげんに選んだりしないだろう。

「わかりました。お餅ならたしか近くに焼き餅の屋台が出ていたと思います。そこに参りましょう」

「おおきに！」

若者は立ち上がった。立ってみると、かなり背が高い。

「お名前は？」

「ハルスケ」

「お仕事は？」

「ない。あったら……ひもじい思い……してない」

理屈である。昨今は、職にあぶれる若者が増えているというが、彼もまたそのひとりかもしれない。

幸いにも、浮世小路《うきよこうじ》に餅屋が小さな屋台を出していた。できるものは、磯辺焼きときなこ餅の二種しかない。餅は小ぶりだが、ひとつ五文とけっこう高い。糯米《もちごめ》が高額だということもあるが、蒸してから搗《つ》いて丸めて……という手間のかかる餅は、なかなかのぜいたく品なのである。

「磯辺焼き、くれ」

ハルスケと名乗った男は、屋台に両手を突いて、店の親爺《おやじ》にそう言った。

「いくつしまひょ」

「いくつある？」

「今日はよう売れましたさかい、えーと、残りは三十個ほどだすけど」

「みんなくれ」

「えっ、おふたりで三十個だすか」

小糸が後ろでかぶりを振り、

「私はいりません。そのものに三十個、焼いてあげてください」

そう言いながら、小糸は財布にいくら入っていたかを思い出そうとした。今日は、代稽古に行くだけだから、ほとんど持ち合わせがない。

「あんた、ほんまに餅三十個ひとりで食いまんのか」

「百個でも食う」

「ひえーっ」

屋台の親爺は、カンテキで餅を焼き出した。若者は、食いつくような目つきで親爺の手もとを見つめている。

「そんなに見やんかて、餅は逃げやしまへんで」

「そやない……餅を……焦がさんよう……見張っとるんや」

「わしの店でわしの餅をわしが焦がしたかてわしの勝手だっしゃろ」

「いや……餅は……神さんのお食事や。焦がしたら……罰《ばち》当たる」

親爺は憮然《ぶぜん》としたが、餅をひっくり返す手はとめない。やがて、ひとつがこんがりと焼き上がった。醤油《しょうゆ》をさっとつけ、海苔《のり》を巻き、皿に載せるやいなや、その餅は皿から消えた。ハルスケが口に放り込んだのだ。熱いはずなのに顔色ひとつ変えず、

「美味《うま》い」

ぼそりとそう言った。

「そうだっしゃろ。この餅は、わしが丹精込めて朝から……」

「早《はよ》う……焼け」

「へえへえ」

二つ目もひと口で食べた。おそらく噛《か》まずに飲み込んでいるのだろう。どんどん焼けていく餅を、若者は片っ端から口に放り込んでいく。しまいに両手でひとつずつ摑《つか》み、交互に口に入れる。同時に幾つもの餅を口に押し込む。頬が膨れて、顔が餅そのもののようだ。なくなるとつぎの十個を焼く。そして……食う、食う、食う。三十個あった餅がみるみるなくなっていく。もう半分だ。あと十個……五個……三個……。

その食いっぷりを見ながら、

(私が食べさせてあげられるのは一度だけ。明日からどうするのだろう……)

そんなことを小糸は思ったが、若者は目の前の餅のことで頭がいっぱいのようだ。たちまち三十個の餅を食べてしまうと、

「もうしまいか。一年ぶりに餅食うた。おおきに」

小糸に向かってぺこりとお辞儀をした。つづいて餅屋の親爺にも、

「おおきに」

とお辞儀をした。小糸は餅屋に金を払った。ぎりぎり足りたので恥を搔《か》かずにすんだ

が、財布にはもう二文しかない。

「では、私はこれで……。寒いから風邪《かぜ》を引かないように気をつけてください」

「ああ、餅食うたから大丈夫。餅は力がつく」

若者はそう言って笑った。なんの案じごともない顔つきだった。その笑顔に釣り込まれて小糸も微笑《ほほえ》み、軽く会釈してその場を去ろうとすると、

「あ、ちょっと……」

「はい？」

「どこか……雇うてくれるとこ、知らんか」

「働きたいのですね」

「口入屋《くちいれや》に行っても……請け人がないので……断られる」

「知り合いにきいてみます。どこでもいいの？」

「いや……餅が……食えるところがいい」

小糸はずっこけそうになったが、

（餅……もしかしたら、あそこなら……）

ひとつだけ心当たりがあった。

◇

どれすっ！
ごしっ！
はむっ！

まるで餅を搗いているような小気味の良い音が、土俵の四方に響き渡る。大坂西町奉行大邉久右衛門《おおなべきゆうえもん》は身を乗り出して力士たちの稽古を見やった。彼は「布袋和尚《ほていおしよう》」のように肥え太り、上背もある。まるで彼自身が相撲取《すもう》りのようである。すでに六十歳を超えているが、肌はつやつやとして血色が良く、頭取というより現役力士でも通りそうだ。四角張った顔面も雄大で、額は狭く、眉毛は濃く太く、鼻は岩のごとく、唇は分厚く座布団のごとく……どう贔屓目《ひいきめ》に見ても、相撲取りとしては悪役に属するだろうと思われた。

「こらあ、岩角《いわかど》！　もっと腰を落として脇しめんかい！」

藤川《ふじかわ》頭取が、先がささらに割れた竹刀《しない》で土俵を叩《たた》く。彼もかつては関脇岩窟《がんくつ》として四季勧進相撲の番付を賑《にぎ》わせた浪花《なにわ》の名力士であり、今はこの藤川部屋の頭取として若いものを育てるのに一生懸命である。

「こらあ、岩塩《がんえん》！　引いたらあかんて何遍言うたらわかるんじゃ。前へ前へや！　こらあ、岩魚《いわな》！　足がふらついとるぞ。昨日の酒が残っとるのか！　やめてしまえ！」

岩窟の叱咤《しった》に、力士たちは必死に稽古を続ける。久右衛門は、徳井町《とくいまち》の種物問屋「蓬《ほう》莱屋《らいや》」の主人で、この藤川部屋を贔屓にしている蓬莱屋仙右衛門《せんえもん》に誘われ、たびたび朝稽古を見物に来ているのだ。近頃は今日がまさにそうであるように、蓬莱屋抜きでひとりで来ることもあった。それほど相撲が好きなのか。もちろんそうではない。久右衛門の楽しみが稽古が終わったあとの飲み食いにあることは言わずと知れたことだ。とはいえ、はじめは相撲そのものにはなんの興味もなかった久右衛門だが、ようようその面白さに目覚め、技や決まり手などについてもそれなりにわかるようになってきたところだ。

ようよう稽古が終わり、料理番の力士によって食事が運ばれてきた。一本を六つほどに大雑把に切った大根とイカの煮付け、油揚げとコンニャクを丸のまま焼いてすりおろした生姜《しょうが》と醬油を掛けたもの、寒鰤《かんぶり》の塩焼き、刺身、鰤の粗《あら》で出汁《だし》を取った白ネギと里芋の味噌汁《みそしる》……などがどれも大皿に山のように盛られている。

「おおっ、美味そうじゃ！」

久右衛門は目を輝かせながらそう叫んだ。もともとこういった手間をかけない、豪快で大振りの料理が好みなので、相撲部屋の素朴な献立がどんぴしゃりに合ったのだ。飯もこせこせせず、丼にてんこ盛りによそってあるし、なんと酒までも丼でいただく。久右衛門は遠慮は一切せず、出されたものを片っ端から食らい、飲み、嚥下《えんげ》し、そのたびに「美味い！」を連発した。毎度のことながら、まるで「料理との立ち合い」に挑んでいるようなその姿に藤川部屋の力士たちもわけのわからない感銘を覚えるのだった。

「お奉行さまはよう食うし、よう飲まれる。たっぷり支度しておいても足らぬぐらいじゃ。わしも昔は身体《からだ》を作らねばと一升飯に一升酒をかかさぬころもあったが、今はもう雀《すずめ》が餌を食《は》むようなもの。とてもお奉行さまには敵《かな》いもさん」

藤川頭取が感心したように言うので、

「わしが来ると費《つい》えがかかって困るであろう。また、差し入れで埋め合わせいたすゆえ辛抱してくれ」

「なんの、わしらはお奉行さまが来てくださって喜んでおるのです。お奉行さまの食べっぷり飲みっぷりを見ていると、こっちまで腹が空いてくる。おかげで食の細かった若いものもよう飲み食いするようになりもした」

真顔で言う藤川頭取に、

「そういうものかのう」

まんざらでもない顔で久右衛門はさらに丼を重ねた。

「おまえたちと飯を食うておると、食べ過ぎ飲み過ぎは身体に毒とかいうくだらぬ世迷《よまい》言《ごと》に耳を貸さずに済むのがうれしいわい」

「いえ……わしらが見てもお奉行さまは少し食べ過ぎ飲み過ぎかと……その……」

「うわっはっはっ……それは褒め言葉と受け取っておこう。さあ、お代わりじゃお代わりじゃ」

　笑いながら久右衛門が丼を給仕役の力士に突き出したとき、

「あああ……えらいことになってしもたがな……」

　案内も請わずにひとりの初老の町人が稽古部屋に入ってきた。身だしなみも良く、風采も立派で、いずれかの大旦那と思われた。

「なんじゃ、浜辺屋《はまべや》はんやないか。どないぞしたんか」

　浜辺屋と呼ばれた男は、久右衛門をちらと見て軽く会釈すると、藤川頭取に近寄り、声を落とした。

「溺海《おぼれうみ》が襲われたらしいわ」

「なんやと！」

「下のもん連れて部屋から散歩に出たとき、川端で侍が斬りかかってきたそうや」

「え、えらいこっちゃがな。怪我《けが》は？」

「さいわい、付き人が大声上げたんで、そのまま逃げてしもたらしいけど、あれは間違いなく酒井《さかい》家のやつらやろ」

「お、おい、うかつなこと言うたらいかん」

「なんでや」

「ほれ……ほれ」

藤川頭取はしきりに久右衛門をこっそり指差すのだが、その意味が浜辺屋には伝わらないらしく、

「かまへんやないか。大っぴらには言えんことやが、相撲に携わるもんならだれでも知っとることやないか」

「ちがうのや。あのお方……あっちを見い」

「どないしたんや。あのひと、見かけん顔やが、どちらの部屋のお方や」

「あ、アホ。おまはん知らんのかいな。西町奉行の大邉久右衛門さまや」

「どひぇーっ！」

浜辺屋は思わず知らず大声を出し、自分で自分の口を塞いだ。

「ま、ま、まさか……あんなでっぷりしたお方が相撲部屋で朝から大酒飲んでたら、どこぞの部屋の古参力士やと思うがな。こ、これはいかん。今の話、黙っといてや」

「わかっとる。今度の花相撲、無事に済んだらええけどな」

「わてもそのことばっかり考えとる。ほんまえらい災難やで。ああ、なにとぞなにごともなく興行が終わりますように……」

浜辺屋はそそくさと稽古場を出て行った。出て行きしなに、ちらと久右衛門の顔を見やったが、久右衛門がぐいとひとにらみすると怯《おび》えたようにあさっての方角を向いた。

「今の男はなんじゃ」

久右衛門が藤川頭取にたずねると、

「大坂の相撲贔屓筋のひとりでな、たまに花相撲の勧進元も務めてござる干鰯《ほしか》問屋のご主人じゃ。わしらの長年の仲間ですわい」

「そうであったか。で、わしに黙っておく話というのはいったいなんじゃ」

藤川頭取はずばり問いただされて、なにかを言おうとする気配もあったのだが、最後に踏みとどまったらしく、

「いや、なあに……お奉行さまの耳に入れるようなことではありもはん。ほれ、勝負事につきものの、どちらが勝ったどちらが負けたの争いというやつで、愚にもつかん話じゃ」

藤川頭取は薩摩《さつま》の出なので、大坂言葉に薩摩弁が入り混じる。

「溺海がどうとか言うておったが……」

「浜辺屋はんが贔屓にしとる鰯雲《いわしぐも》部屋の部屋頭《へやがしら》ですわい。また今度、折があったらお引き合わせいたします」

「ふむ、さようか。なにか困りごとがあるなら奉行所まで言うてまいれ」

まあ、強いてはきくまい。いずれわかる日も来るだろう。そう思いながら久右衛門はがぶりがぶりと酒を飲み続けた。このときは「その日」があれほど早く来ようとは思ってもいなかった。

包丁のように鋭い寒の風が耳や頬や鼻を削ごうと四方から襲いかかってくる。

「旦那、寒うおまんなあ」

頬かむりをした千三《せんぞう》がそう声をかけたが、勇太郎《ゆうたろう》は応えない。懐手のまま下寺町《したでらまち》を南向きにすたすたと歩いていく。中天にはおぼろ月が寒そうにぽつんと浮かび、星はない。

「旦那はそないして懐手できるさかいよろしいわ。わては旦那のために提灯《ちょうちん》持たなあかん。どうしても右手は出さんならん。これが寒いんだすわ。ああ、寒。おお、寒。今年の冬はほんまに寒いわ。炭代が高《たこ》うついてしゃあない。そう思いまへんか、旦那」

勇太郎は口を結んだままだ。

「こんな夜は盗人《ぬすっと》も出歩きまへんで。気の利いた悪党なら、家のこたつで熱燗《あつかん》で一杯飲んでまっしゃろ。これだけ寒いと火鉢や行火《あんか》では間に合わん。身体の内から温《ぬく》めんとどうにもなりまへんわ。もうこのへんで外回りを切り上げて、どこぞの屋台で燗酒に焼き豆腐かコンニャクでキューッといってもバチあたりまへんで。ねえ、旦那」

「…………」

「旦那て、村越《むらこし》の旦那！」

ようやく勇太郎は千三をちらと見やり、

「うるさいやつだな。しゃべると口のなかが寒いから黙っているのだ。——うっ、寒い。口に北風が飛び込んでくる」

勇太郎はぶるぶるっと身体を震わせると、

「おまえの言うとおりだ。この冷えでは御用が務まらぬ。どこかで身体を内から温めて、そのあとまた町廻《まわ》りに戻ったほうが結局ははかどるというものだ」

村越勇太郎はまだ二十歳を少し過ぎたばかり。代々西町奉行所の定《じょう》町《まち》廻り同心を務める村越家の嫡男である。父柔《じゅう》太《た》郎《ろう》が数年前に病没したのを機に跡目を継いで、同心町の拝領屋敷に、母すゑ、妹きぬ、家僕の厳《げん》兵《べ》衛《え》とともに暮らしている。

「さすが旦那や。ようわかったはる。このままでは凍え死ぬと思てましたんや」

手下《てか》の「蛸足《たこあし》の千三」は、役《や》木《く》戸《き ど》である。大坂町奉行所の定町廻り与力《よりき》・同心が表だった「下聞き」として使うのは、江戸のような「岡っ引き」「下っ引き」ではなく、役木戸、長吏《ちょうり》、小頭《こがしら》といった連中である。彼らを引き連れて、毎日、大坂市中の町廻りを行うのだ。なかでも役木戸は、道頓堀《どうとんぼり》の芝居小屋の木戸番のなかで、お上から「下聞き」に任ぜられたものを言う。千三は、日頃は「大西《おおにし》の芝居」の木戸番を務めるかたわら、水茶屋を営み、また、戯作《げさく》も書くなど八面六臂《はちめんろっぴ》の多才な男だが、勇太郎とは歳《とし》も近いせいか馬が合った。

「でも、このことは岩亀《いわがめ》さまにはくれぐれも内証だぞ」

岩亀三郎兵衛《さぶろべえ》は定町廻り与力のうちのひとりで、勇太郎の上役である。名前のとおり、物堅い性質《たち》で、勤めの途中で酒を飲んだなどと知れたら烈火のごとく怒ることは必定だった。もともとは岩亀同様に真面目《まじめ》な勇太郎だったが、近頃ではこうして要領よく手抜きをすることも覚えた。でないと身体も心も続かないことがわかってきたのだ。定町廻りは目の回るような忙しさで、休む暇などほとんどない。

「わかってま、わかってま。わての口はハマグリより堅《かと》おまっせ」

「そのかわり、煮られたらすぐに開くだろう」

ふたりは軽口を叩きながら屋台を探したが、今夜にかぎってひとつも見当たらぬ。

「あまりに寒すぎて人通りがなく、商いにならないからどこも早仕舞いにしたのだろうな」

「そ、そんな殺生な。そろそろ眉毛からツララが下がりそうやのに。こういう日に早仕舞いするような柔《やわ》なやつらは召し捕ったらどないだす」

「そうはいくか」

「ほな、内から温めるのはどないなりますねん」

「もう少し行ったら酒屋があるだろう。叩き起こして五合ばかり買ってきてくれ」

「冷やで飲まなあきまへんがな」

「この先の会所《かいしょ》で燗をしてもらおう。炒《い》り豆でもあれば、それでこなからずつ飲むとしよう」

「こなから」というのは、なから（半分）のもう半分、つまり四分の一だ。一升の四分の一、二合半ずつ飲もうというわけだ。

「それやったらよろしおま。辛抱しまっさ。酒屋のやつ、売り惜しみしよったら召し捕ったる」

それぱっかりである。

「さあ、張り切って行きまひょか」

「急に元気が出たな」

「へえ、飲めるとわかればこのとおり……」

千三がおちょけて走り出そうとしたとき、

「待て」

勇太郎が彼を制した。

「どないしましたん」

「聞こえないか。ほれ……」

言いながら勇太郎は耳を澄ました。千三もそれにならって四方に耳を立てる。

どお……ん……

ずう……ん……

どああ……ん……

ずず……んんんん……

どこからともなく、低い地鳴りのような音が聞こえてくる。

「あれだっか」

「そうだ。なんの音だかわかるか」

「さあ……なにかとなにかがぶつかってるような……。狸《たぬき》の腹鼓やおまへんやろな」

「あれは秋だろう。この冷え込みに腹を打つ酔狂な狸がいるか？」

ふたりは音の出所を尋ねあてようとその界隈《かいわい》を回ったが、近づいたように思えてもすぐに離れていったり、右から聞こえたり左から聞こえたりとまるでその音になぶられているようだ。寒いのも手伝って、ふたりがへとへとになったころ、その音はやんだ。

「狐《きつね》につままれたみたいでんな」

「さっきは狸と言っていたぞ」

「狸はつまみまへんやろ」

ふたりは小首を傾《かし》げたまま酒屋に寄って頃合いの安酒五合を手に入れ、その足で会所に赴いた。会所というのは江戸でいう自身番であり、大坂でもそう呼ぶこともある。江戸では道のうえに小屋のように建てられているが、大坂では町屋と軒を並べて造られ、屋根には火の見櫓《やぐら》があるので遠くからでもすぐにわかった。定町廻りというのは、市中の要所に設けられた会所から会所へと巡るのが役目であった。

「すまんが、これに燗をつけてくれ。うんと熱ーくしてな」

見知りの会所守《もり》に、藤助《とうすけ》といって、酒屋に借りた通い徳利を示すと、心得顔でチロリに移し替え、銅壺《どうこ》の湯に浸《つ》けた。もう七十に近い年寄りだが、一人暮らしなのでなんでも揃《そろ》っている。米、味噌、醤油はもちろん、鍋、焙烙《ほうらく》、焼き網、椀《わん》、皿、包丁、味噌漉《こ》し、まな板、はては臼や杵《きね》に至るまでないものはない。

「さあ、つきましたで」

日頃はひと肌やぬる燗が良しとされるが、今夜ばかりは熱燗でなければ収まらない。湯呑《ゆの》みに注ぎ、熱熱熱っと言いながら啜《すす》る。ここまで熱くするときは旨味《うまみ》の少ない安酒のほうがかえって良い。

「藤助、おまえも一杯行け」

「へへへ……そのお言葉を待ってましたんや。ちょうだいしまっさ」

藤助は黒い顔に皺《しわ》をいっぱい寄せて、にたりと笑った。

「なにかアテはないか」

「ここにこんなもんが……」

そう言って藤助は水屋からカラカラに乾いたなにかの干物を取り出した。色はどす黒い。

「身欠《みが》きにしんやな。ちょいと焙《あぶ》って、味噌つけて齧《かじ》ったら、渋うて美味いんや」

「ちゃいますけど……まあ似たようなもんだす。硬いけどな、そのましがんでたら、ええ味が染み出てきまっせ」

藤助に勧められるまま、ふたりはその干物を齧った。

「む……これは鮭《さけ》か」

「へえ、そうだす。鮭の干物だす。もとは蝦夷《えぞ》で作られてたらしゅうおますけどな……」

はじめは塩辛いだけだったが、しばらくするとなかから極上の汁が滲《にじ》んできた。そこで熱燗をぐいと飲むと、口のなかが海になった。

「これはよい。いくらでも酒が飲める」

「藤助どん、ええもん知ってるやないか」

「へへへへ。わての秘蔵の肴《さかな》でおます」

藤助は、話し相手がいるのがうれしいのか、ぐいぐいと酒を飲んだ。その様子をじっと見ていた勇太郎が、

「藤助、おまえ、北国の出か」

藤助は手をとめて、

「ようわかりましたな。そうだすねん。庄内《しょうない》の生まれでおます」

千三が目を丸くして、

「へえー、すっかり上方《かみがた》なまりになっとるさかいわからんかったわ」

「へへへへ……もう故郷《くに》を出てから五十年にもなりますさかいな」

「雪国の出なら、寒さには強かろう」

「いやあ、寄る年波で寒さがめっきり堪《こた》えますわ。それに今年の冷えはたがが外れとりますす」

そんなことを言いながら三人が仲良く飲んでいるとき、ふと千三が言った。

「藤助どん、このあたりで妙な音を聴いたことないか」

「妙な……音だっか。さあ……一向に……」

そのとき、風に乗って、
どおお……ん……

ずさああ……

ばあ……ん……

さっきの音が聞こえてきた。

「こ、これやこれや。藤助どん、この音、なんやろ？」

「いやあはじめて聴きましたわ。なんだっしゃろ」

藤助老人がそう言ったとき、

「藤助はん……藤助はん！」

会所の外から声がかかった。藤助の顔色が変わった。

「あ……今、町廻りの旦那が来てはるさかい、あとにしてんか」

「なにを言うてんねん。旦那がいてはるんやったら好都合やないか。入れてもらうで」

入ってきたのは数人の町人たちだった。彼らは勇太郎に向かって頭を下げてから、

「藤助はん、またやねん。さっき怒鳴り込んだらしばらくやめよったけど、なんぼ言うてもあかんわ。うるそうてわしら寝られへんし、近所迷惑や。なんとかしてくれ」

「わしに言われても……」

勇太郎が訝《いぶか》しげに、

「なんの話だ」

町人たちのひとりが進み出て、

「旦那もお聞きになってはると思いますけどな、清楠寺《せいなんじ》の境内から、夜な夜なあんな風にどでかい音が聞こえてきますねん。やかましゅうてかなわんさかい、たびたび和尚《おっ》さ

んに文句言いに行ってますのやが、夜は寺の門を閉めるのが仕来たりとか抜かして、なかに入れよらん。塀の外から見たら、三抱えもあるクスノキがてっぺんまで揺れよるんだ。怖い怖い。これが毎晩やからたまりまへん。早うあの坊主を引っくくっとくなはれ。町役ともどもも何遍もお奉行所に申し入れたのに、言うたらなんですけどな、お奉行所も手当てがのろ過ぎるのとちがいますか」

「いや……俺はなにも聞いてないぞ」

男たちは顔を見合わせた。

「え……？　わてら、ちゃんと町廻りのお役人に伝えてくれよ、て言いましたけどな」

「だれにそう言ったんだ」

彼らは藤助を指差した。藤助は乱杭歯《らんぐいば》を剝《む》き出して、ひっひっひっ……と笑い、

「す、す、すまんすまん。忙しゅうて今まですっかり忘れとったんや」

「ええ加減にしてくれや、藤助はん。会所守の給金はこの町内から出とるんや。ちゃんと仕事してくれんと、クビにするで」

「そないきつう言わんかてええやろ。うっかりしただけや」

その話のあいだも、

ばすう……ん……

どぅ……ん……

だだあ……ん……

激しい音が寒気を突き破って聞こえてくる。

勇太郎は、酒の最後のひと口を飲み干すと立ち上がった。会所の表へ出ると、さっきよりも強い風が地面から湧き起こるように吹きすさんでいる。千三が身体を縮こめると、

「ああ、せっかく温もったのにわやや」

「御用だ。辛抱しろ」

「よし、行こう」

皆の手前そう言ったものの、勇太郎もあまりの寒さに歯の根が合わない。町内の男たちの先導で、ふたりは清楠寺へ向かった。松屋町筋《まつやまちすじ》の東から谷町筋《たにまちすじ》の左右にかけて、このあたりは大坂でもっとも寺が集まっているところだ。こんなにいらんやろ！　と言いたくなるぐらいに大小の寺がひしめいており、村越家先祖代々の墓がある菟念寺《ずくねんじ》もすぐ近くにある。

清楠寺は谷町筋の西側にある浄土真宗の寺だった。近づくにつれ、

どおお……ん……

ずだあ……ん……

という音はどんどん大きくなっていく。

「これはたしかに迷惑だな」

「そうだっしゃろ。だれでもそう思うわ。それやのにここの坊主……」

千三は寺の門を叩いた。

「御用の筋や。開けてんか」

返事はない。千三は叩く手にいっそう力を込める。しつこく続けていると、ようよう内から声がした。

「いかに御用の筋とは申せ、かかる夜半にご訪問とはいささか不躾《ぶしつけ》でありまっしょう。日を改めて、明日《みょうにち》お越しなされよ。無論、寺社奉行の許しを得てからな」

勇太郎が進み出ると、

「不躾と言うなら、こんなうるさい音を立てるほうがずっと不躾だろう。町役一同揃って公事《くじ》沙汰《ざた》にすると言っているぞ。そのまえにお互い、穏やかに話し合いをしたほうが得策ではないのか」

ややあって、門のくぐりが開かれ、なかから困り顔の僧が現れた。五十がらみの、温厚そうな人物で、町奉行所に楯突《たてつ》くようには見えない。勇太郎は頭を下げると、

「西町奉行所定町廻り同心村越勇太郎です」

「拙僧は、この寺の住持を務める真西《しんざい》と申します。あなた方が来られたるわけは……」

そう言いながら、彼は後ろを振り返った。例の音は一向にやむ気配もなく聞こえ続けている。

「あれでございまするな」

「そうです。あの音をとめていただきたい。せめて夜半だけでもお願いできませんか」

横合いから町内の衆が、

「そやそや。わてら寝不足で商いに障るねん」

「堪忍してや。うちら豆腐屋で朝早いねん」

住持はうなずき、

「わかり申した。拙僧とて、ご近所の皆さま方の安眠を妨げるのは心苦しい。あの音の理由《わけ》をご覧いただきまするゆえ、こちらにお越しくだされ」

真西の案内で、一同はぞろぞろ境内へ入った。その隅に、樹齢幾百年とも知れぬ巨大なクスノキがある。天に届くようなその樹の根もとに、ひとりの裸の若者が腰を落とし、幹に向かって一心不乱に張り手を食らわせている。

「鉄砲や……」

千三が言った。

「相撲の稽古で、腰を落として、柱に突っ張りを繰り返すことだす」

若者の肩や腕、首などは瘤《こぶ》のように盛り上がっているが、肉付きは悪く、どちらかというと痩せ型の、貧弱な体軀《たいく》である。褌《ふんどし》ひとつの姿なのに、この極寒のなか、その全身から滝のような汗が流れ落ちている。その凄《すご》みあるさまに勇太郎はいっとき寒さを忘れた。若者の横には、同じように褌一丁の姿に浴衣をひっかけただけの男がふたり、腕組みをして立っている。

「おい、弱法師《よろぼし》、しばらく休みなされ。ご近所の衆が来られとる」

住持に言われて若者は鉄砲をやめると、勇太郎たちのほうを向いて一礼し、目の粗い布で滴る汗を拭った。真西は三人を指差すと、

「このものたちは、弱法師、嫋《たおやか》、搦山《からみやま》と申しまして、鰯雲部屋の力士たちでございます」

「鰯雲部屋? ああ、阿弥陀池《あみだいけ》の近くにある小さな部屋やな」

相撲好きの千三は知っているようだが、勇太郎は聞いたことがなかった。

「弱法師、嫋、搦山……どの四股名《しこな》にも『弱』という字が入ってる。そんな相撲取りはだめだろう」

弱法師が頭を掻きながら、

「なんのことだ」

「親方が鰯雲いう名前ですので、うちの力士には皆、弱という字を入れることになっとり申す」

真西は皆を、本堂の奥にある小書院に招き入れると、

「さて……なにから話せばよいのか……」

天井を見上げ、ぽつりぽつりとしゃべりはじめた。

「鰯雲部屋は、もともと阿弥陀池あたりにありましたが、まあ……いろいろござりましてな、借りていた家を出て行かねばならぬことになりました。吹けば飛ぶようなちっぽけな部屋ではあれど、大名のお抱えになることなく、大坂の町人、商人衆の贔屓筋が持ち寄った金でどうにかこうにか細々と続いておりましたのやが……」

当時、関取というのは、相撲好きの大名に召し抱えられて、扶持《ふち》をもらうのが当たり前だった。横綱として名高い谷風梶之助《たにかぜかじのすけ》は仙台伊達公《だてこう》の、同じく横綱免許の小野川喜三郎《おのがわきさぶろう》は久留米《くるめ》の有馬公《ありま》の、そして今もっとも強いと言われている雷電為右衛門《らいでんためえもん》は雲州《うんしゅう》松平不昧公《ふまいこう》に抱えられ、士分（たいていは足軽）として米や金、刀、高価な化粧まわしなどを拝領している。

大名たちは、おのれがいかに強く立派な力士を家来にしているかを自慢し合い、参勤交代の折などに彼らを存分に着飾らせて、街道の人々の目を引くことが無上の楽しみだったのだ。

江戸で二場所、大坂、京でひと場所ずつ、都合年四度行われる「本場所」に、そういった大名のお抱え力士を出場させるには、勧進元や頭取が大名家に「力士拝借願」を出してお伺いを立てなければ番付が組めなかったのだ。自然、大名家同士の意地の張り合いも多くなる。そうなると「うちの抱え力士をもっと上の位につけろ」とか「うちの力士が負けるなどありえない、今のは勝負無しだ」とかいったわがままを通そうとする大名家も出てくる。もちろん、殿さま本人が表立って言い出すわけではない。家来たちが勝手に殿さまの意を酌み、また、阿諛追従《あゆついしょう》として、そういうことをしでかすのだ。そして、勧進元もその無理を聞かざるをえない……というのは、大名が臍《へそ》を曲げて、

「今後、当地の相撲興行にわが抱え力士を貸し出すこと一切罷《まか》りならぬ」

と言い出したら、番付が組めなくなる。せっかく勧進相撲開催の許しが下りても（相撲興行の許しは寺社奉行の務めである）、顔ぶれを揃えることができず興行をあきらめざるをえなくなるのだ。

大名の威光を笠《かさ》に、威張りくさる力士の多いなか、大坂の町衆の贔屓だけで成り立っているというのはすばらしいことではないか、と勇太郎は思った。

「なかでも南堀江《みなみほりえ》の干鰯屋浜辺屋のご主人が、鰯雲の『鰯』という字が干鰯に通じるゆうてえらい気の入れようでな、仕事そっちのけで肩入れをしておられるが、干鰯屋というのも大坂干鰯屋仲間に属する干鰯問屋と仲買だけでも二百五十もあって、なかなか

利の薄い商いらしく、船場《せんば》の大商人《おおあきんど》のように化粧まわしに何百両使《つこ》うた、飲み食いに何十両出した……というわけには参りませぬ。今の鰯雲部屋の店賃《たなちん》と力士たちの食の費えを捻《ひね》り出すのがせいぜいでござります」

干鰯というのは、獲《と》れ過ぎた鰯を干して綿や菜種の肥やしとして用いるものだ。

「かかる逆境にもめげることなく、鰯雲頭取は門人への稽古を怠らず、その甲斐《かい》あって、部屋頭の溺海は江戸の本場所でも小結《こむすび》につけることができました」

「すごいがな。部屋にひとりでも関取衆がおる、ゆうのは立派なことやで」

千三がほめると、

「さよう。溺海は、拙僧の贔屓目で見てもこれがなかなか強い。雷電とまではいかずとも、不知火《しらぬい》、陣幕《じんまく》あたりとは肩を並べる力がある。しかも、心根が良く、だれからも好かれる。阿弥陀池のころは部屋に稽古場があったゆえ、貧窮していても毎日存分に稽古ができたが、今の部屋は周防町《すおうまち》の裏長屋で、稽古どころか大声を上げることも、いや、力士たちが寝る場を割り振ることすらむずかしい」

「——え？　今、なんちゅうた？　部屋が……裏長屋にある？」

千三はききとがめた。真西は情けなさそうに、

「ほかに頭取ひとりと力士六名の七名が住めるところが見つからなかったのじゃ。広い家は店賃も高くてのう……」

「では、稽古はどこでやっておるのだ」

　勇太郎がきくと、弱法師が答えた。

「長屋の井戸端に棒で土俵を描き、そこでやっちょるのでごんすが、頭取には相撲がセコうなったと叱られとります。もすこし広々したところでのびのび稽古しとうごんす」

　勇太郎は、裏長屋の狭苦しい路上で大男たちが、カンテキや洗濯もののあいだで身を細うしながら四股《しこ》を踏んでいる光景を思い浮かべた。まわりからは滑稽に見えるだろうが、本人たちはさぞかし情けない気持ちだろう。

　町人のひとりが、

「ほな、この寺の境内でクスノキ相手に鉄砲しとったのは……」

「へえ、お恥ずかしい話でごんすが、長屋には鉄砲柱もごわせんので、皆さま方のご迷惑を顧みず、夜半にこちらで鉄砲をさせていただいとりました。まことに申し訳ごわせん」

　三名の力士が頭を下げ、真西も横合いから、

「彼らも、なんとか強くなって、部屋に尽くしたい一心でやったこと。堪忍していただきたい」

「い、いや……そういうことやったらええのや。わてらただ、夜中に寺からやかましい音が聞こえてくるさかい怒ってただけや」

「いきさつがわかったら一向にかまへん。――なあ、そうやなあ」

「最初《はな》から話してくれとったら、こんなことせんですんだんや」

　町人たちが口々に言うと、真西は涙を浮かべつつ、

「この三人は、部屋頭で小結の溺海の身体を作るために、おのれらの分の飯を溺海に回しており、それゆえこのように痩せこけておるのです。かくいう拙僧も、微力ながらも差し入れや金の融通をさせてもろおておりますが、なにしろお布施の少ない寺にて、思うほどのことはできず……」

「寺を稽古場として、タダで貸してやればええがな」

「そうしたいのはやまやまなれど……そうはいかぬ子細がござる」

「その子細とは……」

　住職は苦渋に満ちた顔つきになり、

「それは故あって申されませぬのじゃ。――ともかくも今、鰯雲部屋は存亡の瀬戸際にございます。なにとぞ有形無形のお力添えをお願い申し上げまする」

　町人のひとりがぽーん！　と胸を叩き、

「よっしゃ、わかった。これに加勢せなんだら大坂人の名折れや」

「もっと早う言うてんか。わしらでできることはなんぼでもさせてもらうで」

「そやそや。ああ、うちの庭がもうちょっと広かったらなあ。稽古場に使うてもらえる

「そのお気持ちだけで過分でごんす。戻って、頭取に話したらどれほど喜ぶことか……」

「わしかて、あったら貸すわい」

そのやりとりを聞きながら三人の力士たちは太い腕で涙を拭い、

「ないけど、あったら貸す。どんどん貸す」

「アホ、おまえんとこ、庭なんかないやないか」

のになあ」

こうして「深夜清楠寺騒がし一件」は無事片付いた。

勇太郎と千三は震えながら帰路についた。酒の酔いはすっかり醒《さ》めてしまい、もはやどこにも残っていない。

「蓋開けてみたらええ話でよろしおましたな。やる気のある若い力士ばかりで、あの部屋、これから楽しみですわ。もうちょい肥えてくれたらええんやけど……あれでは地力が足らんわなあ。相撲取りはなんちゅうたかてアンコ型、これに限りますわ」

相撲好きの千三はいろいろと思うところを口にしたが、勇太郎は懐手のまま、

「どうもよくわからんな。いくら貧乏な部屋でも、もともとの稽古場を追い出されたり、金がなくて部屋頭に食べ物を回す、みたいなことがあるのか」

「さあ……どこの部屋もたいへんらしいでっせ。大名も金がのうて、見栄やら道楽のた

めに力士を抱える、なんていう贅沢《ぜいたく》はなかなか許されん。近頃では、お抱えにすると扶持がいるさかい、『お出入り』ゆうて屋敷への出入りを許すだけの名ばかりのお抱えもあるらしいですわ」

「ケチくさい話だな。——このあと奉行所に戻って明け番と交替したら、どこかでパーッと飲み直すか」

「地の果てまでもお供します！」

千三は即答した。

◇

というようなことがあって、勇太郎が屋敷に戻ったのは夜が白々明けかかったころだった。母親のすゑや妹のきぬに見つかったらなにかと面倒くさいので、勇太郎は家僕の厳兵衛を起こしてくぐり戸を開けさせ、抜き足差し足で邸内に入り、すぐに着替えると、茶の一杯も飲まずにそのまま布団に潜り込んだ。

目が覚めた。部屋に差し込む陽光の具合では、もうじき昼まえだろう。いくら非番でもそろそろ起きないと世間体が悪い。喉が渇くので、水瓶《みずがめ》から柄杓《ひしゃく》で水を飲もうと台所に向かうと、居間のほうから話し声が聞こえてきた。

「いやあ、立派なもんやなあ」

すゑの声である。かつては難波新地《なんばしんち》一の美妓《びぎ》と言われた芸子《げいこ》で、勇太郎の父柔太郎と一緒になり四十歳を過ぎた今でも、はんなりとした色気を保っている。

「これが、荒狼牙之助《あらおおかみきばのすけ》かいな。上背はあるし、恰幅《かっぷく》もええし、なにより男前やわあ。苦み走ったええ男」

「そうだっしゃろ。すゑさまやったらお気に召すやろと思て持ってきましてん。今、このあたりの相撲取りでいちばんの人気者だっせ。姫路《ひめじ》の酒井さまのお抱えで、お給金もぎょうさんもろてはるそうだす。回向院《えこういん》の本場所でも負け知らずで、この錦絵も飛ぶように売れてる、て絵草子屋はんが言うてはりました」

これは綾音《あやね》の声のようだ。

「けど、小糸さんが持ってきてくれたこのお菓子美味《おい》しいわあ。玄徳堂《げんとくどう》さんの新しい餅菓子、出たゆうのを人づてに聞いて、食べたい食べたいと思てましたんや。遠慮せんとよばれます」

「さきほど店のまえを通ったら、太吉《たきち》殿と見習いのおひとが餅を搗いておられまして、もうすぐ新しい菓子ができあがるのですが試してみられますかと申しますので、一も二もなく買い求めました。その見習いのおひとは、私が玄徳堂さんにお願いして雇っていただいたのです」

まぎれもなく小糸の声だ。ということは三人揃い踏みしているのか？

「つぶあんをくるんだ柔らかい羽二重《はぶたえ》餅と、ざらめを包んだ腰の強いよもぎ餅を、薄く薄く焼き上げた煎餅《せんべい》で巻いてはりますのやな。パリッ、とした口ざわりのあと、ふたつのお餅の味わいの違いがなんともいえまへん。ほんま、ええとこに来たわ」

と、これは綾音だ。つまり、綾音は荒狼とかいう相撲取りの錦絵を持ってきて、小糸は玄徳堂の新しい餅菓子を持ってきて、鉢合わせしたということか。出て行きにくくなって、勇太郎は柄杓からがぶがぶ水を飲んだ。

「小糸さんはお武家やさかい、さぞかしお相撲もお好きなんやろねえ」

すゑがきくと、

「とんでもない。あのようなものは観《み》たいとも思いませぬ。そもそも相撲は武道ですらございません。太った大男が裸で力比べをしているだけで、ただの見世物かと存じます。力士を相撲には、剣や槍《やり》を持っての立ち合いの真剣さも深さも玄妙さもございません。力士を戦場《いくさば》に連れて行っても、大柄で目立つし、動きも鈍く、すぐに殺されてしまうと思います。ああいうものに扶持を与える大名たちは馬鹿だと思います」

小糸の言葉は厳しかったが、勇太郎にはその言わんとするところはわからぬでもなかった。力士同士の意地の張り合いが、それを抱える大名同士の意地の張り合いにつながり、家と家との大きな揉《も》めごとにつながりかねない。それゆえ花形力士と花形力士の勝負には「預かり」が多くなっていく。いわゆる引き分けである。双方の面子《メンツ》を保つためのやむをえぬはからいだが、そのようなものはたしかに「武道」とは言えぬ。そもそも武道の立ち合いを、金を取って見物させるということがおかしい。しかし、世に言う「剣術」も「槍術《そうじゅつ》」も「弓術」も、それぞれの流儀の「型」だけを後生大事になぞるだけで、実戦の役に立たぬという点では同じようなものではないのか……。

「おほほほほ。小糸さんは相変わらず真面目《まじめ》やねえ。けど、お相撲さんは大きくて立派やし、きれいやないの。私も芸子のころ、お相撲の方のお座敷に呼ばれたこと、何度かあるけど、白いもちもちっとした肌が、お酒を飲んでポッと赤うなったとこやら、大《おお》髻《たぶさ》の鬢《びん》付け油の匂いがぷーんと香るとこやら、なかなか風情がおまっせ」

するると綾音が、

「すゑさまは、お相撲をご覧になったことがおありですか」

「まさか。まあ、観られるもんやったら一度は観てみたいけど……」

このころ、本場所を女が観覧することは許されていなかった。千秋楽だけは観ることができたのだが、当時は千秋楽には幕内力士の取り組みはなかったのである。

「本場所は無理でも、花相撲やったらかまへんて聞きました。今度の難波新地の花相撲、ちょうど酒井さまのお抱え力士と大坂のナントカ部屋ゆうところの力士が顔を合わせるそうだっせ。すゑさま、ご一緒に見物しませんか」

「酒井さまのお抱え力士ゆうことは、荒狼も出はるやろか」

「出ます出ます、まちがいのう出ます」

「うわあ、行きたいわあ」

「行きまひょ、行きまひょ。勇太郎さんもお誘いしまひょ」

その名前を聞いて、小糸が口を出した。

「勇太郎さまは御用繁多で、お相撲などに興を引かれることはないと思います」

間髪をいれず綾音が、

「あーら、小糸さん、そんなことわからしまへんで、お相撲はお芝居やお祭と同じく人寄りごとやさかい、町奉行所が関わらなあかんのとちがいますか」

これは綾音が正しい。元来、勧進相撲というのは寺社の造営や修繕の費えを集めるために催されるものだから、寺社奉行の許しを得なければ催せない。つまり、寺社奉行所の支配なのだが、神事、法会、芝居、芸替わり能……といった市中における「人立繁《ひとだちしげ》き」場所を見回り、悶着《もんちやく》を事前に防ぐのは、町奉行所の定町廻りの受け持ちなのである。

「そやねえ、勇太郎もいっぺんぐらいお相撲観とくのもお勤めに役立つかもねえ。お奉行さまも近頃えらいお相撲にはまってはるそうで、毎日のように朝稽古を見物に行ってはるそうだすねん」

「行きまひょ行きまひょ行きまひょ！」

「勇太郎にきいてみますわ。――今、寝てるさかい起こしてくるわ」

どきっ。勇太郎はあわてて這《は》うようにして寝床へ戻った。布団をかぶったと同時にすゑが入ってきた。

「勇太郎、今度、花相撲がおますのやて。私も綾音ちゃんや小糸さんと行こ、思てるんやけど……あんた、行く気おますか？」

「いえ、母上……俺はちょっと……」

気が進まない、と言おうとしたのだが、

「行きなはれ。よろしいな」

こういうとき、すゑはきわめて勝手ずくである。居間のほうに向かって、

「勇太郎もぜひ行きたいそうですわ。皆さんで参りましょ」

小糸は、

「はい、喜んで」

と言ったが、綾音は、

「あーら、小糸さんはさっき、あのようなものは観たいとも思いません、て言うてはりませんでした？」

「い、言うておりませぬ」

「いえ、たしかに聞きました。嫌なものを強いて観ることもないと思いますけど」

「それは私の誤りでございました。あのご立派なお奉行さまがそこまで関心をもたれる相撲というもの、もしかすると剣術の手本になるやもしれませぬ。一度後学のために拝見いたしたく存じます」

「物は言いようだすな」

「なにかおっしゃいましたか」

「いーえ、なにも」

それからは、相撲人気についての談義になった。すゑはさすがに耳学問を積んでいて、いろいろなことを知っていた。相撲はもともと武家のたしなみであり、また、神事を端緒とする芸能でもあった。まだ戦国の気風色濃く残るころは、大名たちが大力のものたちを「相撲人《すもうびと》」として召し抱え、たがいに戦わせて自慢しあっていた。一方、市井でも腕力を誇る町人たちが、夜な夜な路傍で力比べを行って楽しんでおり、これを「辻《つじ》相撲」と称した。やがて、勧進相撲が盛んになり、庶民も気楽に見物できるようになった。江戸、大坂、京で本場所が催されるようになり、興行毎にきちんとした番付が作られ、大名から町人までもがおのれの贔屓力士の勝ち負けに一喜一憂した。また、徳川家斉《いえなり》によるる「上覧相撲」が催され、相撲人気は一気に高まった。

それが頂に達したのは寛政《かんせい》のはじめごろである。「谷風のまえに谷風なく、谷風のあとに谷風なし」といわれた不世出の大横綱で、六十三連勝という前人未到の偉業を成し遂げた谷風梶之助と、彼の連勝を阻んだうえみずからも横綱を張った小野川喜三郎の両力士が竜虎相打つ熱闘を繰り広げた。谷風、小野川をはじめとする人気力士の錦絵は売れに売れ、本場所はもちろん花相撲までも連日満員札止めの活況を呈した。その後、谷風は流行《はや》り病で早逝、小野川も怪我を得て、今は大坂で隠遁《いんとん》している。谷風の跡を継いだのは、巨漢力士の雷電為右衛門で、その体格、技量ともに他力士を圧倒した。雷電があまりに図抜けて強すぎるがゆえに、

「雷電が勝つに決まってるから面白くない」

ということで相撲人気がやや下がっているほどだという。はじめは大坂が相撲の本場だったが、次第に江戸に移っていき、今では大坂相撲に属している力士も、江戸の回向院の土を踏まないと箔《はく》がつかないとされている……。

「すゑさまはなんでもようご存知だすなあ」

綾音が感心したように言うと、

「まことに……。よく知らぬまま相撲について語った自分が恥ずかしゅう思います」

「そんなたいそうな。――ほな、これで決まりやな。勇太郎にだんどりさせますわ」

勝手に決めるな！　と思ったが、寝床のなかではなにも言えぬ。勇太郎は女客たちが帰るのを布団をかぶってじっと待ったが、ふたりとも一向に帰ろうとしない。玄徳堂の菓子を食べ、茶を飲みながら、ぺちゃぺちゃと愚にもつかぬことがらを話し合っている。

しかも話の種はほとんどが勇太郎についてだ。中身は、悪口半分、褒誉《ほうよ》半分というところか。

（俺のいないときに、この三人はこんなことをしていたのか……）

今日はたまたまいないが、妹のきぬがいたらもっと悪口が増えているはずだ。勇太郎はぞっとした。

（花相撲は断ろう……）

小糸と綾音の両方と同席するのは、いくら呑気《のんき》な勇太郎でもいささかきつかったのだ。

「それにしても、このお菓子美味しいわあ。よもぎ餅のほう、お餅にもっと腰があったら、ずっと美味しゅうなるのに」

すゑのそんな言葉を聞きながら、勇太郎は二度寝してしまった。

◇

「どえりょおお……っ！」

肉付きのいい大柄な力士が、身体中の肉をぶるっと震わせながらイノシシのように猛進していく。汗の匂いが満ちた稽古場に砂煙が上がり、足裏が土俵を擦《こす》るじゃらじゃらという音が聞こえてくる。正面に突っ立った男は微動だにせず、両腕を広げている。ぎょろりとした目、太く吊《つ》り上がった眉、大きく開いた口からのぞく牙のような歯、その奥では真っ赤な舌がくねっている……まるで悪鬼だ。髪の毛もごわごわとして、荒縄を束ねたみたいだし、もみあげも長く、顎にまで達している。

肉と肉、というより鋼《はがね》と鋼がぶつかり合うような、「がつん」という音が轟《とどろ》いた。悪鬼顔の力士の胸が衝撃で赤く染まったが、彼はそのことを気にもとめず相手のまわしに手をかけた。松の木のような太い腕の筋がめりめりと盛り上がり、それがぐいとねじられたかと思うと、相手は土のうえに叩きつけられていた。

「痛《い》てえっ！」

肩を打ったらしく思わず声を上げたその力士を、悪鬼顔の男はうえからにらみつけ、

「このド阿呆《あほ》！　相撲取りが投げられて『痛い』とは情けない。貴様のような弱いやつはわしが踏み殺してやるわ！」

そう言うと、右足を高々と上げ、今にも下ろそうとしたので、

「ひいいっ……！」

力士は米俵のようにごろごろ転がってそれを避けた。悪鬼顔の相撲取りは稽古場にいるほかの力士たちに向かって、

「ええか、貴様ら。土俵には死ぬ気で上がれ。ここは戦場《いくさば》じゃ。痛いとかつらいとか、そんなこと言うとる暇はないぞ。殺すか殺されるか……相手がうえのもんだとかどこのお抱えだとかそんなことはどうでもよい。向こうの首取るつもりでやれ。わかった

か！」
「はいっ！」
一同が直立不動で震え上がったとき、
「荒狼関、さきほども申し上げましたが、白澤《しらさわ》さまが昼食《ちゆうじき》を一緒に、とおいでてござ
います。もう長くお待ちで、荒狼はまだか、とおっしゃっておられます。すぐにお越し
ください」
若い力士がそう言って稽古場に入ってきた。
「待たせておけ。今は大事な稽古の最中じゃ」
「せやけど……お相撲奉行さまをお待たせするゆうのは……」
荒狼は右手で若い力士の胸倉をつかんだ。腕を「く」の字に曲げると、若い力士の身
体が宙に浮いた。喉が締め上げられ、顔色がみるみる紫色に変じていく。
「うぐ……ぐっ……」
「お城におればこそのお相撲奉行さまじゃ。稽古場でいちばん偉いのはだれだかわかる
か」
「あら……おおかみ……ぜき……」
「そうじゃ。わかっておるなら、腐れ役人などに気を遣うな。わしの言うことだけを聞
いておれ」

荒狼は、芥《ごもく》でも捨てるように若い力士を部屋の隅に放り投げると、

「ちょっと外すが、貴様ら、ちいとでも手ぇ抜いたらぶち殺すぞ」

そう言って足音荒く稽古場を出て行った。

◇

姫路酒井家は十五万石。五十年ほどまえ姫路に入封になり、以来ずっと当地を治めている。譜代《ふだい》の名門ではあるが、勝手向きは極めて厳しく、それが年貢の取り立ての厳しさにもつながって、一揆《いっき》が起こるほど農民たちの暮らしは苦しかった。酒井家の積もり重なった借財は七十三万両と膨大で、一朝一夕で返せる額ではない。先代当主の酒井忠《ただ》以《ざね》は家老河合道臣《かわいひろおみ》を用いて質素倹約を徹底させようとしたが、重臣たちの猛反対にあい、また、忠以自身の死もあって、建て直しは頓挫してしまった。

忠以に代わって当主になったのは嫡男の酒井雅楽頭忠道《うたのかみただみち》である。父が死んだとき、まだわずかに十二歳であった。それからおよそ十年、家老たちをはじめ重臣たちに支えられ、ようやく世間からも若き大名とみなされるようになってきたところだ。

酒井家の歴代の当主は、皆、相撲が好きだった。徳川家康の重臣だった酒井正親《まさちか》・重《しげ》忠《ただ》のころから、大勢の力士をお抱えにして扶持を与えてきた。とくに先々代の酒井忠恭《ただずみ》は懐中が苦しいにもかかわらず、ほかの大名たちと張り合うようにして、金に糸目をつ

けずに力士を抱えた。たとえば宝暦《ほうれき》八年の深川八幡《ふかがわはちまん》での本場所では、東方の力士控えすべてを酒井家の抱え力士で埋め尽くすという熱の入れようだった。

現当主の酒井忠道もその血を受け継いだ相撲好きで、祖父や父同様、強い力士を抱えることに執着《しゅうじゃく》していたが、その意を受けて動いているのが、江戸留守居役白澤島次郎《しまじろう》である。留守居役というのは、当主が国入りしているあいだ、江戸城蘇鉄《そてつ》の間に詰めて公儀とのつながりを密にするのが務めであるが、譜代十五万石の酒井家の留守居役ともなればかなりの権《けん》を持ち、ときには用人や家老すら超えることがあった。他家の江戸留守居役との交歓も大事な役目であるが、高い料理屋で頻繁に行われるそういった「顔合わせ」は、国許《くにもと》の勝手向きから恨みを買った。

そして、酒井家の江戸留守居役がよそと違っているのは、歴代当主の意を酌んだ「相撲取り雇用役」としての務めも果たしていたことだ。いや、それが最たる役割かもしれぬ。白澤は、相撲の本場として全国から力士や力士見習いが集まってくる江戸において、これから伸びるであろう逸材の才を見抜き、「青田買い」するのが使命であった。有望な力士は、ほかの大名も鵜《う》の目鷹《たか》の目で探している。彼らを出し抜いて、谷風や雷電を上回る強い力士を育てるには、買う側もよほどの眼力を要するし、稽古などにも口を出すことになる。それゆえ白澤は家中のものから「お相撲奉行」というあだ名で呼ばれていた。白澤はそのことを知っていたが、内心、誇りにも感じていた。相撲好きの主君の意向を受け、すばらしい若手を見出す。その力士が勝つたびに殿さまからお褒めの言葉をいただく。それがなによりもうれしいのだ。家の勝手向きを考えずに相撲に入れ込むのはいかがなものかという声もちらほら聞こえはじめてはいるが、白澤は歯牙にもかけぬ。主君の喜びは家臣や領民すべての喜びではないのか。お抱え力士たちを強くすること、なによりもその筆頭にいる荒狼に勝たせることこそ、彼の務めなのだが……。

（遅い……）

扇子を膝に揉み込むようにしながら、いらいらと白澤は荒狼を待った。彼のまえには豪奢《ごうしゃ》な膳部が二人前置かれている。城下でも名高い料理屋からあつらえたもので、二の膳、三の膳が付いており、その彩りや盛り付けも見事なものだ。だが、汁も焼き物も冷めてしまい、値打ちはすっかり下がっている。

（遅い……あやつめ、このわしを舐《な》めておる）

何度も若い力士がやってきては、

「もうしばらくお待ちください。荒関はまもなく若いものへの稽古を終えて、これへ参ります」

そう繰り返す。たしかに、肉同士がぶつかるような音、羽目板が揺らぐような音、激しい鉄砲の音、四股を踏む音などがこの客間にも聞こえてくる。江戸留守居役といえば、家老でも気を遣うほどの重き権勢があり、ことに白澤は殿からの寵愛《ちょうあい》も篤《あつ》く、肩で風を切る勢いである。その彼が昼食をともにしてやろうとわざわざ稽古場まで出向いているのだ。稽古を途中でやめ、駆けつけるのが当たり前だろう。

（なにゆえわしが、あやつらに待たされねばならぬのだ）

苛立《いらだ》ちが頂に達しようかというとき、襖《ふすま》が乱暴に引き開けられ、荒狼が入ってきた。髷《まげ》は歪《ゆが》み、顔や胸には砂が付いたままだ。浴衣もはだけて、汗をびっしょりかいている。

（失敬な……！）

白澤は心のなかで激怒した。当家の力士を司る「お相撲奉行」のまえに出るのだから、行水でもして汚れを落とし、髷を結い直してから現れるべきだろうに……。だが、口には出さぬ。白澤は、荒狼が苦手だった。いや、怖れているというべきか。代々の江戸留守居役として白澤は、おのれにすり寄ってくる相手、ひれ伏してくる相手、上目遣いの相手には慣れていたが、がさつな相手、金や権勢を屁《へ》とも思わぬ相手はどう扱ってよいのかわからないのだ。

お待たせしました、ともなんとも言わずに、荒狼は座布団のうえに胡坐《あぐら》をかいた。こちらが崩してもよいと言うまでは固く座れ、と言いたかったが、相撲取りは太股《ふともも》の肉のせいでどうしても正座は困難である。

「さあ、食いましょうかのう。どれもちまちまとした食いもんじゃ。こないに手間をかけるぐらいなら、芋でも大根でも魚でも、丸のまま出してくれたほうがなんぼうか食い応えがあるというのに、料理人というのは無駄なことをするもんじゃわ」

荒狼が箸を手にして、いきなり里芋の煮ころがしに突き刺したので、白澤もたまらず、

「遅かったな」

「稽古つけとったもんで」

荒狼は芋をむしゃむしゃ食いながら言った。

「余人ではないぞ。このわしが来たとわかったなら、稽古中であろうと参るがよかろう」

これぐらいのことは言ってもよかろう、と思ったのだが、荒狼は射抜くような目で白澤をにらみつけ、

「わしを雇うておられるのは殿さまじゃ。あんたではない」

「それはそうだが、なれどわしは……」

「あんたは、わしら酒井家の相撲取りが強うて、よそのやつらに勝つゆえ、殿さまへのご奉公ができておられるのだろう。つまりは、わしらのおかげで暮らせておいでじゃ。わしら、この家の力士どもが強いのは、稽古を怠らぬからじゃ。そう思えば、あんたが来られたごときで大事な稽古を途中でやめるのは、逆さごとということになる。小児でもわかる理屈が、なぜにお相撲奉行さまにおわかりになられぬのかのう」

「いや……それは……」

「まあ、食え」

どちらが主人かわからない。白澤が汁を啜ろうとしたとき、

「こんな盃《さかずき》では飲めんぞ。——おい、湯呑みを持ってこい！」

荒狼は襖を開けて怒鳴った。すぐに弟子のひとりが、丼鉢のような大湯呑みを持ってきた。荒狼はそこに、徳利の酒をなみなみと一滴残らず注ぎ入れ、一息で飲み干すと、

「足らん。もっと持って来い。燗はつけるな。冷やでよいぞ」

白澤は怯えた。ただでさえ粗暴な荒狼だ。酒が入るとどうなってしまうか……。

「まだ昼間ぞ。酒は控えたほうがよいのでは……」

「口出しはご無用。酒を出したのはあんたじゃ。わしは飲み出したらこんな薄い盃でぺろぺろねぶるような飲み方はいたしませぬ」

すぐに一斗樽《だる》が運ばれてきて、荒狼はそこに茶碗《ちゃわん》を直《じか》に突っ込んで飲み始めた。白澤は苦い顔でそれを見ながら、薄い盃をなめた。

「ところでわしになにか話かね」

「此度《こたび》の花相撲のことだが……」

「ふむ」

「殿がお忍びでおいでになる。——よもや負ける気遣いはあるまいな」

荒狼の顔がにわかに紅潮した。持っていた湯呑みを壁に叩きつけると、

「負ける、とはどういうことじゃ。わしは天下一の関取じゃ。雷電関にも負けぬ。あんたのようななにもわからぬ素人《しろうと》が、相撲のことにとやかく口を出すことは許さん」

白澤は顔をひきつらせて両手で身体を支え、

「わしは素人ではないぞ。わが白澤家は代々、酒井家に仕えて相撲取りの目利きをしてきた家柄じゃ」

「素人でないと言うなら、まわしを締めて土俵に上がってみい。すぐに叩き殺してやるわい」

留守居役に向かってなんたる雑言……と怒鳴りつけようとしたが、この男だけはなにをしでかすかわからない。白澤は口ごもると、

「いや、その……上手の手から水が漏ると申すか、弘法《こうぼう》も筆を誤ると申すか……いかな名人上手でも万が一ということがあろう。此度は万が一があってはならぬ。わしは、その方どもの仕上がりをたしかめに参ったのじゃ」

「いらぬことを……。わしは勝つ、溺海にな。やつなどひとひねりじゃ」

「では、おととし、なぜ負けたのだ」

言わずもがなのことではあったが、白澤はどうしても一言皮肉を言うのをとめられなかった。そして、すぐにそのことを悔やんだ。

「負けた？　わしは負けてはおらぬわい」

荒狼は片膝を立てると右の腕《かいな》を伸ばし、白澤の額をとん！　と指で突いた。白澤は仰向けにひっくり返り、

「な、なにをする！」

そう叫んだとき、ガタリ、と音がしたので白澤はすばやく身を起こして、壁際に下がった。荒狼が襲いかかってくるかと思ったのだ。しかし、荒狼は転がっている湯呑みを手に取っただけだった。

「お相撲奉行さま、相撲取りのまえで勝ち負けの話はせんほうがええぞ。命を大事にしたいならな」

そう言ったとき、荒狼の右手のなかで湯呑みが音を立てて割れた。白澤はぞっとした。

「なんじゃ、柔い湯呑みだわい。——おい、湯呑みを持ってこい！」

荒狼は白澤に向き直り、

「おととしはわしに油断があった。力なら、もともとこちらがずんと上じゃ。あれから精進も積んだ。なにも心配いらぬわ」

「それはわかっておる」

白澤は座り直して、はだけた衣服を直すと、

「今も申したように、殿がお見えになる。殿のまえで万が一遣《や》り損なうことがあれば、おまえは酒井家の扶持を失うだろう。そればかりではない、このわしも江戸留守居役を

クビになることまちがいなしだ。先祖代々の俸禄《ほうろく》をなくし、主家を追われ浪人することになる。それは……困るのだ」

「困ると言われても、わしは勝つのだから、それでよろしかろう。ぐずぐず言うてもはじまらん。家に帰って念仏でも唱えておられよ」

「おまえがかならず勝つ、とだれが請け合ってくれるのだ」

「わしが請け合いますわい。本人が言うのだからたしかじゃろ。ちょうど良い。此度こそ上覧相撲でわしが勝つ。ふっふふふふふ」

白澤はため息をつき、

「あれ以来、溺海に勝つ工夫はしたのか」

「工夫？　そんなものはしとりません。お相撲奉行さま。強ければ勝つのじゃ。そして、わしは強い。それだけじゃわい。——ええか、わしは此度の花相撲で、溺海の野郎をぶち殺す。土俵のうえで殺しても罪にはならぬのだ。その日が来るのが待ち遠しいわい。うっはははははは……うわはははははは」

地獄から聞こえて来るような笑い声だった。たいそうな自信である。この様子だと、あるいはまことに相手を殺してしまうかもしれぬ。——だが、白澤はまだ不安だった。おのれのクビがかかっているかと思うと、危ない橋を渡るわけにはいかぬ。やはりこのうえは……。

「おい、お相撲奉行さまよう」

不意に耳もとで声をかけられて、白澤はぎくりとした。

「な、なんだ」

「あんたが、溺海に怪我をさせて、わしの勝ちにしようと企んでいる……というような噂《うわさ》を小耳に挟んだが、よもやそんなことはございますまいのう」

「なんの……ことだね」

「わしは正々堂々と勝ちたい。やつが怪我を負うたら、これは五分と五分の相撲にはならぬ」

「いや……向こうが怪我したら、こちらにとっては千載一遇の機ではないか。おまえは常平生《つねへいぜい》、土俵は戦場だと申しておるはずじゃ。戦場で敵が傷を負うたなら、それが治るまで見ていると申すか。そんな悠長なことをしていたら、こっちが殺されてしまう。これ幸いとそれに乗じて敵を仕留めるのが、戦いというものであろう。獣《けだもの》は手負いの獲物を見過ごさぬぞ」

「やあっかましい！」

荒狼は天井がしなうような怒声を白澤に浴びせた。白澤は歯をガチガチいわせながら後じさりする。荒狼は巨大な顔面を江戸留守居役の顔に息がかかるほど近づけ、

「おお、そうじゃわい。わしは一度彼奴《きやつ》に負けたのじゃわい。油断があったとはいえ、

見事してやられたのじゃ。その借りを返すには、あの男とわしが五分でなければならぬ。──もし、あんたがだれかに命じて溺海を怪我させるようなことがあったら、わしはあんたを許さんぞ。つまみあげて、ふたつにピーッと引き裂き、酢締めにして食うてしまうぞ。わしはやると言うたらやる男じゃ。わかったか！」

「ひいいっ」

荒狼は両手をまえに出しただけでなにもしていないのに、白澤は勝手にひっくり返り、脚を天井に向けて突き出した。それを見て荒狼は高笑いし、

「なにを軽業《かるわざ》の真似事《まねごと》をなさっとる。さあ、飯の続きじゃ」

「わしは……もうよい。胸がつかえて……入らぬ」

「ほほう、もう満腹かね。では、残りはわしがいただきましょう」

荒狼は、あっという間に二人前の料理を平らげた。

「では、わしはこれで……」

白澤が立ち上がろうとすると、

「待て、まだ飯は終わっておらん」

「二人分も食うたではないか」

「これでは足りませぬ。腹三分目じゃわい。だいたいわしはこんなままごとみたいな料理は好かん。料理人は、いらぬ手間をかけて、それで金を取りよる。盗人みたいなもん

じゃ」

「盗人とは口が過ぎよう。飾り包丁の技も冴《さ》えておるではないか。よほどの板前がこしらえたものだと思うぞ」

「ふん……やつらは料理をおもちゃにしておりますのじゃ。飾り包丁など愚の骨頂。大根でも人参でも、ばきばきと折って煮ればそれでよい。――わしは今から弟子に言うて、食い物をあつらえさせる。あんたもそれを食うていきなされ」

「わしは腹いっぱいだ。食いたいならおまえがひとりで食え」

「そうはいかん。この昼飯はあんたが誘うたのじゃ。しまいまでつきあうのが礼ではございませぬか」

そう言われて、白澤はしぶしぶ座り直した。荒狼は、襖を開けると、

「おおい、いつものやつを持って来い。お相撲奉行さまにもご相伴いただくのじゃ。早うせい。遅れたら貴様ら、頭から塩かけて食うてしまうぞ！」

「は、はいっ、ただいまっ」

しばらくすると、なにやら焦げたような匂いが台所のほうから漂ってきた。それは、明らかに「肉」を焼いている匂いだった。

「いつものやつ、というのはなんだ」

白澤がたずねても、荒狼は笑って答えない。

「来てからのお楽しみじゃ。美味《うも》うございますぞ。わしの好物じゃ。――できあがるまで、まあ飲みなされ」

酒を白澤の盃に注いでくる。

「わしは不調法ゆえ、そないには飲めぬ」

「なんじゃと？　わしの酒が飲めんとは……命が惜しゅうないようだのう」

「わ、わかった。飲む……飲めばよいのだろう」

こういうがさつで傍若無人な酒飲みが、白澤はもっとも嫌いだった。酒はゆっくり、味わいながらたしなむべきで、飲む量を自慢したり、相手に強いるのはもってのほかだと思っていた。それが……。

「ええ酒じゃろう」

「う、うむ。良い酒だな」

「ならばもっと飲みなされい。相撲取りは飲むのも勤めのうちじゃ。酒と飯で身体を作るのじゃ」

「わしは相撲取りではない」

「うるさい。飲むのか飲まんのか」

飲まない、と答えたら、荒狼のちり取りのような手がこちらに飛んできそうな気がして、白澤は必死に盃《はい》を重ねた。次第に酔いが回ってきた。そのあいだも、荒狼は酒をまるで水のようにがぶがぶ飲んでいる。

「荒関、焼き上がりました」

「おう、運び込め」

若い力士ふたりが持ってきたものは、大きな鶏《とり》の丸焼きだった。丸焼きなので、頭も脚もついたままだ。しかも、すっかり黒く焦げてはいるが、羽根もそのままになっている。その見かけの恐ろしさと焦げ臭さに白澤は気を失いそうになった。

「どうじゃ、美味そうじゃろう」

「な、なんだ、これは」

「鶏一羽をよう焼いたものじゃ」

「こんなものは料理ではない。羽根もついたままではないか」

「ふふふ、羽根などはこうやって……」

荒狼は鶏の脚を左手でむんずと摑み、右手で焦げた羽根をむしりとっていった。たちまち、じゅうじゅうと焼けた皮が現れた。白澤は、荒狼の目がぎらぎらした輝きを増し、口からよだれが垂れはじめるのを見た。

「どうじゃ、鶏でも魚でも、丸焼きにするのがいちばん美味い。下手に包丁で切り刻み、ちまちまと煮たり焼いたりするから、真の味が出ませぬのじゃ。――ご覧《ろう》じろ」

荒狼は鶏の両脚を持って左右に引き裂いた。熱い汁と金色の脂がほとばしった。

「あんたは相撲道の祖をご存知か」

「ああ、野見宿禰《のみのすくね》と当麻蹴速《たいまのけはや》だ。蹴速は大和《やまと》の国の力自慢で、垂仁《すいにん》天皇の命で出雲《いずも》から来た野見宿禰と相撲を取り、脇骨を踏み砕かれ、腰を踏み折られて死んだ」

「そのとおり。わしは、神代の昔におわせられた野見宿禰の魂を受け継ぎたいのだ。そのころはまだ料理らしい料理もなかったろう。味付けもほとんどなされず、飾り包丁などもちろんない。野や山や川を駆け廻り、魚や鳥獣を捕えて丸焼きにし、貪り食っていたはずじゃ。そうすることで、野や山や川の神の魂を身体に入れ込むことができる。イノシシやシカや熊やオオカミ……そういった神たちじゃ。わしは、野見宿禰と当麻蹴速が二匹の野獣のように闘っていた時分に帰りたい。そのために……」

荒狼は片方のもも肉にむしゃぶりつくと肉を口いっぱいに頬張り、歯で引きちぎり、嚥下した。残っていた羽根が口に入ってもおかまいなしだ。食らいつき、むさぼり、嚙みつき、引き裂き、あぐあぐと飲み込む。骨まで齧ってなかの髄を啜ったあげく、荒狼はもうひとつのもも肉にかぶりついた。汁があたりに飛び散っても気にもとめぬ。しまいには、鶏の頭にまで齧りついた。

(こやつは……獣だ……)

白澤ははっきりと恐怖を感じた。荒狼の乱暴な仕草よりも、鶏を見据えるその「目」が人間のものとは思えなかったのだ。

荒狼
荒狼
荒狼
荒狼

「こうやって、なんでも頭から丸ごと食うことで、わしは上古のころには人間が持っていたが今はなくしてしもうた『強力《ごうりき》』を手に入れるのじゃ。近頃の弱々しい相撲取りとはまるでちがう。溺海だと？　笑わせるな。あんなやつはわしが肋骨を踏み砕き、腰を踏み折ってやる。獣と人間が闘って、獣が負けるはずもあるまい。あんたの心配は取り越し苦労じゃ」

言われてみれば、そうかもしれない。白澤はようやく少し気持ちが落ち着いた。なるほど、いくら強くても人間は獣には勝てまい。白澤は小刻みに震えていた。だが、鶏をひたすら食い続ける荒狼を見ているうちに、白澤の身体は小刻みに震えていた。怖いのだ。白澤は、目のまえでイノシシか熊が餌を貪り食っているような戦《おのの》きにとらわれていた。少しでも動いたり音を立てたら、この獣がこちらを向き、飛びかかってくるように思われた。

「どうじゃ、わしは肉でも魚でも丸ごと食ろうてもっと力をつけて、あの雷電を負かして、天下一の相撲取りになってやる。どうじゃ、どうじゃ、うははははは」

そう吠《ほ》えながら取り憑《つ》かれたように鶏を食べ続ける荒狼に震えを覚《さと》られぬよう身体を硬くして、

（たしかに獣は人よりも強い。なれど……獣には知恵がない。ここはやはり……やるしかあるまい……）

白澤は、そう気持ちを定めた。もし、荒狼が花相撲で五人抜きをすれば、お忍びで上覧している殿はさぞかし上機嫌になるだろう。江戸留守居役から家老への出世も夢ではない。そのために、あのカタブツ馬鹿の河合道臣をうまく失脚させたのだ。

（そうじゃ、相撲を足掛かりにしてわしは成り上《のぼ》ってやる。だれにも邪魔はさせぬ……）

白澤は荒狼に気づかれぬようほくそ笑んだ。

2

「村越、お頭《かしら》がお呼びだ」

昼過ぎ、奉行所の同心溜《だ》まりに入った途端、岩亀与力が声をかけてきた。

「なにごとでしょうか」

今日は泊番《とまりばん》明けで昼からの勤めだが、来て早々いきなりの呼び出しとは……。

「わからぬ。おまえ、なにかしでかしたか」

「いえ……心当たりはございませぬ」

「ふむ……」

岩亀は少し考え込んでいたが、

「昨夜、町廻りの途中でなにかあったのではないか」

「それについてはさきほど、岩亀さまにお出しした日報のとおりです」

「相撲取りが寺の境内で騒ぎを起こしていた、とそれだけであったな」

「はい……」

「昨晩はことに冷えたな」

ぎくっ。

「おまえ、町廻りの最中に酒など飲んではおるまいな」

「そそそんなことは……」

だれかが会所での飲酒を奉行に告げ口したのだろうか。それともまさか……奉行自身に見られていたのでは……。

「まあよい。とにかく早く行ってこい」

久右衛門は、御用談の間にいた。襖の外からこわごわと、

「村越勇太郎、お召しにより参上いたしました」

「おう、入れ」

久右衛門の声には怒りは感じられず、勇太郎はやや安堵《あんど》して部屋に入った。久右衛門は座布団のうえで横になり、肘枕をしている。隣に用人の佐々木喜内《ささききない》がおり、茶を淹《い》れて勇太郎に勧めた。久右衛門は寝転がったまま、

「日報によると、鰯雲部屋の力士どもが寺内にて騒擾《そうじょう》のことあり、となっておるな。

詳しく申してみよ」

　どうやら酒の件ではないらしい。久右衛門が、日報などに目を通していることに驚きながらも、鰯雲部屋の力士たちが稽古する場がなく、仕方なく深夜に清楠寺の境内を借りていること、それが近所迷惑となり、苦情が出ていたが、話し合いにより双方がわかり合ったことを話した。

「ふむ……そうか。おまえは、その鰯雲部屋が阿弥陀池からなにゆえ今の長屋に移ったのかを存じておるか」

「いえ……存じませぬ」

「なにゆえ清楠寺が、稽古場として寺を貸せぬのか、その理由《わけ》は？」

「いえ……」

　そう言われれば、寺を稽古場にしている相撲部屋は珍しくはない。あそこまで肩入れしている真西和尚が、なぜおのれの寺を鰯雲部屋に使わせせないのか……考えてみれば不思議である。

「わしは昨日の朝早く、馴染《なじ》みの藤川部屋で稽古を見物しておった。そこに、浜辺屋という干鰯《ほしか》屋が参ってのう、溺海《おぼれうみ》という関取が侍に襲われたが無事であった、という話をはじめた。わしに気づいてすぐに話をやめたが、裏になにかありそうじゃ。花相撲があるとか申しておったが……」

花相撲……！　するたちが行きたがっていたやつではないか。

「その件ならば聞き及んでおります。姫路酒井家のお抱え力士が出るとか……」

「ならば話が早い。今抱えている御用の合間でよい。鰯雲部屋の悶着について調べてみてくれ」

「かしこまりました」

なんだ、そんなことだったのか。ホッとした勇太郎は、つい口が軽くなり、

「それにしても、さすがお頭です。感服いたしました」

「なんのことじゃ」

「正直申し上げて、われら同心の日報などいちいち目を通しておいでとは思ってもいませんでした。ありがたいことです」

「むっふふふ……わしをあなどるなよ。大坂町奉行たるもの、大坂市中の出来事についてなにひとつ『知らぬ』ということがあってはならぬのじゃ。そして、わしの頭のなかに大坂の町の『今』を作り上げてくれる礎《いしずえ》となるものこそ、与力・同心どもの日々の報《しら》せである。いかに激務の最中であろうと、おろそかにできようはずがなかろう」

「おみそれいたしました」

勇太郎は頭を下げた。すると、佐々木喜内が、

「あまり嘘《うそ》が過ぎると、閻魔《えんま》に舌を抜かれますぞ」

久右衛門は、おったのか、という顔で彼を横目でにらみ、

「いつ、わしが嘘を申した。ひとを裁くものとしてわしはいかなるときも清廉潔白……」

「それが嘘だと言うのです。今朝、くしゃみをしたときに鼻紙がなく、手近にあった村越殿の日報で洟《はな》をかんだのでしょう。そのとき、『鰯雲部屋』という文字がちらと見えたので、なにげなく読んでみた……というところでございましょうな」

「貴様、見ておったのか」

「見ておらずとも、御前のなさることなどたいがいわかります。これまで一度も、日報も書留も手控えも読んだことがないくせに、よくもぬけぬけとそんな嘘を……」

「嘘も方便じゃ。町奉行たるもの、ときには役目柄、つきとうもない嘘をつかねばならぬこともある。ああ……つらいのう」

久右衛門は天井を見上げてそうつぶやいた。

◇

勇太郎は一旦家に帰ると、母のすゑに言った。

「今朝おっしゃっていた花相撲、俺も参ります」

「おやまあ、あんなに嫌がっていたのに、どういう風の吹き回しやの？」

皮肉を受け流すと、

「母上がご贔屓の、荒狼《あらおおかみ》というのはどういう力士です」

「あら、あんたも荒狼が気になるんか？　親子やなあ。ほら、この錦絵を見てみ」

すゑが持ち出してきたのは、勝川《かつかわ》派の絵師による浮世絵で、大兵肥満の色白の力士が、絢爛《けんらん》たる化粧まわしをつけて土俵に上がっている場を描いたものだ。おそらく今朝、三人で見ていたやつだろう。太い髪の毛は縮れ、顔立ちはいかつく、その眼光は鷲《わし》のように鋭い。もみあげが長く、口からのぞく歯は犬のように尖《とが》っている。男前……というより獣じみた風貌だ。上背があり、肩や胸の肉は巌《いわお》のごとく盛り上がり、首は顔よりも太い。荒縄のような胸毛が生えており、女こどもが魅了されるようには思えぬ。

「これが……今人気の荒狼ですか」

「そうだす。あんたにはこの良さはわからんやろなあ」

「わかりません」

勇太郎はきっぱりと言った。

「どちらかというと、むくつけき狒狒《ひひ》のように思えます」

「私らはもう、なよなよした役者みたいな生白い男前には飽いてますのんや。これからの男はんは、荒々しゅうて男臭いひとにかぎります」

ついこないだまで、なんとかいう歌舞伎の女形が素敵、と錦絵を買い込んでいたのはどうなったのだ。

「私と綾音ちゃんは荒狼贔屓やねん。花相撲のときはあんたも荒狼を贔屓するんやで」

「小糸殿はどうなのです」

「あの子はなあ……どっちゃでもええみたい。けど、直に荒さまを観たら、きっと好きになるはずや」

いつのまに「荒さま」になったのだ。呆れ果てながら勇太郎は屋敷を出た。近所のこどもに駄賃を与え道頓堀まで遣いに行かせたあと、西町奉行所の手前を右に曲がり、思案橋を渡った。津村南町を通りかかると、玄徳堂の太吉が店のまえで餅をこねていた。見習いらしい、背の高い、ひょろりとした若者が、杵を振り上げている。

「村越の旦那、新しい餅菓子をこさえましたのでお試しいただきとうおますのやが……」

「それなら母と知り合いが今朝賞翫《しょうがん》したらしい。たいそう褒めていたぞ。また食べたいと申していた。ま、俺は食うてはいないがな」

「それは、なによりうれしゅうおます」

勇太郎はふと思い出して、

「そういえば、よもぎ餅のほうはもっと腰があったほうがいい、とか言っていたな」

太吉は、ハッとしたような顔つきになった。

「あ、気にしないでくれ。素人がいい加減なことを言っているだけだ」

「いやあ、村越の奥さまの舌はたしかやなあ。あれは、まだできあがっているとは言い難い菓子ですねん。この春助《はるすけ》と、餅の搗き方をいろいろ工夫してみましたんやが、なかなか思うような塩梅《あんばい》には……」

「搗くのに力が足りんということか」

「そうかもしれまへん」

「相撲取りにでも搗いてもらったらどうだ」

「ははは。春助は元相撲取りでしたんや」

「馬鹿を言え」

勇太郎は笑った。上背はあるが、勇太郎と同じぐらい、いや、もっと痩せている。ぼーっとした顔つきで、相撲取りだったはずがない。

「もっと工夫を重ねて、奥さまに食べていただけるようになったら、またご持参いたします」

どの道でも厳しいものだな、と勇太郎は思いながら太吉と別れ、佐野屋橋を渡って周防町へと向かった。通りを一本入ると、ゴミゴミした一角に潰れかけたような長屋が寄り集まっている。木戸口に千三が待っていた。

「待たせたな」

「わては、道頓堀越えたらすぐですさかいな。ほな行きまひょか」

ふたりは露地へと入っていった。寒いのに半裸のこどもたちが棒きれを持って走り回っている合間を縫って、奥へと進むと、驚くべき光景が目に入った。井戸のすぐそばで、かみさん連中がたらいを置いて洗濯をしたり、カンテキで干物を焼いたりしているすぐ横で、まわしを締めた大男たちが取っ組み合っている。昨夜、清楠寺で見かけた顔だ。畳一畳ぐらいの狭い場所で、大きな身体を縮こめるようにして窮屈そうに押したり引いたりしている。投げ飛ばしたり突っ張ったり押し出したりするとかみさんたちに迷惑がかかるから、まるで優雅に踊っているようなものだ。声を出すと文句が出るからだろうか、干物を焼く煙にくすぶられながら、皆、無言で黙々と稽古している。昼の陽光のもとで見ると昨夜よりもいっそう彼らの痩せ具合がわかって、痛々しかった。あばらが浮かび、頬はこけ、とても力士とは思えない。

「これはこれは、村越の旦那さまでごんすか。昨夜はいかいお世話になりました」

勇太郎たちに気づいた弱法師《よろぼし》が、組んだ腕を離してそう言った。嫋《たおやか》と搦山《からみやま》も頭を下げた。

「稽古の手をとめて悪いが、鰯雲頭取はおられるか」

「へえ、すぐに呼んでまいります」

「いや、こちらから行こう。案内してくれ」

弱法師の先導でふたりは五軒長屋の真ん中の一軒に入った。薄暗いなか、目を凝らすとどてらを着た初老の男が煙草盆《たばこぼん》のまえに座っていた。

「頭取、昨晩お話しした西町奉行所の旦那が来られました」

鰯雲はあわてて立ち上がると、綿のちぎれたぼろぼろの座布団を置いた。ふたりは土間で履物を脱いで、うえに上がった。

「弱法師、なにをしとる。早う茶を淹れんかい」

鰯雲は、元相撲取りとは思えぬほど痩せた男で、歳は五十前後だろうか。勇太郎に向かってへこへこと頭を下げる。鼻が平たく潰れており、目尻が垂れ下がっている。

「頭取、今、茶は切れとりますぞ。頭取も知っとるはず……」

「馬鹿！　いらんことを言うな。ほれ……ほれ」

目でしきりに隣家を示す。どうやら隣のかみさんに茶を淹れてくれるよう頼め、ということらしい。

「いや、頭取。御用の筋で来たのだ。茶など気を遣うことはない」

「ひえっ、御用の筋とは……うちの若いもんが清楠寺で稽古しておったのが、罪になるでごわすか。二度とさせませぬので、わしの顔に免じて、どうぞご勘弁を……」

頭取はしきりに頭を下げる。

「そうではない。役儀によって少したずねたいことがあるだけだ。それにしても……」

　勇太郎は部屋のなかを見渡して、

「失礼だが……これで全部なのか」

「へ……？」

「この四畳半に何人が暮らしているのだ」

「わしと、力士が五人。都合六人でごわす」

「ふーむ……」

　相撲取りとしては痩せているとはいえ、大の男が六人、どうやって寝ているのだろう。

　勇太郎の心中を推し量ったように、頭取が言った。

「ふたりが押し入れで寝て、ふたりが畳で寝て、残りのふたりは土間に茣蓙《ござ》を敷いて寝とりもす。土間は冷えるによって、偏りがないようときどき交替いたします」

「溺海もか」

「いえいえ、あいつはうちの稼ぎ頭ゆえ、畳で寝かしておりもすわい」

「稽古は、そこの井戸端でしているのか」

「情けない話ですが、ほかに場所がないのでごわす。若いもんは、やむなく清楠寺の和尚に話をつけて、夜中に稽古しとったようですが、できれば昼間、広いところで存分に身体を動かさねば強うはなれませぬ」

　当たり前の話だ。

「今日お越しになられたのは……またお寺社のほうからのお話でごんすか」

「寺社奉行のことか？　いや、そうではないが……寺社のほうからなにか言ってきているのか」

鰯雲は蒼白《そうはく》になり、

「い、いや、そうではごわさん。わしの勘違いでごんした。お忘れくだされ」

「俺が来たのは、西町奉行大邉久右衛門の命を受けてのことだ。おまえの部屋はもともと阿弥陀池にあったそうだな。なかに稽古場もあったと聞いている。なにゆえこんな……」

勇太郎はもう一度部屋を見回して、

「狭い、稽古もできぬところに移ったのだ」

「そ、それは……恥を申さねばなりませぬが、わしに甲斐性がなく、阿弥陀池の家の家賃を払えぬようになり、仕方なく安いところに移ったのでごんす」

「では、清楠寺を稽古場として借りればよいではないか。あそこの住持は、鰯雲部屋に肩入れしていると申していたぞ。いや、ほかにも相撲部屋が置けるような寺はいくつもあろう。それに、こそこそ夜中に稽古せずとも、昼間にやればよかろう」

「それはそうでごんすが、その……なんと申しましょうか……」

「商人たちが贔屓しているならば、金はともかく、米や野菜や魚なんぞを差し入れてくれるはずではないか。若いものが部屋頭の溺海に飯を譲っていると聞いたが、そこまで困窮しているのはおかしくないか」

「へえ……へえ……そうでごわす」

「浜辺屋という干鰯屋が贔屓衆の筆頭だと聞いたが……」

「浜辺屋の旦那さまにはいつもお世話いただいとりもす」

なにやら隠している様子だが、容易《たやす》くはしゃべりそうにない。勇太郎がどうしたものかと考えあぐねていると、千三がずばりときいた。

「溺海が、侍に襲われたと聞いたで」

「——えっ！」

「今度、花相撲があるそうやが、それと関わりがあるんとちゃうか。姫路の酒井さまとなんぞ悶着でもあるんやないやろな」

「い、い、いえ、いえいえいえ、そのようなことはけっして……」

大きな手を団扇《うちわ》のように左右に振る鰯雲の顔つきは、どう見ても「なにかある」としか思えなかった。隠しごとが苦手な性質《たち》なのだろう。だが、いくら突っ込んでたずねても、鰯雲頭取はなにもしゃべらなかった。ひたすら汗を流し、おどおどしながら顔を伏せるだけだ。三人の力士にきいても同じだった。おそらく言い含められているのだろう。

「小結の溺海はどこだ」

勇太郎の問いに鰯雲は顔を上げ、

「付き人を連れて、外出《そとで》をしとります。これは嘘ではごわせん」

つまり、ほかは嘘、ということになるが、本人は気づいていないようで、ひたすら汗を拭いている。

「どこへ行っている」

「浜辺屋さんにご挨拶に行っとります。もうじき戻ると思いますが……」

「では、待たせてもらうとするか」

勇太郎がそう言ったとき、

「頭取！　頭取いっ！」

泣き叫ぶような声とともにどたばたという足音が聞こえてきた。勇太郎が振り返ると、まだ顔に幼さの残る十五、六の若者がつんつるてんの着物を着てこちらに駆けてくる。髪は頭頂でくくっており、顔ににきびが多い。

「どうした、蒟蒻山《こんにゃくやま》」

蒟蒻山と呼ばれた若者は、土間に倒れ込むと、

「溺関が……溺関が怪我をしました！」

「な、なんだと！」

鰯雲は立ち上がった。すぐあとから、戸板に乗せた相撲取りを四人の男たちが運んで

きた。これが小結の溺海なのだろう。着物の左腕のあたりが切り裂かれ、血が滲んでいる。よほど重たかったらしく、四人は戸板を土間に下ろすと、その場に座り込んでしまった。

「近くに知り合いの医者はいるか」

勇太郎の問いに、鰯雲はかぶりを振った。

「千三、すぐに傘庵《さんあん》先生をお呼びしろ！」

勇太郎は叫んだ。赤壁《あかかべ》傘庵は、勇太郎の叔父《おじ》に当たる腕のいい医師で、大宝寺町《だいほうじまち》で開業しながら、時折町奉行所の検死などを手伝っている。

「へい、ひとっ走り行ってきます」

千三は韋駄天《いだてん》走りで駆け出した。

「なにがあったのだ」

勇太郎は、若者にたずねた。見知らぬ武士の剣幕に怯えたのか、彼は頭取と勇太郎を交互に見ながら、

「浜辺屋はんを出て、道仁町《どうにんまち》あたりまで来たとき関取が、こっちが近道や、ゆうて裏路地に入りはったんです。そしたらまえからお侍が来たんで、しゃあないから後戻りしようとしたら、後ろからもお侍が来はって……困ったなあ、て思てたら、いきなりまえのお侍が刀抜いて……」

そのあとは涙で言葉にならなかった。

「どんな侍だった」

「頬被《ほっかむ》りをしてはったんで顔は見えまへんでした。けど、身なりは立派で、印籠《いんろう》も下げてはりました」

「そのまま逃げたのか」

「へえ……」

勇太郎は、溺海に話しかけたが、斬られて動揺しているのか、それとも出血のせいか、ふうふうと荒い息をするだけで応えようとはしない。勇太郎は、鰯雲に近づくと、

「ことがこうなっては、話してもらわねばならぬな。溺海を斬った相手に心当たりがあるだろう。言ってみろ」

「へ、へい……そ、そ、それは……」

蒼《あお》ざめた顔で言葉を濁す。

「おまえは、溺海がかわいくないのか」

その言葉に鰯雲はきっと顔を上げ、

「十四のときにうちに弟子に来てから、手塩にかけて育てた大事の関取でごんす。じつの子のように思とります。かわいくないわけがない。やったやつを、わしは……許せぬでごんす」

「ならば、なにもかも話してくれ」

「う……それは……」

鰯雲がふたたび顔を伏せたとき、千三が赤壁傘庵の手を取って、戻ってきた。傘庵は勇太郎をちらと見ただけでなにも言わず、すぐに手当てをはじめた。その様子を鰯雲たちは固唾《かたず》を呑んで見守っている。溺海は、ほかの力士たちの食事まで与えられているとのことだったが、それではやはり足りぬらしく、小兵で痩せている。傘庵は、浴衣の腕のところを切り、傷口を剝き出しにした。深くえぐれているのが、勇太郎にもわかった。

施術が終わるまで、だれも言葉を発しなかった。小結は時折、「うっ」とか「ぐぐ……」といった呻《うめ》き声を上げるが、歯を食いしばって治療に耐えている。助かるのか、などとたずねるものもおらず、皆、無言で傘庵がやっていることを見つめていた。やがて、溺海が、

「うおおお……」

という大きな叫びを発したあと、気を失った。傘庵は勇太郎を振り返り、

「これでよし」

勇太郎がなにか言うより早く、鰯雲が身を乗り出し、

「先生、どないでごんすか」

「命に別状はない。しばらくは高い熱が出るだろうが、心配いらぬ。一日一度、傷口を

清浄な水か焼酎で洗ってやれ。ものが食えるようになったら、なるべく滋養のあるものを食べさせてやれ」

「ありがとうございます」

「薬を出すから、あとで私のところまでだれか取りに来るように」

鰯雲たちは顔を見合わせ、

「あの……薬代はいかほどでごんしょう。わしら、あまり金がのうて……いえ、もちろんお支払いはいたしますが、しばらく待っていただけると……」

傘庵ははじめて笑顔を見せ、

「金はいらん。この件は町奉行所の扱いになるのだろう。そちらからもらうから、心配するな。――のう、勇太郎」

勇太郎がうなずくと、鰯雲と弟子たちは傘庵を伏し拝み、

「先生、なんとお礼を言ってよいやら……」

傘庵は顔を引き締め、

「ただ、当分のあいだ相撲は取れんぞ。腱《けん》が切れておるゆえな。無理したら傷口が開くし、治りも遅くなる」

「なんの。命を救うていただいただけで十分でごんす」

つぎの患者が待っているらしく傘庵はあわただしく帰っていった。皆は、座敷に布団

を敷き、溺海を寝かせた。溺海は、玉のような汗をかいて眠っている。勇太郎は座り直すと、鰯雲に対峙《たいじ》した。勇太郎がうながさなくても、鰯雲頭取は話しはじめた。

「これは……遺恨ゆえのことでごんす」

「遺恨？　相撲に関わる恨みということか」

「はい。今から二年前のこと、うちの部屋に、播磨《はりま》に巡業に来てくれという話がごわした。ええ儲《もう》けになると喜んで承知をしたのでごわすが……」

姫路酒井家の当主酒井忠道は、歳は若いが、酒井家代々の当主がそうであったようにたいそうな相撲好きである。酒井家といえば、神君家康《しんくんいえやす》公と苦楽をともにした譜代中の名家だが、名家としての格式を守るための費えがかさみ、莫大《ばくだい》な借金を抱えていた。一時は河合道臣を家老に迎えて倹約に取り組んだが、驕奢《きょうしゃ》に慣れた老臣たちの猛反対で河合を罷免《ひめん》せざるをえなくなった。その反対者の先鋒《せんぽう》が江戸留守居役白澤島次郎である。彼は、「お相撲奉行」の名もあるとおり、酒井家が力士を抱えるにあたっての万事を取り仕切っており、各相撲部屋や相撲会所などからの付け届けをはじめ、そこに生じる甘い汁は相当なものらしい。彼は主君に取り入り、酒井家のお抱え力士は日本でもっとも強くなれる、と吹き込んだ。それを真に受けた忠道は、良き相撲取りを抱えるためならば金を惜しむな、とにかく強い力士を揃えるのだ、と命を下し、ことあるごとに大名たちに、

「うちの力士たちは天下一だ。その気になれば、本場所の番付の上位を全部、酒井家の相撲取りで占めることもできるぞ」

と自慢した。そう言われては、ほかの相撲好きの大名たちが黙っていられない。それぞれ「これは」と思う力士を酒井家にぶつけたが、ことごとく打ち破られる。

「雅楽頭の力士どもには敵わぬわい」

大名たちは勝負のたびにため息をつき、忠道は大喜びをする。ことに部屋頭の荒狼は、鬼神と見紛うばかりに強く、連戦連勝負け知らずで、そのうち谷風を超えるのではないか、雷電より強いのではないか、という評判になっていた。

「雅楽頭殿の抱えておられる荒狼という相撲、あれは化け物じゃな。人間ではとても勝てぬ。あれを倒すには、猟師に鉄砲で撃たせるほかあるまい」

「いや、荒狼の肌は鍛えに鍛えて、鉄砲の弾も弾《はじ》き返すと聞いたぞ」

そういう噂を耳にするたびに忠道はほくほく顔になり、荒狼と白澤への寵愛がますます強まっていく。これは裏を返せば、荒狼が負けたら、白澤の地位が危なくなるということだ。

そんなとき、姫路城下の商人が勧進元となり、大坂の鰯雲部屋を播磨に呼んだ。そういうときは地元の力士が「迎え方」、よそから来たほうが「寄り方」となって番付を組む。当然、地元の力士に人気が集まり、よそものは分が悪いが、大坂や江戸から来た力士がどれほど強いのか、ということも関心の的になる。しかし、そのときは大坂の名もない小部屋の力士ということで、白澤も酒井家の力士たちも、

「負ける気遣いはない」

と高をくっていた。もちろんそのつもりでわざと弱そうな部屋を招いているわけだ。酒井忠道が在国の折、たとえ本場所でなくとも、城下での花相撲でおのれの抱え力士が負けたとあってはたいへんなことになる。しかも、忠道は「どうしても観に行く」と言い出した。いくらお忍びであっても主君の観戦ということになると、大名行列並の警固もしなくてはならないし、酒を飲んで興奮した客や勝ち負けに憤懣《ふんまん》のある相撲取りによる「がさつがましきこと」がないよう気を配らねばならぬ。

「その儀なれば、われらが参りまして、試合のありさまをつぶさにお知らせいたしまするゆえ」

「たわけ。おのれの目で見ねば、相撲など面白うないわ」

たしかにそのとおりだ。

「ならば一日《いちじつ》、城内にて御前試合をとりおこなわせます」

そう言って、ようよう納得させた。城下での花相撲では、白澤の思惑どおり、酒井家の力士の勝ち星が上回った。しかし、鰯雲部屋も思っていたよりは善戦し、なかでも小結の溺海は小兵ながら相撲巧者のうえ地力があり、荒狼ですら押され気味の場面があっ

たほどだ。

「明日は御前での勝負だ。絶対に負けてはならぬぞ。大丈夫か」

　不安そうに言う白澤を笑い飛ばして荒狼は、

「ちょっと小手先が器用というだけで、力はない。あんなやつは鼻毛の先で吹き飛ばしてやるわい」

「念には念を入れろという言葉がある。殿のご上覧があるのだから、必ず勝たねばならぬのだ。どんな手を使うてもな」

「なんじゃと」

「今宵、当家の剣術指南役に申し付けて、あやつらの宿所に忍び込ませ、溺海の腕なり脚なりを怪我させておくゆえ、明日はそこを狙って痛めつければよい」

　そこまで言ったとき、荒狼はいきなり白澤の頬を張り飛ばした。

「な、な、なにをする。武士の面体を殴打するとはけしからぬ。ぶぶぶ無礼討ちじゃあ」

　あまりの痛さに白澤が泣きながらそう言うと、

「そんな小細工をせずとも、わしは勝ちもうす。もし、溺海が明日怪我をしていたら、わしは相撲は取りませせぬ。そうなれば不戦敗となり、向こうの勝ちとなる。それでもよいのかね」

ここで荒狼に臍《へそ》を曲げられたら、困るのは白澤である。

「ならば、おまえを信じて、言うとおりにするが……もう一度きく。必ず勝つのだろうな」

「あんたは武士だと言うたが、わしもご当家から扶持をもらい、士分としての扱いを受けておる。武士に二言はござらぬわい」

「その言葉、嘘ではあるまいな」

「くどいのう。もう一度張り手をお見舞いしようか」

白澤はあわてて手で顔を覆った。

◇

「——というようなことがあったそうでごんす」

鰯雲はそう言った。

「それで、どないなったんや」

千三が待ちかねてたずねると、鰯雲はゆっくりと言った。

「うちの溺海が勝ちましたんや」

勇太郎と千三は顔を見合わせた。

「お城の三の丸の東側のお庭に土俵が作られまして、そこで取り組みがごんした。お城のご家来衆をはじめ女中たちもずらりと見物しておられました」

　相撲取りは皆、羽織袴《はかま》で借り物の刀をたばさみ、鰯雲は麻の上下《かみしも》を着用したそうだ。神主と行司による土俵祭のあと、荒狼の土俵入り、つづいて溺海による土俵入りが行われ、いよいよ取り組みが始まった。

「うちの若いもんは皆、あちらの衆に立て続けに負けてしまい、とうとう最後の溺海と荒狼の取り組みになりもした。なんとか一番でも勝ちたい、と溺海は気負っておりましたので、わしはこいつをそばに呼び、気負いをなくして無心で当たれと申しました。一方、向こうの荒狼関は、強いことはとてつもなく強いが、取り口が雑で、そこが付け入るところかなと思うたのでごんす。また、荒狼はわしらをあなどっており、慢心しておるのがようわかりもす。それが差になったのかどうか……荒狼関ははじめ、激しい突っ張りで溺海を土俵から弾き飛ばそうとしました。それはそれは、わしも見たことのない水車のような突っ張りでごんしたが、溺海はその腕を下から下からあてがって外し、我慢に我慢を重ねました……」

　やがて両者はがっぷり四つに組んだが、やはり気迫も地力も荒狼が上回り、溺海はずるずると土俵際まで押されていった。これで終わりかと思ったとき、どういうはずみか荒狼の脚がずるっと滑り、溺海はここぞとばかりに下手投げを打ち、ふたりとも土俵の外に重なって落ちた。だれの目にも、荒狼の右手が先に地面についたように見えたが、

行司は軍配を上げるのをためらったすえ、お相撲奉行の白澤を見た。白澤は、

「なにを逡巡《しゅんじゅん》しておる。勝敗は明らかであろう。早う軍配を上げよ」

これは、荒狼の勝ちとせよ、ということだろうが、行司は、

「この勝負、同体につき預かり」

と宣した。預かりというのは、どちらの勝ちでもない、ということだ。

(まあ、ええか……)

と鰯雲は思った。こちらの勝ちであることは明らかだだが、お城での御前試合で、寄り方の相撲取りがお抱え力士に勝ったとあっては、無事に城下を出られるかどうかもわからない。預かりならまずまずだ……。

「なにを申す、行司。貴様、差し違えをしたな。溺海の髷が先についておったではないか」

白澤はそう言った。

「あ、いや、その……」

「お相撲奉行の異名を取るこのわしの目はたしかじゃ。今ひとたび、よう思案してみよ」

行司は顔を真っ赤にして、

「ももも申し訳ございません。そう言えば、溺海関の髷がつくのが少しばかり早かった

ようでございます。――ただいまの勝負、それがしの差し違えにより、荒狼の勝ちといたします」

「うむ、おのれの非を認めるその心根や良し。咎《とが》めはいたさぬぞ」

「ありがたき幸せ」

荒狼は、合点がいかぬ顔つきで、取り直しを求めたが、白澤に命じられた家中の侍たちに制された。鰯雲たちは逃げるように城を出ると、その足でただちに大坂に戻ってきた。あとで聞くと、数名の侍が彼らが国境《くにざかい》を越えたあとすぐにやってきて、あたりを探し回っていたらしいから、間一髪だったのかもしれない。

「いくら勝ったことになったとはいえ、酒井さまはお怒りになられたのではないか」

勇太郎が言うと、

「それが、うまい具合に、その日、お殿さまは風邪でご発熱。相撲はやむなくご欠席されておられたのでごんす」

おそらく白澤島次郎が、荒狼は勝ちましたぞと報せたことだろう。

「わしらはそれで済んだつもりでおりもした。ところが、大坂に戻ってしばらくすると、阿弥陀池にあったうちの部屋の家主から急に、出て行ってくれと言われたのでごんす」

長年そこに世話になっており、馴染んでもいたので、どうしてだとたずねたのだが、とにかく家を空けてくれ、理由《わけ》は言えぬの一点張りだった。

「貸したとき、いつなんどきでもご入用の節には家を空けます、という一札が取ってある」

と言われたらそれまでである。やむなく住み慣れた阿弥陀池の家を出て、宿替え先を探したが、なぜかどこも貸してくれない。

「血の気が多い大男が大勢出入りすると物騒やし、落ちつかん」

「荒っぽい稽古の音が朝から聞こえたら、うるそうてかなわん」

「どたんばたんされたら家の根太《ねだ》や柱が傷む」

「こどもが怖がる」

などといった、どうでもいいような言い訳をされて、断られるのだ。かつては、

「お相撲さんが近所にいてくれたら、泥棒も入らんさかい、用心がええわ」

「こどもの遊び相手になってくれるからうれしいわ」

と歓迎されたものだ。なにかおかしい。そう思った鰯雲は、ある家主をつかまえて、なだめたりすかしたりしつこくきいてみた。すると言いにくそうに漏らしたのは、

「お寺社から内々で書き付けが回ってきとるんや。鰯雲部屋に家を貸すな、とな」

相撲部屋というものは、日々、荒々しき稽古を行ううえ、力任せの乱暴を働いたり、酒を飲んで暴れたり、また、興行に関わるいかがわしき無頼の徒や遊俠《ゆうきょう》のものが出入りするなど、近隣に大いに迷惑をかけること甚だしいゆえ、部屋の転居に際しては、新

しい家主は寺社奉行への届け出をしその許しを得るだけでなく、つねにそのありさまを見張り、行き過ぎあればただちに改めさせるべし。それができぬときは、家主と惣《そう》年寄、町年寄がその責めを負うこととする……そういう中身だったそうだ。

「その書き付けのおしまいに、大坂の鰯雲部屋の力士は、播州《ばんしゅう》にて好ましからざることあり、不届き至極なり、という一文がついておりました」

　勇太郎は首をひねった。

「うーん……相撲興行はたしかに寺社奉行の支配だが、なにゆえ大坂の小さな部屋のあり方に口をだすのだ。この部屋だけがひどい扱いを受けるのはおかしいではないか」

「酒井さまがお寺社に申し入れたそうでごんす。鰯雲部屋には家を貸させるな、と」

　千三が憤りをあらわにして、

「それで、寺や神社に頼んでもあかんのやな。向こうは寺社奉行ににらまれたらそれまでやからなあ」

「はい、清楠寺のお住持は、夜だけならこっそり稽古してもろてもええ、とご親切にも境内を貸してくれましたのやが、部屋ごと移ることは堪忍してくれと申されましてな。けど、ここの家主さまは仏さんのようなお方で、酒井さまのやり方はあまりにひどい、狭いところやが向こうがなんぞ言うてくるまではおったらええ、と言うてくださいました。たとえ稽古場がのうても、六人がなんとか暮らしていけるだけでもありがたいことでごんす」

「うーん……」

「それに、これまでは野菜や魚、酒や炭なんぞを差し入れてくれていたご贔屓の旦那方も、関わり合いになるのを恐れて、なにもくださらぬようになりもした。ただ、浜辺屋の旦那だけは、うちはたとえお上から文句を言われてもおまえらを助ける、と言うてくださいましたが、浜辺屋はんも大きな身上《しんしょう》ではごわへん。よその店が手を引いたら、一軒でできることはそれほどござりまへん。たちまちうちは困窮いたしまして、大の男六人が粥《かゆ》を啜る日もごんす」

「なんちゅうこっちゃ。酒井の殿さまも無茶しはるなあ。たとえ大名でもこのわては許さんで」

千三が大きなことを言う。

「いや、酒井公はご存知ないだろう。白澤という江戸留守居役が嫌がらせをしているのだ」

「そいつが一番の悪《わる》だすな？　ほな、そいつをひっくくったらよろしおますがな」

「そんなことできるか。大名家の江戸留守居役だぞ。町方が手を出せる相手ではない。

——で、花相撲の悶着というのはなんだ」

花相撲というのは、本場所や巡業のほかに時折催される興行で、三日とか五日とか日数はまちまちだが、一日だけのこともある。取り組みのほかに、滑稽なしょっきり相撲や飛び入り相撲、こども相手の相撲、甚句《じんく》、太鼓披露などを行い、相撲好きを楽しませる。目玉は五人抜き勝負のことも多く、勝っても負けても本場所の番付にはひびかない。女こどもも見物できたし、催す側はうまくすれば客からの祝儀（花代）がたっぷりもらえたので、なにかの元手を集めるには重宝した。

「それでごわす。うちの部屋の食うや食わずぶりを見かねて、浜辺屋の旦那が勧進元になって花相撲を催してくださることになりもした。浜辺屋はんも小さな身代でごんすが、有り金を掻き集め、借金までして、勧進元を引き受けてくれもした。たった一日でごんすが見物衆が来てくだされば、うちの部屋に金が入るので、こんなありがたい話はごわせん。涙ながらに大喜びで引き受けましたが、運《まん》の悪いことに、寄り方が見つからぬ。旦那も心当たりをほうぼう探されたのですが、空いている力士たちがおりませぬ。相手がなくては相撲はできぬ。困った浜辺屋の旦那のところに、小倉《こくら》にいる頭取が、ちょうど身体の空いている力士が五人いるがどうする、と言うてきなさったので、浜辺屋の旦那はその話に飛びついたのでごんすが……」

その「身体の空いている五人の力士」というのは、荒狼はじめ姫路酒井家のお抱え力士たちだったのである。小倉の頭取はいきさつをなにも知らずに、浜辺屋に話を取り次いだだけなのだが、そこで行き違いがあったらしい。酒井家のほうでは、鰯雲部屋に喧《けん》喧嘩《か》を売られたと思った。無理もない。勝ったのに負けたことにさせられた大坂連中が、おのれの地元に彼らを招いている。あのときの辱めを晴らすために、見物の見守るなか土俵のうえで叩き殺すつもりとしか考えられぬ。

えらいことになった、と浜辺屋は青ざめたが、もう遅かった。あいだに入った小倉の頭取は、すでに酒井家お抱え力士たちに旅費と手金を渡してしまった。いまさらなかったことにはできぬ。

だが、荒狼からは、かつての遺恨を忘れ正々堂々と勝負しようという書状が鰯雲宛てに届いた。鰯雲と浜辺屋はホッと胸を撫《な》で下ろした。どうやら向こうは相撲道にのっとり、真っ向からの試合を望んでいるようだ。よかったよかった。あとは勝とうが負けようが、勝敗は土俵のうえに置いてくればよい。

ところがまたそこへ、ややこしい話が出来《しゅったい》した。主君酒井忠道公がおしのびでその花相撲を観にいきたいと言い出したのだ。気持ちはわかる。国入りしている殿さまにとって、姫路から大坂はさほど遠くはない。なにしろ天下一と白澤に太鼓判を押されている自慢のお抱え力士たちだ。彼らがどんな活躍をするか、見たいというのが人情ではないか。

殿さまおしのびにて相撲見物、という報せを聞いた白澤は、大慌てで江戸から国に戻った。大名というものは、参勤交代のほか勝手に自国から出たり、江戸から離れたりするわけにはいかぬ。いちいち公儀に届け出をせねばならぬのだ。もしも露見したら騒動になる、と国家老とともに諫《いさ》めたが、忠道は言うことをきかぬ。なんといってもまだ二十歳そこそこの若者なのだ。こうなったらしかたない。おしのびでの見物のほうは国家老に支度万端を任せて、白澤は取り組みがうまく運ぶよう心を砕くことにした。とにかく、おしのびとはいえ殿さまご上覧の席なのだ。お抱え力士にはどうしても勝ってもらわなければならない。いや、是が非でも勝たせるのだ。しかも、相手はいきさつのある鰯雲部屋の力士たちではないか。ひとりも負けてはならぬが、ことに荒狼は負けることは許されぬ。もし、荒狼が溺海に敗れるようなことがあれば、荒狼は出入り差し止めになるだろうし、白澤は留守居役を解かれ、蟄居《ちっきょ》閉門、悪くすればお家断絶、あるいは召し放ち、つまり俸禄を取り上げられて浪々の身に落ちることも考えられた。

そのころから、大坂の鰯雲部屋の力士たちへの嫌がらせが次第に露骨になっていった。それまでは、家を借りさせない、とか、食べ物の差し入れをさせない、とか、寺社での稽古をさせない……といった遠回しなものだったが、溺海が人気《ひとけ》のない通りを歩いていると、突然、屋根から瓦が落ちてきたり、立てかけてあった材木が勝手に倒れてきたり、停《と》めてあった大八車がぶつかってきたりと不審なことが立て続けに起きる。溺海は磊落《らいらく》な気質なので、

「妙なことばかりあるわい」

とさほど気にとめなかったようだが、鰯雲は心配になり、出かけるときは必ず付き人を連れていくよう命じた。すると先日、西横堀の川端を歩いていたとき、後ろから来た侍に、追い抜きざま抜き打ちに斬りつけられた。かろうじてかわしたが、侍はもう一度斬りかかってきそうな素振りを見せた。付き人の蒟蒻山が、

「こらあ、浪人。金が欲しいんやろ。せやけど、わしらは一文なしやで。あきらめて、どっかよその、もっと金のありそうなやつを探せ」

川向こうまで届くような大声でそう叫ぶと、侍は舌打ちして逃げ出した。あとで見ると、溺海の帯が少し切れていたそうだ。

「もしかすると、酒井家の差し金かもしれん……とは思いながらも、まさかそこまではせんやろという気持ちもあり、しばらく様子を見ておりましたが……こんなことになるとは……」

「なぜ、奉行所に届けなかったのだ」

鰯雲は悲痛な顔つきになり、

「あちらさまは、十五万石、譜代のお大名でごんす。わしらはお寺社から許しを得て相撲興行をさせていただいとる身の上、それに、江戸で年二度、京、大坂で年二度の本場所は、酒井さまから人気力士をお借りせねば番付が組めませぬ。吹けば飛ぶようなうちの部屋が何の証もなく騒いだりしたら、いっぺんに潰されてしまいます。相撲会所も、大

坂の相撲贔屓の旦那方も、よその部屋も味方になってはくれますまい。関わり合いになったら、どんなとばっちりを受けるやわからん。もし、町奉行所に訴え出ても、相撲取りのいざこざなんぞお奉行さまが真面目に取り上げてくださるとは思えんし、下手に酒井さまに問い合わせでもされたら藪蛇《やぶへび》になる。泣き寝入りしかないと思うとりましたが……こうして溺海が大怪我させられたのを見て、今更ながらに悔やんどります。お取り上げいただけずとも、お奉行所に申し上げるべきでごんした。溺海がかわいそうで、かわいそうで……」

涙目になっている頭取に、勇太郎は言った。

「ところがだ、相撲取りのいざこざなんぞを真面目に取り上げる奉行がいるのだ」

「――へ？」

「俺がなにをしにここに来たと思っている。奉行に命じられて、この一件を調べにきたのだ」

「ひえっ、そうでごんしたか」

鰯雲は目を丸くした。

「で、どうするつもりだ。残りのもので花相撲に出て、勝ち目はあるのか」

鰯雲はじめ、居合わせた皆がかぶりを振った。

「だろうな、こんなひょろひょろばかりではむずかしかろう」

「それだけではごわはん。蒟蒻山は入門したばかり。弱法師、嫋、搦山も番付ははるか下のほうで、まだまだひよっこ。猛者《もさ》揃いの酒井さまのお抱え力士にはとうてい及びもはん」

「ということは、花相撲を催すのをやめる、ということか」

「そうはいきもはん。もう、向こうには前金を渡してしもうた。土俵や見物席を作るだんどりもしてしもうた。相撲茶屋を通して畳札《たたみふだ》も売っとる。今さら取り止めにしたら、浜辺屋はんが潰れてしまいます。それに……」

鰯雲は、目をしばたたきながら、

「わしらにも大坂相撲の意地がありもす。小部屋ながら、大名を頼らず、浪花の商人衆、町の衆のご贔屓だけでやってきたという誇りもありもす。向こうが卑怯《ひきょう》なやり口でうちを潰そうとしとるならば、なにがあろうと花相撲に出て、小部屋の性根を見せつけてやりとうごんす」

するとう今まで黙っていた弱法師たちが、

「わしも、たとえ勝てぬとも、土俵でひと手、ふた手でも張り手を食らわしてやりとうごんす」

「わしもじゃ。なにをされようと食い下がって、溺関の意趣返しをしてやりたい」

「そうとも、気迫では負けぬはずじゃ」

鰯雲頭取は、

「よう言うてくれた。でも、おまえたち三人と蒟蒻山では四人。花相撲の一番の呼び物の、五人抜きにはひとり足らぬ」

千三が、

「知り合いで、溺海の代わりが務まるような力自慢はおらんのかいな」

「素人衆の飛び入り相撲ならばよいが、五人抜きは玄人《くろうと》の相撲取りしか出られぬ決まりでごんす」

「よその部屋から、強い力士を借りてくればよいではないか。雷電でも陣幕でも……」

「それでは、うちの部屋が仕返しをしたことになりませぬし、よその部屋も関わり合いになりとうないゆえ、貸してはくれませんじゃろ」

「うーむ、そうか……」

そのとき、弱法師が言った。

「頭取、鶸鳥《ひわどり》関がおりますがな」

鰯雲の顔がにわかに晴れ晴れとした。

「そうじゃ、鶸鳥のことを忘れておった。あいつに頼むしかないか……」

「なんやねん、その弱そうな名前のやつは。——まあ、ほかもだいたい弱そうやけどな」

千三が口を出すと、

「去年までうちにいた相撲取りで、身体は貧弱でガリガリでしたが、技に秀でとりましてな、前頭《まえがしら》にまで出世したのに、その披露目をした途端に辞めてしもうたのでごんす」

「なんでや」

「変わったやつでなあ、餅がなによりの好物で、毎日腹いっぱい餅が食いたい、とそればっかり抜かしよるんでごんす。うちみたいな貧乏部屋にとっては、餅は贅沢中の贅沢で、食えるのは正月ぐらい。それが我慢ならんと言うて、出て行きました」

「今、どこにいるんだ」

「さあ……おおかた餅屋にでも勤めとるんとちがいますか。手分けして皆で探しますわ」

千三が手を打って、

「よっしゃ、人探しやったらわてに任しとけ。この千三、顔の広さと年季の入った眼力で、たちどころにその鶍鳥とやらを見つけ出したるさかい大船に乗った気で……」

そこまで言ったとき、勇太郎が、

「その鶍鳥というのは、背の高い、俺よりも痩せた、ぼーっとした顔の男ではないか」

「そ、そうでごんす。どこかで見かけもしたか」

「うむ。それならもう探すことはない」

勇太郎はにっこりと笑った。

◇

「これはまた、おふたりさま揃うてお越しとはなんぞ御用でおますか。――そちらのお方は存知あげまへんけど……」

玄徳堂の太吉が前掛けで手を拭きながら、店から顔を出した。

「鰯雲と申しまして、相撲部屋の頭取をしとりもす。今日参りましたのはほかやない。こちらに元前頭の鶍鳥というものがごやっかいになっておるはずでごんす。そのものに会いとうごんすが」

「鶍鳥……？　たぶん春助のことやと思います。まえは相撲をしてたと当人が言うとりましたさかい。――おおい、春助！」

呼ばれて、昨日餅を搗いていた若者が現れた。

「おお、鶍鳥！　久しぶりだのう」

鰯雲が目をうるませて近寄ったが、若者のほうは淡々として、

「頭取、ご無沙汰しとります。今日は、お菓子買いにきはりましたん？」

「なにを呑気なこと言うとる。おまえに大事な用があって来たのじゃ。――鶍鳥、うちの部屋に戻ってくれ」

「――はあ？」

きょとんとした顔の若者に、鰯雲がいきさつを語った。春助も、おととしの姫路巡業に加わっていたので、飲み込みは早いはずだ。

「へええ、溺関が侍に怪我をさせられて、花相撲に出られまへんの。えらいこっちゃがな。――それで、わしになにをせえと言いますのん」

いや、飲み込みは早くなかったようだ。

「知れたこと。うちの部屋は今五人しかおらぬ。溺海が欠けたら五人抜きに出ることができぬ。前頭のおまえなら、なんとか溺海の穴を埋めることができるじゃろ」

「あははは……頭取、アホも休み休み言うとくなはれ。わし、この一年ほどまるで相撲なんぞ取ってまへんのやで。仕切りのやりかたも忘れてしもたわ」

「そんなもん、すぐ思い出す。なあ、頼む。も一度相撲取りになってくれ」

「そう言われても……あの狭い家で六人で寝るのは辛《つろ》おまっせ。――ま、この家でも似たような狭さやけどな」

太吉はムッとした顔になった。

「それに、なんぼ貧乏な部屋やいうたかて、食べるもんが貧弱すぎますわ。菜っ葉に豆腐にキュウリの漬物……あれでは相撲取りは強うならん。――ま、この家でも似たようなおかずやけどな」

「おい、それは言い過ぎやで。うちは三日にいっぺんは塩サバかイワシの干物を……」

　太吉が口を挟もうとしたとき、鰯雲が悲痛な声で、

「なんとか頼む、鶏鳥、部屋に戻ってくれ」

「よろしいで」

　春助はあっさりとうべない、一同はずるっとこけかけた。

「ほ、ほんまによいのじゃな」

「へえ、かましまへん。わし、毎日餅が食えると思て餅菓子を作ってるこの店に雇てもらいましたんや。ところが、よう考えたら餅は商売もんやった。毎日どころかいっぺんも食わしてもろてない。ここの親方、優しいしおもろいから好きやけど、餅食えんのやったら未練はない。餅菓子屋のくせに餅が食えんやなんて、餅は餅屋……いや、ちごた、紺屋《こうや》のなんとかや」

「悪かったな」

　太吉は腕組みをして横を向いた。

「それに、今の話聞いて、わしも白澤のやり口には腹が立った。溺関があまりに可哀《かわい》そうや。ええ力士を集められるだけ集めて、おのれはその功で出世しとるのに、よその力士は虫けらかなんかのように思うとる。ほんまの相撲好きなら、相撲取りみんなを好いとるはずや。溺関にはかわいがってもろたし、頭取にも相撲を教えてもろた恩がおます

さかい、恩返しやと思て、戻らせてもらいますわ」

普段はぼそぼそとしかしゃべらない春助が、なぜかよくしゃべった。鰯雲は太吉に、

「玄徳堂の親方さん、そういうわけじゃで、この鶺鳥をしばらく貸してもらいたいのでごんす。もちろん、花相撲が終わったらすぐにこちらにお返しします。わしらをお助けくだされ」

そう言って身体を折り曲げ、髷先が地面に着きそうなほど深々と頭を下げた。

「待っとくなはれ。いきさつはようわかりました。ここで助けんかったら、大坂もんの名折れですわ。こんなやつでよかったらなんぼでも持っていっとくなはれ。熨斗《のし》つけてお渡しします。花相撲が終わっても返さんでよろしいで。餅を食わせてもらえんとか、さっき文句言うとりましたけどな、餅ひとつ搗かしても下手くそでなあ、もっと力入れて搗かんと腰のある餅はでけへんで、て言うとるのに、いつまでたっても上手《うも》ならん。ほんまに相撲取りやったんかと疑うとりましたんや。そんなやつに餅なんぞ食わせられるかい。――おい、春助、おまえは今日から鰯雲頭取のもとに戻って、相撲の稽古をしなおせ。死ぬ気で頭取に、いや、相撲に恩返しするんや。わかったな」

「へい」

鶺鳥は素直にうなずいて、

「短いあいだでしたが、ありがとうごんした」

相撲取りの口調になって一礼した。

◇

勇太郎から一部始終を聞いて、久右衛門は脇息《きょうそく》に肘をつき、拳を頬に押し当てたまま苦い顔をした。拳が肉付きのよい頬を歪め、南蛮の犬のような不細工な顔になっている。

「ふむ……そういうことか」

「つまりは、酒井家の江戸留守居役が鰯雲部屋に嫌がらせをして、とうとう溺海という部屋頭を傷つけた、それゆえ白澤というその留守居役を咎めよと申すのじゃな」

「はい、あまりに非道でございます。このまま放っておけばご政道の乱れにつながりましょう」

「ではあるが……」

久右衛門は眉根を寄せた。

「どうにもならぬ」

「――え?」

勇太郎は、久右衛門が激昂《げきこう》して、白澤の命を受けて溺海に怪我を負わせた侍をただちに探し出せ、よいな、草の根を分けてもひっとらえよ、わしが直々に吟味する、と言い出すだろうと思っていた。それが「どうにもならぬ」とは……。鰯雲に言った「相撲取りのいざこざを大真面目に取り上げる奉行がいる」という言葉をどうしてくれるのだ……。

「斬ったのは武士じゃ。不逞《ふてい》の浪人ならば町奉行の扱いだが、主家のある侍となると、手出しはできぬ。下手人をうまく捕えて、その後ろに伸びる糸をたぐったとしても、酒井家は知らぬ存ぜぬで通すであろう。鰯雲の申すのも道理じゃ。向こうは神君家康公以来の譜代大名。老中ですら膝を屈する名家である。横車を押そうと思えばいくらでもできる。大坂町奉行ごとき、首を挿《す》げ替えることもたやすかろう」

そうなのだ。酒井家が老中に申し入れれば、大坂西町奉行を罷免するぐらい造作もないことなのだ。

「ではございますが……」

「そのうえ、今のところ酒井家が関わっているという証左はなにひとつない。下手に白澤という藪をつついて、酒井忠道公という蛇を出してしもうたら、鰯雲部屋は潰されてしまうかもしれぬ」

「では……溺海たちはこのまま泣き寝入りをせよ、と」

「波風を立てずにおれば、わしが寺社奉行に申し入れて、鰯雲部屋がもとの阿弥陀池に戻れるよう、また、寺社や贔屓筋からの差し入れを受けてもかまわぬよう計らってくれ、と嘆願してもよい。酒井家がどう出るかはわからぬがな」

「それでは、鰯雲部屋が酒井家に屈したことになります。嫌がらせを続け、溺海を刀で傷つけたのは酒井家のほうなのに、なぜこちらが頭を下げねばならぬのですか」

「ことを荒立てぬほうがよいときもある。村越、堪忍せよ」

勇太郎は唇を嚙んだ。鍋奉行といえど、こういうときにはなにもできぬのか。叱り飛ばされることを覚悟のうえで、お頭にはがっかりいたしました、大坂の町の衆を守ることが町奉行の務めではないのですか……思い切ってそう言おうとしたとき、

「ではあるが……」

久右衛門は、聞き取れぬぐらい低い声で唸《うな》るように言った。

「わしの腹の虫はおさまらぬ。大名家に仕えることをよしとせず、困窮しながらも大坂の商人たちに援《たす》けられながら、毅然《きぜん》として相撲道を歩んでおった力士どもを、譜代の威光を笠に裏から手をまわして苦しませ、また、おのれの保身のために怪我を負わせるとは……許し難い。ああああ……許せぬ。許せぬのじゃあっ！」

しゃべりながら高ぶってきたらしく、久右衛門は中腰になると、脇息を鷲摑みにして天井に叩きつけた。バラバラに壊れた脇息が落ちてきたので手で払いのけたが、

「うわっ、な、なんじゃこれは！」

天井にいたネズミまでが落ちてきて、久右衛門にまとわりついたのだ。それが久右衛

門の怒りの炎に油を注いだらしい。

「ううう……町奉行の職ぐらいはいくらでも棒に振ってやるが、それでは向こうに一《いっ》矢報《し》いるどころか、爪楊枝《つまようじ》をぶつけたことにもならぬ。なんとかその白澤という留守居役はじめ酒井家の抱え力士たちに吠え面《づら》かかしてやることはできぬのか。ううっ……うっ……イライラする。うがあああっ！」

やはり、久右衛門も腹中では激怒していたのだ。勇太郎は安堵しながら、

（これでこそお頭だ……）

と思った。だが、なんの手立てもないことに変わりはない。このままふたりでイライラし続けなければならないのか……と勇太郎が思ったとき、それまで黙って聞いていた用人の喜内が、

「相撲の借りは土俵のうえで返す、と申します。たとえ土俵の外で得た屈辱も、土俵のうえで晴らすべきではありませぬか」

「よう申した！」

久右衛門は大きく手を打つと立ち上がり、着物をするすると脱ぎはじめた。あっという間に下帯ひとつになると、パン！　と下腹の肉を叩き、膝を落とすと四股《しこ》を踏みだした。どすんどすんという音とともに埃《ほこり》が舞った。

「な、なにをなさっておいでです」

許せぬのじゃあ！

「知れたこと。屈辱を土俵のうえで晴らすのじゃ。喜内、まわしを買《こ》うてまいれ」

喜内は、なおも四股を踏み続けようとする久右衛門を押しとどめた。

「おやめくだされ。床が抜けますぞ。それに、素人の御前が出ても勝てる道理がござらぬ。本職の力士にお任せなされませ」

「一理あるのう。——村越、その鶍鳥と申す力士は強いのか」

勇太郎は首をかしげた。相撲を取っているところを見たわけではないので、強いか弱いかはわからないが……。

「弱い、と思います。背は高いですが、私よりも痩せておりますし、見かけはとても相撲取りとは思えません。それに、丸一年相撲の稽古をしておりませんし、餅が食いたいとそればかり言うております。そもそも鶍鳥という名前からして弱そうです」

鶍というのは、雀よりも小さい渡り鳥のことである。

「ふほほほ、よほど餅が好物なのじゃな。面白そうなやつじゃ。わしも餅は大好物での」

そんなことはだれもきいていない。

「酒井家を表立って非難できず、白澤とやらの罪も問えぬならば、いくら弱そうでも、その鶍鳥というものに、荒狼なるあちらの部屋頭を土だらけにしてもらわねば、溜飲《りゅういん》が下がらぬ。荒狼というのは強いのか」

「おそらくは。錦絵も飛ぶように売れ、たいそうな人気だそうです」

「花相撲はいつじゃ」

「七日後でございます」

「日がないのう。いくらかためて稽古をしても、急には強くはならぬ。うーむ……」

下帯を着けただけの久右衛門は剛毛の生えた腕を組み、胡坐をかくと目を閉じてなにやら考えはじめた。その思案があまりに長いので、勇太郎は思わず、

「よほどの名案を思い付こうとされているのでしょうか」

喜内が鼻で笑い、

「思案するふりをしておられるだけ。いつものことです」

そのとき、なにかの気配を感じたのか、久右衛門が目を開けると、膝のうえに乗ってきたネズミと目があった。さっき天井から落ちてきたやつが、逃げずにまだ残っていたのだ。久右衛門がびくっと怯えて、思わず手を突いてのけぞると、ネズミは「チュウ」と鳴いて、部屋から走り出て行った。久右衛門は咳払《せきばら》いをし、今の失態を取り繕うように、

「ネズミか……」

とつぶやいた。そして、ポンと膝を叩き、

「よき思案がついたぞ」

そう言ってにんまりと笑った。

3

花相撲が近づくにつれ、大坂市中の相撲好きたちは寄るとさわるとその話である。

「今度の花相撲、どないするねん」

「もちろん行くがな。もう、相撲茶屋に金払《はろ》て畳札おさえてある。鰯雲部屋の溺海《おぼれうみ》、もろ差しが得意なんや。わし、好きでなあ」

「溺海はええけど、ほかの連中が頼りないがな。弱法師《よろぼし》に嫋《たおやか》に搦山《からみやま》やろ。どれもまだ弱いでえ」

「蒟蒻山《こんにゃくやま》ゆうのもおるらしいで」

「そんなもん、箸にも棒にもかかるかいな。味噌つけて田楽《でんがく》にしとけ」

「心配いらん、溺海ひとりおれば十分や。あっという間に五人抜きしてしまうやろ」

「それがやな、溺海、怪我しよったらしいで」

「け、怪我やと？　なんでや」

「わからんけど、相撲は取れんそうや。土俵入りだけするらしいわ」

「ほな、五人抜き勝負はでけへんのか」

「いや、まえに鰯雲部屋にいた鶲鳥《ひわどり》ゆうのが戻ってきよったんや」

「鶲鳥？　ああ、前頭まで行ったやつやな。ひょろひょろやけど、取り口は上手いねん。よっしゃ、尻押しするでえ。『鶲鳥！　鶲鳥！　ちゅんちゅん！』ゆうて声かけたるわ」

「なんか弱そうやな」

「わしは悪いけど姫路の相撲を贔屓するわ。なんちゅうたかて、荒狼《あらおおかみ》ゆうのがすごいらしい。江戸の本場所でも、ちぎっては投げちぎっては投げやったそうや。あの大関の碇潟《いかりがた》を『はっけよい残った』の声が終わらんうちに叩きつけたんやと」

「なんやと、こら。おまえ大坂もんのくせに姫路を贔屓しやがって」

「姫路が好きなんやない。わしは強い相撲取りが好きなんや」

「けっ、おまえみたいなやつと友だちやとか兄弟分やとか言うとったんが情けないわ。もう道で会《お》うても口きいてくれるなよ」

「ほな、うちの豆腐屋に買いにくるなよ。おまえには売ってやらん」

「こっちから願い下げじゃ。隣町の豆腐屋で買うわい。おまえには、鰯雲部屋が大名のお抱えにならんとがんばっとるその苦労がわからんのか」

「お抱えにならんのやのうて、なれんのやろ。どうせ鶲鳥ゆうのも、弱っちいやつに決まってる。荒狼に羽根むしられて、焼き鳥になるのが落ちや」

「なんやと、こらあ。もっぺん言うてみい」

「何遍でも言うたるわ。焼き鳥焼き鳥焼き鳥焼き鳥……」

鰯雲部屋を贔屓するものも、酒井家の抱え力士を贔屓するものもいて、どちらもこちらが勝つと譲らない。ただ、錦絵などの事触れが行き届いているせいか、姫路の力士の人気のほうがかなり高いようだ。

「うちらは荒狼を贔屓しまひょな、綾音ちゃん」

すゑが言うと、綾音もうなずいて、

「もちろんだす、なんちゅうたかて男っぷりがええもん。ああ、花相撲の日が楽しみやわあ」

ふたりは「荒狼関」と書いたお揃いの団扇《うちわ》を作り、それを客席で振ろうという魂胆なのだ。新町や南地《なんち》のきれいどころも、荒狼の贔屓連を作って桟敷《さじき》から揃いの浴衣で見物するらしいが、それは白澤島次郎が内々に金を渡し心添えを頼んでいるのだ。酒井忠道が見物したとき、姫路力士は大坂でも人気があるのだなと思えるように、との気遣いである。

「小糸さんは、その鶍鳥ゆうひとを尻押しするんやな」

すゑが言うと、

「はい……玄徳堂さんに取り持ちした縁もありますし……」

「ほな、私らと小糸さんは敵味方やね。おたがいがんばって贔屓しましょ」

すゑは明るくそう言ったが、小糸は小さな声で「はい……」と言った。

村越家の同心屋敷を出たあと、小糸は道場へは戻らず、布袋町へ向かった。絵師の鳩好《きゆうこう》を訪ねるためだ。じつは小糸は、鶸鳥の人気を上げるため、鳩好に頼んで錦絵を描いてもらったのだ。今日それができあがる。

鳩好はまだ二十歳過ぎの若さだが、大変な菓子好きである。玄徳堂の太吉と組んで菓子の目録画を描いており、小糸もたびたび目にしていたが、まるで本物としか思えない筆致は見事なものだった。なにしろ鶸鳥は、小糸が先日見たかぎりではひょろひょろに痩せており、顔ものっぺりしていて、とても強いとは思えない。なんとか鶸鳥の人気を上げられないか、と考え抜いて、ようやく思いついたのが、荒狼のように錦絵を売り出す、ということなのだ。

鳩好は、老婆が営む小さな海苔屋の二階に間借りしている。老婆に声をかけ、階段をのぼると、反故紙《ほごがみ》に埋もれた狭い部屋の真ん中で、鳩好は机に向かっていた。

「おおっ、これはこれは小糸さま、むさいところへようお越し」

紙や筆、絵の具などをあわてて片付けると、なんとか小糸が座れるようにした。

「鳩好さん、いかがですか」

鳩好は、その名のとおりまるで鳩《はと》のようなくりくりした目を小糸に向け、

「できとります。けど……お気に召すかどうか……」

そう言いながらおずおずと一枚の絵を差し出した。ひと目見て、

（うわっ……）

と思った。なるほど、小糸が梅檀木橋のたもとで会った鶏鳥そっくりに描けている。絵とは思えないほどの出来で、見事としか言いようがない。だが……。

（そっくりすぎる……）

あのひょろひょろで弱そうで、いつも腹を減らしていそうな若者そのままなのだ。顔ものっぺりしており、たしかにそれは彼の顔に間違いなかった。これではだれもこの錦絵を買わないだろうし、人気も出まい。錦絵というのは、嘘でももう少し立派で強そうで男前に描かねば、なんのために作るのかわからない。

「どないだす」

「あ、あ、はい……」

小糸は気持ちを見透かされたようでどぎまぎしながら、

「良く描けていると思います。ほんに瓜《うり》二つですね。ありがとうございました。お代はまた今度お持ちいたしますから……」

「こちらで色板を作る手配をしときまひょか」

「あ……その、一度持ち帰って、村越さまに見ていただきます」

「そうだっか、いや、お急ぎやと聞いたもんで……」

鳩好は、絵を木箱に入れて紐《ひも》をかけ、風呂敷に包んだ。小糸はそれを受け取ると、一礼して階段を降りた。鳩好はにこにこ顔で小糸を見送っている。海苔屋の外に出ると、小糸は大きなため息をついた。

◇

「荒狼、仕上がりはどうじゃ」

白澤がたずねると、荒狼は汗みずくの身体を筵《むしろ》で拭きながら、

「なんじゃ、稽古の最中に呼びにきたのは、そんなことをきくためですかのう」

「大事なことではないか。大坂での花相撲まであと幾日だと思う」

「わかっとりもすわい。わしをはじめ、部屋のものは皆、二重丸の仕上がりじゃ。いつでも大坂相撲を土俵でぶち殺す支度はできとりもす。うはははは」

そう言って荒狼は、上手投げでぶんと投げ飛ばす仕草をした。汗や泥が白澤の衣服に飛び散り、その野蛮さに辟易《へきえき》しながらも、

「それならばよい。明後日には出立じゃ。よろしく頼むぞ」

白澤が立ち上がりざま、いかにもとって付けたような言い方で、

「おお、そうじゃ。言うのを忘れておった。鰯雲部屋の溺海だが、此度の花相撲には出ぬそうだ」

「──なに？」

荒狼の顔色が変わった。

「どういうことだ。怪我でもしたのかのう。病にでもなったのではないか」

「さあ、そこまでは知らぬ」

荒狼は、白澤にその巨大な顔面を近づけると、

「あんたの差し金ではありますまいのう。わしは、あいつとは五分と五分で戦いたいと言うたはずじゃ」

「だから、知らぬと言うたであろう。大坂の小部屋の力士が相撲に出ぬ理由《わけ》までいちいち聞いてはおらぬ。それにな、溺海の後釜には、鶵鳥という前頭の力士が座るそうじゃ。あの御前試合のときも下っ端に連なっていたらしい。まるで覚えてはおらぬがのう」

白澤があざけるように言うと、

「鶵鳥……」

一笑に付すかと思いきや、荒狼はしばらく考え込んだあげく、

「その名前、あのあとも聞いたことがありますわい。──おお、そうじゃ、思い出した。江戸の本場所でそやつの取り組みを見よったが、なかなかの相撲巧者でごんした」

「ほう……そうか。強いのか」

「強うはないが上手い相撲でしたのう。大関の盾髪《たてがみ》に土をつけたのもそやつじゃ」

「おまえでも敵わぬか」

荒狼はいきなり、手にしていた分厚い粗筵を真っ二つに引き裂き、白澤の顔に投げつけた。

「そんなわけがなかろう。わしは天下一じゃ。馬鹿にするなよ」

「す、すまん。わしはただ……」

「なれど……うちの若いもんならわからぬな。気を引き締めてかからねばならぬ」

「おまえの役目は、その鶚鳥を倒すことじゃ。よいな、くれぐれもぬかるでないぞ」

「ふはははは、わかっておりもすわい。大船に乗った気持ちでおられませい。鶚鳥か、溺海関が出ぬと聞いたときは、少々やる気をなくしたが、これで張り合いができた。うふははははは、腕が鳴る、腕が鳴るわい」

両腕を曲げて力瘤《ちからこぶ》を盛り上げる荒狼を見ながら、白澤はふたたびある決意を固めていた。

◇

もはや通い慣れた、と言ってもいい井戸端を、たらいやカンテキをたくみに避《よ》けながら奥へ入っていくと、相変わらず地面に描いた土俵のなかで力士たちが稽古をしていた。鰯雲頭取が立ったまま檄《げき》を飛ばしている。

「違う違う、もっと腰を入れろ。腰を入れろと言うとるに。違う、腰を落とすのじゃ」

鰯雲の語気には、激しい焦りが顕《あらわ》れている。

「そんなことでは胸を突かれただけでひっくり返ってしまうぞ。ほれ、こうしたら……」

鰯雲が、鶚鳥の胸を棒で軽く突くと、それだけで鶚鳥は仰向けに転がった。

「痛たたた……」

「早う起きんか。何遍言わせるのじゃ、この大間抜けめ！」

「でも、頭取。わしは一年も相撲から離れとったで、急には勘が戻らん」

「わかっとるが、花相撲まではもう四日しかないのじゃ。悠長なことは言うておれぬ」

「それに腹が減って腹が減って……ああ、餅が食いたい。餅い……餅い……」

「またそれか。昨日、食わしてやったではないか」

「ひとつだけじゃ。あんなもの、食ううちに入らん。もっともっと食わねば力が出ん」

「そうは言うが、ほかのもんはそのひとつさえも食うてはおらんのじゃ。我慢せえ。花相撲で五人抜きすれば褒美の金が出る。それで餅を買えばよい。さあ、稽古じゃ稽古じゃ」

だが、鶚鳥はおのれより格下の、弱法師の寄り身すら受け止めることができず、ずるずると後ろに下がってしまう。

「ああ、もうっ。足の裏に力を入れて踏ん張らんかい！」

「餅い……餅い……」

勇太郎と小糸は顔を見合わせて笑った。笑っているときではないが、ひょろりとした鶍鳥がか細い声を出すのがやけにおかしい。

「ようお越しなされました」

ふたりに気づいた鰯雲が挨拶し、鶍鳥たちもぺこりと頭を下げた。

「仕上がりを見にきたのだが、どうだ……とたずねるまでもないな」

勇太郎が言うと、鶍鳥がへらへら笑いながら、

「見てのとおり、さっぱりわやだすわい」

鰯雲が後ろからその頭を棒で叩き、

「おまえが言うな！」

だが、鶍鳥は一向気にする風もない。小糸は、持っていた風呂敷を背中に隠した。錦絵の話など持ち出さぬほうがいい、と思ったのだ。

「荒狼に勝つ策はなにかあるのか」

「江戸の回向院で見ましたが、荒狼関はわしの百倍は強いでごんす。手も脚も出ぬ、というやつですわい」

「寂しいなあ」

「でも、わしが勝つ機もないとはいえぬ」

「ほう……どういうときだ」

「ひょっとして、荒狼関が腹痛《はらいた》を起こすかもしれぬ。ひょっとして、行司が差し違えるかもしれぬ。ひょっとして、荒狼関の足が滑って、勝手に転ぶかもしれぬ。ひょっとして……」

「ありえんな」

呆れて勇太郎が言うと、鶚鳥はまたしてもへらへらと笑った。横合いから鰯雲が、

「技は達者なんで、上手くいけば土俵際まで追い込めるかもしれん。けど、地力がないのでそこからは難しい。一度受け止められてしもうたら、まずはこちらの負けでごんしょう。一気に勝負を決めなくては……」

「…………」

「あと四日、死ぬつもりでひたすら稽古させて、万が一の勝ち星を目指しますわい」

その言葉に、鶚鳥は「ひーい」と悲鳴を上げた。

「溺海の様子はどうだ」

「熱が出ておりますゆえ、土俵入りもできるかできぬか……」

鰯雲の顔は暗かった。

長屋からの帰り道、勇太郎は小糸に言った。

「まるで駄目のようですね」

「はい。ですが……明るさがあるのが救いです」

なるほど、と勇太郎は思った。周囲は八方ふさがりで、頭取はじめ部屋の皆が落ち込んでいるなか、鶚鳥だけはやけに明るい。生まれ持っての呑気さ、朗らかさがあるのだろう。

そのとき、編笠で面体を隠した侍が前から来て、ふたりの横を足早に行き過ぎようとした。小糸が小声で、

「勇太郎さま……」

「うむ」

こんな裏長屋に、浪人でもない立派な身なりの武士が編笠を被って入り込むのは不審である。ふたりは踵《きびす》を返し、そっと侍のあとをつけた。すると、侍は歩きながら刀の柄《つか》に手をかけ、稽古中の鶚鳥に向かって進んでいく。ほかが見えていないようだ。

「待て……！」

十手を抜きながら勇太郎が背中から声をかけると、あわてた侍は刀を抜き払いざま、鶚鳥に斬りつけた。洗濯をしていた女たちが、

「ぎゃあああっ」

「お助けっ」

と大声を上げて逃げ出した。侍の剣の切っ先が鶍鳥の肩に食い込んだか、と思えたとき、

「う……あぁっ」

侍は刀を取り落とした。小糸が咄嗟《とっさ》に、風呂敷ごと木箱を投げつけ、それが手首に当たったのだ。勇太郎は十手を構えると、

「西町奉行所同心、村越勇太郎と申す。ご貴殿の名は……？」

もちろん答えるはずがない。

「そこなる相撲取りを害さんとしたのは、なんのつもりでしょう」

侍は刀を拾い上げた。鰯雲頭取をはじめ、力士たちも弧を作って侍に迫る。長居は無用と見たか、侍は刀をでたらめに振り回して、

「そこをどけ。どかぬか！」

勇太郎は一歩も引かず、正眼《せいがん》に構えたまま、侍にゆっくりと近づいていく。侍は勇太郎に気圧《けお》され、少しずつ後じさりしていく。そのかかとが、井戸に当たった。

「くそっ」

侍は捨て身で、勇太郎に向かって真っすぐ刀を振り下ろした。ぶうっ、という太刀風《たちかぜ》が顔に感じられた。しかし、勇太郎は退《ひ》かず、さかしまに一歩踏み込むと、十手の腹を

剣の刃にぶつけるようにしてその太刀筋をほんの少しずらした。そして、大きく身体を前に出し、侍の切っ先が右へ流れたところを、その手首を激しく叩いた。侍はふたたび刀を落とした。小糸がすかさず刀を蹴ると、蒟蒻山が拾い上げた。手首を紫色に腫れ上がらせた侍は一軒の家に逃げ込もうとしたが、鶍鳥たちに阻まれた。

「邪魔立てするか！」

怒鳴りながら突破しようとした侍の帯を鶍鳥が摑むと、ぐいとひねった。侍の身体はぽーんと宙を飛び、さっき小糸が投げた木箱のうえに落ちた。箱は潰れて、なかの絵もぐしゃぐしゃになってしまった。鶍鳥は真っ青になり、

「申し訳ごわせん。わしが投げを打ったせいで、あんたの持ち物がわやになってしもうたでごんす」

小糸は笑顔で、

「いえ……ちょうどよかったんです」

そう言った。

◇

勇太郎たちは、その侍を周防町の会所に引っ立てていった。縄をかけた侍、勇太郎、千三、そして小糸が入っていくと、火鉢に網を載せて餅を焼いていた藤助老人が目を丸

くした。

「なにごとだす」

「鰯雲部屋の鶍鳥がこの侍に斬りつけられたのだ」

勇太郎がそう言うと、編笠を取られた侍は苦い顔でそっぽを向いた。月代《さかやき》をきれいに剃《そ》り込み、髷をきちんと結ったその顔は、浪人とは思えず、どう見ても主《しゅう》持ちの武士である。

「なななんやて？　どえらいこっちゃがな。鶍鳥、大事なかったんかいな」

なぜかあわてふためく藤助に、勇太郎はじっと目を注いだ。

「さいわい鶍鳥は無事だった」

「ふええ、よかったわい」

藤助は胸を撫でたあと、ぶすっとした顔つきで座り込んでいる侍に向かって、

「こら、へげたれ侍。ええ相撲取りをおまえらの見栄やら外聞やら出世やらの道具に使うなよ。相撲ゆうのは神聖なもんじゃ。おまえらのド腐れた、しょうもない欲のために、どれだけの相撲取りが泣きを見てきたか……わかっとるんか！」

相撲のことになると向きになるな、と勇太郎は思った。

「旦那、こいつの持ち物を検分しまひょ」

千三がそう言って、侍の差していた両刀や印籠、財布、扇子、手ぬぐい、着物、履物

からふところのなかにいたるまで事細かに調べたのだが、素性を示すようなものはない。

「なんにもおまへんわ。こいつ、よほど気ぃつけてきよったな」

捕まってから無言を貫いていた侍がふてぶてしい口調で、

「無駄だ無駄だ。わしの身元がたやすく知れると思うなよ。それに、町方の不浄役人の分際で武士を捕縛し吟味するとは無礼千万ではないか。ただちに解き放てばよし、さもなくば町奉行もろとも重い咎めを受けるぞ」

勇太郎は落ち着いた声で、

「町方であっても、無宿の浪人の詮議は行える。貴殿は、身元を明かそうとしないのだから、無宿浪人となんら変わりはない。それとも、どこの家中のお方かその証を立てていただけますか」

不機嫌そうに黙り込んだ侍に、勇太郎がなおも言葉をかけようとしたとき、その鼻先にぷーん、といい匂いが漂ってきた。

「藤助、餅が焦げるぞ」

「あ、いかん」

老人はあわてて、火箸を使って餅を網から下ろした。

「正月でもないのに餅とは豪儀やな。お大尽でも、そんな奢《おご》りはせえへんで」

千三がからかうと、

「わしゃ庄内の生まれや。向こうは米どころやさかい、どうしてもときどき、故郷の餅が恋しゅうなって、贅沢やとは思うが、ほれ、そこにある臼と杵でな、搗かしてもろうとる」

「へえ、この餅、おまえが搗いたんか」

「まあな。――言うとくけど、わしは餅搗き名人やで」

「餅搗きに名人も下手もあるかいな。あんなもん、力入れてぽんぽーんと搗いたらしまいや」

「アホか。あんたはまえから思うてたけどやっぱりアホやな。餅は、力入れて搗いたらあかん。硬いだけの餅になってしまうからな。わしの搗いた餅食うてみ。腰はしっかりあるが、口のなかでとろけよるわ」

そう言って、藤助は焼き上がった餅のひとつを千三に差し出した。

◇

明日はいよいよ花相撲本番という日の夕刻、市中からはドドンガドガドガ、ドドンガドガドガ……という触れ太鼓がひっきりなしに聞こえてくる。西町奉行所の奥、庭に面した一室に大邉久右衛門と与力の岩亀、勇太郎、小糸、千三、鰯雲、浜辺屋、そして佐々木喜内が並んで座っていた。襖が開け放たれており、庭の様子が見て取れる。急づくりの土俵がしつらえられ、その横には臼と杵、そして、何段にも積み上げられた蒸籠《せいろう》があって、白い湯気が濛々《もうもう》と上がっている。土俵のうえでは、鶍鳥たち鰯雲部屋の力士たちがぶつかり稽古をしていた。呑気な鶍鳥も、相撲の前日というのでいつもよりは気合いが入っているようだ。身体を真っ赤に紅潮させながら、かかってくる力士を投げ飛ばしている。

「どうだ、鶍鳥は」

久右衛門が鰯雲頭取にたずねた。

「だいぶんようなってきました。これなら見物衆に恥ずかしい相撲は取りますまい」

「荒狼に勝つか」

鰯雲はかぶりを振り、

「そこまでは……荒狼関には雷電でも小野川でも取って食おうかという勢いがありもす。うちの鶍では歯が立ちますまい」

「五人抜きだが……どこまで行けるかな」

「向こうはたぶん、五人目に荒狼を取っておく策でごんしょう。うちは、最初《はな》から鶍鳥で行きますわい。鶍が負けたらそこまで、と諦めもつきもうす」

「ううむ、そうか……」

勧進元の浜辺屋が、

「私が懸念しとりますのは、酒井さまのご家来衆が横車を押して、なんぞ揉めごとになるんとちがうか、ゆうことだす。楽しみに来てはる見物のまえで、そういうことだけは堪忍してほしいんだす」

彼は、浮かない顔でそう言った。

「明日は、奉行所の与力・同心も出役を行うゆえ、安堵いたせ。もちろんわしも参るぞ」

それを聞いた勇太郎は、

(酒井さまとお頭が悶着を起こすのがいちばん怖い……)

心のなかでそう思った。ふと隣の小糸を見ると、身を乗り出して力士たちのぶつかり合いを見つめている。その頬がかすかに上気しているのに気づいた勇太郎は、

「熱心ですね」

とささやいた。

「はい、私、こないだまで相撲というものはただの見世物で、武芸ではないと思い込んでおりました。でも、今日、それが大きな間違いだということがわかりました。相撲には、剣や槍を持っての立ち合いの真剣さも深さも玄妙さもなく、戦場での働きもできない、などとすゑさまや綾音さんに広言したことが恥ずかしゅうございます」

「ほう……」

「毎日ひびあかぎれを切らして修業なさっておられる力士の方々の動きを見ていると、私どもの真剣での立ち合いとなにも変わりません。いえ……武器に頼らず、おのれの身体ひとつで勝負する……これこそあらゆる武芸のみなもとではありませぬか！」

その熱を込めた語気に勇太郎はたじたじとなったが、気持ちはわかった。たとえ稽古といえ、眼前で肉と肉、骨と骨が激しく衝突するのを見ていると、わけもわからぬ高ぶりを覚えるのだ。たしかに相撲こそが、武芸のみなもとかもしれない。

「よし、そのあたりでよかろう」

久右衛門が右手を挙げた。力士たちは稽古をやめて、奉行に向かって頭を下げた。

「奉行所の庭で稽古させてやることを思いつかなんだのは、わしの失態であった。ここなら、酒井家や寺社奉行がなんと言おうと、わしが知らぬ存ぜぬを決め込めばそれで済んだはずなのじゃ」

鰯雲が、

「いえ、前日にこうして広いところで思い切り稽古ができて、一同大喜びでごんす」

久右衛門は蒸籠に目をやり、

「そろそろ、蒸し上がったかのう。——喜内！」

「はいっ」

喜内がいかめしい髭《ひげ》を震わせながら蒸籠のところに走り、ちょっと蓋を持ち上げてみ

て、

「上首尾でございます」

「よし。——鶍鳥」

「へい」

「おまえは餅が好きだそうだな」

「へい」

「わしも好きじゃ。——今日は、花相撲の景気づけに餅を搗き、それを皆で食らおうと思い、皆を招いたのじゃ。鶍鳥、おのれで餅を搗き、おのれで食うてみよ。搗いた分ならいくら食うてもよいぞ」

「ありがとさんでごんす。そういうことならなんぼでも搗きます。明日の朝まで、いや、晩までも搗きます」

「そんなことをしたら花相撲が終わってしまうわい。おまえはいくつ食う」

「百でも二百でも」

「ふははは。ならばわしと食い比べじゃ。わしは相撲取りと食い比べ、飲み比べして負けたことはないぞ」

それはそのとおりらしかった。おそらく、あまりに久右衛門が意地になるので、相撲取りのほうが遠慮して中途でやめるのではないか、と勇太郎は考えていた。

「明日の大事な一番をまえに、鶍鳥が腹でも痛めたらどうなさいます。馬鹿なことはやめておかれませ」

喜内が言うと、

「ふふん、食い比べで負けるような手合いが相撲で勝てるわけがない」

久右衛門はそううそぶいた。

「臼を据えるのに、おふたりほど手伝《てつど》うてもらえませぬか」

喜内が鰯雲に言うと、

「弱法師と嫋、手を貸さぬか」

ふたりの力士が易々《やすやす》と臼を据え、喜内が杵と湯を入れた小桶《こおけ》などを支度した。鶍鳥は、餅が食えるというので杵をつかんで大張り切りである。蒸し上がった糯米が、臼に入れられた。さっそく鶍鳥は杵の先を水に浸けると、まずは十分に米をつぶしてこねていく。そこから搗きはじめるのだが、鶍鳥は杵を高々と振り上げ、思い切り振り下ろす。どぅーん、どぅーん……という重い響きが奉行所の庭にこだまする。襷《たすき》をかけた喜内が手水を付け、餅を返していく。どぅーん、どぅーん、どぅーん……。

「うわっ！」

喜内が飛びのいた。杵が、臼の縁を叩いたのだ。

「無茶するな。危ないではないか」

喜内が言うと、久右衛門も、

「喜内の手の骨ぐらいはかまわぬが臼が割れたら困る」

鶍鳥は身を縮こまらせて、

「すまんこってす。気をつけます」

そう言うと、ふたたび杵を大きく振り上げた。

どぅーん。どぅーん。どぅーん。

重い音が壁にぶつかり、跳ね返ってくる。

「あかんあかん、そんな搗き方では餅が台無しや」

突然、燈籠《とうろう》の陰から声がかかった。皆に目を向けられながら、ひとりの老人がひょこひょこと鶍鳥たちのほうにやってきた。会所守の藤助である。

「餅の搗き方に心得があるとのことで、岩亀さまの許しを得て、私が呼び寄せておいたのです」

勇太郎が一同にそう話した。藤助は鶍鳥に、

「もっぺん搗いてみ」

「へ、へい」

鶍鳥が杵を高く振り上げ、振り下ろす。どぅーん。どぅーん。

「ちゃうちゃう。そんなへっぴり腰でええ餅が搗けるかい。ほれ……これでどうや」

藤助は、餅を搗く鶍鳥の腰のしたあたりを、指でぎゅーっと押していった。

「お……おお、杵が軽うなった」

「そやろ。餅は力で搗いたらあかん。腰で搗くのや。それに、そんなに振りかぶるな。もっとこのへんから振り下ろせ。そうや、そやそや」

そのまま鶍鳥は餅を搗き続ける。どぅーん、でも、ぺたん、でも、べたん、でもない、「こーん!」という明るく、甲高い音になった。

「ほう、これは楽じゃ。楽しい。餅つきはしんどいと思うていたが、これならなんぼでも搗けるわい。さっきまでよりも、ずっと力が入る。――お年寄り、あんたは餅搗き名人でごんすのう」

すると、藤助に向かって鰯雲が言った。

「寒鱈《かんだら》頭取、ごぶさたしとりもす」

勇太郎は呆れ顔で、

「なんだ、藤助は鰯雲頭取と知り合いだったのか」

鰯雲は、

「知り合いどころか、このお方は寒鱈関というて、まだ江戸ではなく大坂が相撲の本場だった宝暦のころに小兵ながら大関を張り、退《しりぞ》いてのちは頭取として幾多の後進を育てた名高い御仁じゃ。わしもえろう世話になった。身体が利かんようになって部屋を畳んでからは、こちらで会所守をしておられると聞いてはおりました」

藤助は、へっへっへっ……と照れたように笑い、

「昔のことや」

千三が感心したように、

「それで、鰯雲部屋の若い衆への苦情を奉行所に報せず、握り潰しとったんやな」

「うわあ、バレてしもたか」

やがてひと臼搗き上がった。すぐに、千三や小糸、力士たちが丸めにかかる。粉を振って、熱いうちにころころとほどよく丸めていくのだ。丸めた餅は四角い木箱に並べられ、まずは久右衛門のまえに運ばれた。

「搗き立てゆえ、まずはそのまま食そうか」

久右衛門は、まだ火傷《やけど》しそうな餅をふたつ、大口を開いて放り込んだ。

「熱い。熱熱熱……ほふほふほふ……」

口のなかで転がして、ようよう飲み込む。

「美味いのう。搗き立ては餅の美味さがようわかる。米の旨味を口のなか全部で味わっていくようじゃ。この粘りといい、ほんのりした甘さといい、ほかのなににもたとえようのない美味だのう」

そう言いながらも久右衛門はつぎつぎと餅を口に入れる。そのうち、小鉢に入れた納

豆に醬油を垂らし、刻みネギを入れてよくかき混ぜたものを熱々の餅にからめて、それを上手に箸で持ち上げるとぱくり。

「この納豆餅なるものは、納豆のねばねばつるつると餅の粘りがひとつとなり、なかなか美味きものじゃ。これがまた、酒に合う」

そう言うと、湯呑みの酒を一息で干し、

「米からできた酒と、同じく米からできた餅は合わぬ、というものがおるが、わしはそうは思わぬ。酒と餅……よう合うわい」

大根おろしに醬油を垂らして、そこに餅を入れ、大根おろしまみれにしてからぱくり。

「大根おろしの苦み、辛みとしゃくしゃくした歯触りが食い気をそそるわい。ゆずを垂らしても風味が出てよいぞ。これが、また酒に合う」

こんがり焼いてから醬油をつけ、焼いた海苔で巻いてぱくり。

「磯辺焼きは香ばしいからいくらでも食える。ゴマの油を垂らしても目先が変わって美味いぞ。これがまた酒に合う」

味噌をうっすらつけて、それを焼き、味噌の焦げた香りが立ちのぼってからぱくり。

「味噌に鰹節《かつおぶし》やネギなどを混ぜてもよい。唐辛子をかけるとまた美味い」

油で揚げて、大きく膨らんだところに醬油を垂らしてぱくり。

「揚げ餅にすると、コクが出て、これまたいくらでも入るのう」

きなこをつけてぱくり。

「甘くしても美味いというのが餅のよいところじゃ。餡子《あんこ》をからめてもよし、草餅にしてもよし、枝豆をすり潰してずんだ餅にしてもよし、擂《す》ったクルミをまぶしてもよし、干し柿を混ぜ込んでもよし、もちろん雑煮にしても、鍋に入れてもよし、ぜんざいや汁粉にしてもよし……」

能書きを垂れながらぱくりぱくりと搗き立ての餅を平らげていき、

「なれど、餅の美味さというものはこうして……」

みずから網のうえで遠火の強火で五、六個を焼き、表が狐色になったものから裏返して、また焼く。頃合いを見計らって口に入れれば……。

「はふ、はふはふ、はふ……外はパリッとして、そこを歯で嚙み破ると、なかから熱々のとろりとした粘り気のあるものが噴き出してくる。ひとつの餅なのに、上手く焼くだけで、こういう具合に皮と実に分かれ、それが口中にて一体となって、えも言われぬ心地よさが生まれる。そして飲み込むときの喉越しも良い。餅とはなんと美味きものかのう」

すでに三十個は食べている。

「そして、この腰じゃ。硬すぎる餅は顎がくたびれるうえ歯で嚙みきれぬゆえよろしくないが、この餅はよほど搗き手が上手いのだろう、嚙めばその歯をぐにゅっと押し返すが、もう少し力を入れるとぶちっとちぎれる。そして、よう伸びる。こういう餅はめったに食えぬぞ」

「あのう、お奉行さま……」

鶚鳥が我慢できなくなって口を開いた。

「わしにもそろそろ餅を……」

「おお、忘れておった。おまえも食え」

鶚鳥は目を輝かせ、久右衛門に負けじと餅を食う。いや、餅を口に流し込んでいるかのようだ。

「美味い、ほんに美味い。寒鰤頭取の餅搗きの腕は天下一じゃ」

「ふほほ……そうかいな」

藤助の顔がほころんだ。

「皆も食え。そして、もっと搗け。搗きながら食え。食いながら搗け」

久右衛門は上機嫌である。ようやく岩亀や勇太郎たちも餅を食べることができた。ぷうっと膨れた焼き餅を頬張ると、口のなかが万遍なくねばっこいもので覆い尽くされる。そして、かぐわしい香りが鼻から抜けていく。

「相撲取りが身体を作るには米の飯より餅のほうがずっとよろしい。餅は、粘りある米を搗き固めたものゆえ、同じ嵩《かさ》の米の飯より幾倍も食うたことになる。身体を太うしようと思うなら、餅をたらふく食うことじゃ。相撲は神事であるし、餅も神に供えるもの。昔から、力餅と申す。餅は力をつけるし、力餅は力持ちに通じる。また、餅を食うと、いざというときのふんばりがきく。ここぞというときに力が出る。これで明日の相撲は勝ったも同じじゃ」

そこまでしゃべって、ふと餅箱を見ると、もう残りが少ない。

「しもうた。いらぬことをしゃべっておるあいだに鶚鳥に先を越された。今、幾つ目じゃ」

「五十三個でごんす」

「わしはまだ三十八個じゃ。——おい、もっと搗かぬか。鶚鳥、おまえも搗け。搗き方のコツはわかったのであろう」

「嫌でごんす。わしも食べるほうがよい。お奉行さま、搗かれたらいかがかのう」

「その手には乗らぬぞ。さあ、搗け搗け」

さすがに佐々木喜内が、

「御前も鶚鳥関も食べ過ぎでございます。御前はまあ、暇でしょうから良いとして
……」

「なんじゃと？」

「鶚鳥関は、明日の相撲に響いたらなんとします。鰯雲頭取からも言いきかせてくださ

れ」

鵜鳥はかぶりを振り、

「明日の相撲より今の餅でごんす。お奉行さまとは申せ相撲取りが食い比べで素人衆に後ろを見せたとあっては、明日から大手を振って大坂の町を歩けませぬ。たとえ腹がはちきれようと、この餅勝負には負けられん」

鰯雲も、

「鵜鳥の言うとおりでごんす。わしら勝負に生きるもの、明日の勝負を大事にして目のまえの勝負を捨てるようでは、勝負師とは言えぬ。——鵜鳥、食え。あれほどおまえが食べたがっていた餅だ。食って食って食いまくれ」

「ごっつぁんです」

その言葉通り、久右衛門と鵜鳥は餅を食べた。月がのぼり、夜風が庭を掃いても、まだ食べ続けた。百個を超えたあたりから、どちらも数えるのをやめた。

「鵜鳥……まだ食うのか。そろそろ降参いたせ」

「なんの……お奉行さまこそ参ったせんかのう。わしはまだまだ食べますで」

「わ、わしもじゃ」

「ならば、早う食いなされ」

「言われずとも食うわい。おまえも早う食うたらどうじゃ」

「食います。食うとります」

餅は、飯よりずっと腹にたまるのだ。そして……いつのまにかふたりとも座敷に寝そべって、ぐうぐうと寝息を立てていた。横から見ると、腹のところが山のように盛り上がっている。そのまわりでは、勇太郎や小糸、岩亀、千三、ほかの力士たちが待ちくたびれてとうに眠っていた。最後に喜内が、皆に一枚ずつ布団をかけていった。

◇

まだ暗いうちから、寒気を貫くようにして、天下泰平国家安穏五穀豊穣《ほうじよう》ドドンガドガドガ、ドドンガドガドガ……櫓の太鼓がはるか遠方まで響いて相撲好きの目を覚ます。すでに難波新地の相撲小屋のまわりは大坂のあちこちから集まった見物で満杯になっていた。皆、小屋が開くのを待ちかねているのだ。やがて、夜明けと同時に木戸が開けられ、畳札を買った客がなかに雪崩《なだ》れ込む。真ん中に三尺ほど高く盛り土をした土俵があり、その周囲は土間で、さらにそのまわりに桟敷が作られている。土俵の四方には四本柱があり、そのうえに方屋《かたや》が載せられている。

「ひゃあ……はじめて来たけど、えらい立派なもんやねえ」

すゑが驚いたような声を出した。

「ほんまだすなあ。これだけしつらえるには、ごっつうお金がかかってますやろなあ」

綾音も言った。

「勇太郎さんは？」

「差し固めのお役目で、後ろのほうに立ってるはずや。なんでもえらいお方がお忍びで来てはるらしいねん」

「へえ、どなただすやろ」

「それはわからへん。けど、与力・同心はたいがい駆り出されてるそうやわ。大邉さまも来てはるらしいで」

「お奉行さままで……よほどえらい方が来てはりますのやろなあ。小糸さんは？」

「鶚鳥の贔屓する、ゆうて、向こう側に座ってるわ。変わってるなあ」

「ほんに……」

「お弁当持っていき、て言うたんやけど、いらんねんて。なんでも、昨日の晩、お餅を食べ過ぎたらしいねん」

「やっぱり変わってはるわ」

東の桟敷には、頭巾で顔を隠してはいるが、遠目からもわかる高額そうな衣服をつけた身分のありそうな人物が着座し、家来らしき十数人の武士に囲まれている。これが「お忍び」のお方だろう。その隣に引っ付き、広げた扇子でそのお方をあおいでいるのは、白澤である。幇間《ほうかん》のようにへらへら笑いながら、なにやら笑いかけたり、大声を出したり、武士たちに指図したりしている。

そして、西の桟敷には、町奉行大違久右衛門がいる。三人分ほどの場を独り占めして豚のように横たわり、目を閉じている。まだ、昨夜の餅が腹に残っているようだ。同じ桟敷に、佐々木喜内と藤助老人がいる。

新町、曾根崎《そねざき》、堂島《どうじま》、南地、堀江などの芸子・舞妓《まいこ》たちが艶《あで》やかに着飾って、競うがごとく花を添えている。なかに入れぬ見物があきらめきれず十重二十重《とえはたえ》に小屋のまわりを取り巻き、なかには幕を持ち上げて、こっそり覗《のぞ》き見しようという不届きものもいる。

「東西、東西」

柝《き》の音が高らかに鳴り響き、いよいよ花相撲の幕が開いた。神主と行司による土俵祭、勧進元である浜辺屋による挨拶に続いて、東西力士の土俵入りになった。まずは寄り方の酒井家お抱え力士たちが土俵に上がった。ひときわ目立つ荒狼に、加勢の声が集まった。

「荒狼ーっ!」

「ええぞーっ」

「日本一!」

あちこちからたいへんな歓声が湧き起こる。ごわごわした髪、顎まで届く長いもみあげ、虎のような目、太い眉……そして、歯はまるで牙のようだ。いわゆるアンコ型の体躯だが、胸には臍のあたりまで剛毛が生えており、太い両腕にも棘《いばら》のような毛が植わっている。肩や首、胸の肉はごつごつと巌のように盛り上がり、腹は便々《べんべん》として前に突き出ている。そんな荒狼がまわしに手をかけ、ぐい、とたくし上げると、それだけで、きゃーっ、という女たちの声が聞こえてくる。それを聞いて、お忍びの侍は満足げにうなずいている。

続いて、鰯雲部屋の力士たちが土俵に上がったが、鶺鳥への歓声は荒狼へのものに比べてもはっきりと少なく、

「いやー、鶺鳥ゆうのは瘦せっぽちやなあ」

「荒狼にぴーっと引き裂かれてしまうんちゃうか」

「頭からガリガリかぶられるかもな」

「なんぼ技があっても、あれでは勝てんわ」

「わしも、鰯雲部屋を贔屓にしようと思てたけど、今日かぎり荒狼に鞍替《くらが》えするわ」

「わてもや。ほかのやつらもガリガリやがな。食うもん食うとるんか」

嘲《あざけ》るような声ばかりが飛び交う。そんななか、

「おい、おまえら、大坂もんやったらあんな播州の連中やなしに大坂の相撲を贔屓にしたらんかい」

ひとりの男が立ち上がって、大声を上げた。

「そら、わしもそうしたいけど、あんな痩せた力士、勝つわけないがな。負けるとわかってるほうを贔屓にできるかいな」

「アホ。それが浪花の心意気やないかい。わしが聞いたところではな、酒井さまの家来のなんとかいうやつがお寺社に手ぇ回して、鰯雲部屋に差し入れをさせんようにしたらしいわ。痩せてるのも当たり前やろうが」

「おい、それほんまか」

「ほんまほんま。稽古場も追い出されて、長屋の露地で稽古しとるそうや。わし、聞いて泣きそうになったで」

「それやったら話がちがう。わし、鶚鳥を贔屓するわ」

「わてもや。酒井忠道て、ろくな大名やないな。ケツの穴が小さすぎるわ。そんな卑怯なやつはなあ……あっ、なにすんねん！」

「貴様、ちょっとこっちへ来い」

「お侍さん、わしなんもしてまへんで。痛い痛い……かか堪忍しとくなはれ」

「ほかのものも聞け。酒井家抱え力士に悪口《あっこう》を申すものは許さぬ」

見物たちは静まり返ってしまった。

土俵入りが終わり、四十八手の型を見せる滑稽なしょっきりや素人の飛び入り、こども相手十人掛かりの相撲、ご当地を讃《たた》える相撲甚句、太鼓の打ち方披露など、花相撲ならではの番組が進み、いよいよ五人抜きの取り組みとなった。

酒井家のほうは、一番に猛猪《たけいのしし》、二番に巨熊《おおぐま》、三番に獅子舞《ししまい》、四番に砂駱駝《すならくだ》と、荒狼を最後まで取っておく策だが、鰯雲部屋としては、そんな悠長なことは言うてはおれぬ。鶚鳥だけが頼りだから、頭から鶚鳥を出す。彼が負けたらもうあとがない。

「東西、それではこれより皆さまお待ちかねの五人抜き相撲を行いまする。五人抜いたるものには、播州姫路酒井家より金子《きんす》二十両下し置かれまする」

うわあ……という声。二十両といえば大金である。

「また、勧進元浜辺屋徳右衛門《とくえもん》より、干鰯《ほしか》一俵が下し置かれまする」

うわあ……という声。似ているようだが、こちらは「そんなもんいらんわ」という声である。ちょーん、と拍子木が入り、

「まずは東の方、前頭猛猪清吉《せいきち》にございます。西の方、前頭鶚鳥春助にございます」

いよいよだというので、割れんばかりの声が湧き起こる。お忍びの武家も身を乗り出しているが、久右衛門はまだごろりと横になったままだ。いや……いつのまにか一升徳利をかたわらに置き、寝そべりながら茶碗で酒を飲んでいる。おそらく相撲茶屋から取り寄せたのだろう。隣に喜内が座って茶を飲んでいるが、久右衛門をあおいだりはしていない。

両力士が土俵に上がると、場内の熱気も高まっていく。東方のいちばん後ろでそれを

見ていた勇太郎も、役目を忘れて思わず土俵に見入ってしまった。

「かたやー、猛猪、こなたー、鶚鳥ー」

仕切りのあと、

「まだよ、まだまだ……見合って見合って……はっけよい、残った」

行司が軍配を引き、猛猪と鶚鳥が立ち上がった。猛猪も、荒狼に比べると番付は下だが、前頭なのでそれなりにたいした力士なのである。彼が、名のとおり猛烈な勢いで鶚鳥を弾き飛ばさんと猪突《ちょとつ》猛進するところを、鶚鳥は左を差し、相手の勢いをうまく使って、そのまま手前に転がした。

「勝負あった。鶚鳥、ひとり抜きー」

勇太郎は感心した。たしかに相撲巧者である。敵の出足を殺さず、うまく導いて前のめりにして引き落とす。見事ではないか。

桟敷に目をやると、お忍びの酒井公のあたりがざわついている。白澤に対して、しきりになにかを言い、白澤はへこへこと頭を下げている。抱え力士が負けたので、殿さまがお怒りなのだろう、と勇太郎は思った。

代わって、巨熊という巨漢力士が登場し、場内の人気をさらった。とにかく大きい。背の高い鶚鳥よりもまだ頭ひとつ出ている。しかも、身体もでかい。これは危ないかな、と勇太郎は案じたが、鶚鳥は相手がまわしを取りに来て、長い身体を折り曲げたところを突き放すと、足をかけた。巨熊はよろけたがなんとか踏みとどまり、あわてて鶍鳥のほうに向きなおろうとしたところを顎に数発かち上げを食らい、そのまま浴びせ倒された。

「鶍鳥、ふたり抜きー」

　ざわざわ、ざわざわ。見物席の気配もさっきとは変わってきた。三人目の獅子舞は派手なつっぱりを繰り出してきたが、鶍鳥は右に左にかわしながら、下から潜り込み、あっという間に寄り切ってしまった。その早技には皆も驚いた様子で、

「おい、鶍鳥すごいんとちがうか」

「ほんまやな。みるみるうちに三人抜きや。これはもしかしたら五人、いきよるかもしれんな」

「ほんま鶍鳥は上手い。わし、感心したわ。――がんばれ、鶍鳥ーっ！」

「おまえ、さっきまでがんばれ獅子舞言うとったやないか」

「あれは、がんばるな獅子舞言うとったんや。がんばれ鶍鳥ーっ」

「鶍鳥ーっ」

　白澤は、ひそかに力士溜まりに降りてくると荒狼に近寄った。

「なにしに来なすった。今は取り組みまえの大事なときじゃ。邪魔せんとってくれ」

「なにを納まっておる。鶍鳥に三人もやられておるではないか。おまえは大丈夫であろ

うな」

「また、それか。いい加減にせんといくら温厚なわしでも怒りますぞ」

「わかっておるのか！　殿が……殿が観ておられるのだ。そのまえでおまえまでが鶚鳥に負けたら……」

ばしっ、という音とともに白澤はその場に這いつくばった。荒狼が平手で頬げたを張り飛ばしたのだ。白澤は身体がしびれて、動けない。

「勝負をまえにした力士のまえで『負ける』は禁句でごんす。お相撲奉行さま、わしはさきほどあんたが溺海関と鶚鳥関を襲わせたことを聞きもした。卑怯なやり口で勝ってもそれは三文の値打ちもない。それは相撲であって相撲ではないのじゃ。わしは堂々と借りを返したかったのに、あんたはその機を奪った。お相撲奉行さま、わしはあんたが許せぬのだ」

ようようしびれが取れた白澤は半身を起こしながら、

「勝つのに卑怯もくそもない。負けたらわしもおまえも暇が出るのだぞ」

「おおう、それで結構。あんたの下におるかぎり、わしらは『相撲』が取れぬ」

そう吐き捨てると、荒狼はそこから立ち去ろうとしたが、振り返って言った。

「安堵しなされ。相撲は全力で取る。鶚鳥がいかに相撲巧者であろうと、わしは勝つわい」

◇

　さすがに四人目ともなると鶚鳥にも疲れが見えてきた。砂駱駝はしつこい性質《たち》の相撲で、前褌《まえみつ》に少しでも指がかかったら雷が鳴っても放さない。投げられても揺すぶられても食いついて食いついて、足取りやちょん掛けで体《たい》を崩していき、少しでも隙を見つけたらそこを突いてくる。鶚鳥も、振り払おうとするのだが蜘蛛《くも》の巣のようにまとわりつかれ、いつのまにか前褌を取られていた。そのまま投げを打たれ、あわや……というところに、

「あれほど餅を食ろうたを忘れたか。餅こたえよ！」

　叫んだのは久右衛門だった。鶚鳥はなんとか持ちこたえたが、砂駱駝はもう一度投げを打ってきた。鶚鳥は倒れながらも相手の足首を摑み、ぐんと引っ張った。砂駱駝は仰向けに土俵に倒れた。

「鶚鳥、四人抜きー」

　行司の声に、場内はどよめいた。

「すごいすごいすごい。鶚鳥、めっちゃすごいわ」

「今の技見たか。なんかようわからんかったけど……」

「あれは裾取りですわ。めったに見られん珍しい技や。鶚鳥は身体はないけど、達者に

取るなあ。こういう力士のほうが、観ていておもろいわ」

「いや、相撲ゆうのはとどのつまりは身体やねん。でかい、重いほうが勝つ。結びの一番観ときなはれ。早い勝負やったらなんとかなるかもしらんけど、もしがっぷり組んでしもたら、軽い悲しさで、鶡鳥は荒狼にぶん投げられますわ」

「そやなあ、地力はなさそうやもんなあ」

「ああ、四人で終わりかなあ」

とうとう泣いても笑っても最後の取り組みである。鰯雲は鶡鳥を呼び、

「どうじゃ、鶡」

鶡鳥は荒い息を吐き、

「疲れました」

四人の力士と戦い、精魂使い果たしたようだ。

「鶡よ、おまえもわかっとるだろうが、荒狼はおまえよりずっと力はうえじゃ。組んでしもうたらおまえに勝ち目はないぞ。踏ん張っても、じりじり押し出されるのがオチじゃ」

鶡鳥はへらへら笑って応えない。

「ええか、早い勝負ならなんとかなるかもしれん。組んだらいかんぞ。引き落とし、蹴《け》手繰《たぐ》り、はたき込み、肩透かし、とったり……なんでもええ。捕まらんように素早く決

めろ。ええな」

「いつもやったらそうしますわ。けど、頭取……今日、わし……なんか行けそうな気しますのや」

「アホ！　気がするだけじゃ。わしの言うとおりにせい」

「へへ……へへへ……」

「なんじゃ、その締まりのない笑い顔は。もっとびしっとせい」

「へへ……頭取、わし、相撲取るの楽しなってきましたわ」

「――なんじゃと？」

そのとき呼び出しが、

「ひがああしいい、あらあああおおおかみいい、あらあああおおおかみいいい……にいいしい、ひわああああどおおりい、ひわああああどおおおりいい……」

鶍鳥は、気合いを入れるでもなくひょこひょこと土俵へ上がっていった。

「かたや、荒狼、こなた、鶍鳥」

行司の声に、満場の見物はここぞとばかりに声を張り上げた。うおおお……というどよめき、呻き、叫びなどがいちどきに湧き起こり、小屋がみしみしと揺れた。皆、この一番が今日の頂だと知っているのだ。もし、鶍鳥が勝てばひとりで五人抜きの快挙、荒狼が勝てば、おそらくそのあとに出てくるであろう鰯雲部屋の力士たちを指先で破ってこれまた五人抜きすることは目に見えている。

荒狼は、身体中から炎が噴き出しているかのような十分の気合いで、胸や腹をびしびしと叩きながら仕切りをしている。負けるはずがない、という気持ちがその所作から滲み出ている。口は結んでいるが、まさに狼のように遠吠えしているのが見物たちには伝わっていて、皆、仁王のようなその姿をこわごわ見つめている。力を込めて四股《しこ》を踏むたびに、土俵が崩れるのではないかと思えるほどの地響きがする。

「いやあ、聞きしに勝る凄みやなあ。これは、鶍鳥、勝ち目ないで。殺されんうちに逃げたほうがええんちゃうか」

「それが、ほんまに殺されるかもしれんという噂がありまんねん。おととし、姫路の酒井さまのお城で御前相撲があったときに、鰯雲部屋の溺海がうっかり荒狼に勝ってしもたらしいんです。それで酒井さまは鰯雲部屋に遺恨があって、この花相撲で顔が合うのはええめぐり合わせや、ゆうて、荒狼が鶍鳥を土俵のうえで叩き殺して恨みを晴らそうちゅうわけですわ。酒井さまも大人気ないこと……あっ、なにすんねん！」

「貴様、ちょっとこっちへ来い」

「お侍さん、わしなんもしてまへんで。痛い痛い……かかか堪忍しとくなはれ」

「ああ、あいつも連れていかれよった」

一方の鶍鳥は、疲れてはいるのだろうが、なぜかにこにこして、軽々と踊るように四股を踏み、待ちきれないように飛び跳ねている。何度目かの仕切りのとき、荒狼が鵺鳥に小声で言った。

「おまえ……わしをなめとるのか。勝つか負けるか、食うか食われるか、殺すか殺されるかの真剣勝負じゃ。もっと真面目に仕切らんかい」

「いたって真面目でごんす。けど、わし、あんたと相撲取れるのがうれしいてうれしいてたまらんのじゃ」

荒狼は首をひねると、手を下ろした。ふたりの気が満ちていると見て取った行司が、

「見合って見合って……はっけよーい、残った」

さっと軍配を引く。立ち上がるや、どちらも張ったりせず、差し手争いもなく、いきなり相四つに組んだ。

「あの馬鹿。組んだらいかんとあれほど……」

鰯雲頭取は声を上げた。荒狼はにやりと笑い、

「おまえのような軽いやつはこうして持ち上げてやるわい」

そう言ってぐいと腕を引いたが、鵺鳥は動かない。それどころか逆に荒狼を持ち上げようとしている。

「なに……！」

荒狼はあわてて投げを打ち、必死にこらえた。そして、相手を金剛力で揺さぶろうと

するが、なぜか向こうは土俵から足が生えているかのごとく微動だにしない。しかし、鵺鳥もこらえるのが関の山で、なにもできない。両力士は土俵の真ん中で組み合ったまままだ。ただ、冬だというのにふたりとも滝のような汗を流し、はあーはあーと荒い息を吐いている。その腹はへこんだり、突き出たりしている。動きはないが、ふたりとも恐ろしい力を出し合っているのだ。その力が釣り合っているから動かない。この釣り合いが少しでも崩れると、竹ひごがはじけるようにどちらかが吹っ飛ぶにちがいない。小屋を埋め尽くす見物たちは、この先どうなるのかと固唾を呑んで見つめている。

やがて、少しずつ鵺鳥が押されていった。土俵のうえを足がずりっ、ずりっと土を削るようにして動いていく。顎が上がり、身体が反ってきた。仕方がない。よくここまで耐えたものだ。鰯雲をはじめ、皆がそう思ったが、土俵際まで押し込まれ、両足が土俵の俵にかかってからは、一切動かなくなった。いくら荒狼が腕を絞り、腰を落として押し出そうとしても、鵺鳥の身体は巌のようにびくりともしない。今度は荒狼の息がはずんできた。

「なんじゃ、おまえ、ガリガリのくせにこんなに重いとは……」

「きのう、餅食うたのじゃ」

「なに……？」

わけのわからないことを言う鵺鳥を荒狼はにらみつけ、

「ええいっ」

両腕に渾身《こんしん》の力を込めて投げを打った。鶏鳥はぐらりとしたが、

「残った残った！」

行司の声もはずんでいる。

「くそっ！」

もう一度投げを打とうとした荒狼の顔色が変わった。鶏鳥が、今度はじりじりと彼を押し返しているのだ。

「あいつ……あんな地力のあるやつだったのか」

鰯雲頭取も信じられないという顔をしているが、桟敷で寝そべったままですでに一升近く酒を飲んでいる久右衛門は、

「餅を死ぬほど食うたからよ」

喜内が、

「どういうことです」

「知らんのか。ネズミじゃ」

「――は？」

「昔話であるじゃろう。金持ちの家の太ったネズミと、貧乏な家の痩せたネズミが相撲を取る。痩せたネズミが負け続けなので、家のものが餅を食わしてやると、痩せたネズ

ミに地力がついて、太ったネズミを投げ飛ばすのよ」

「いや、それは知っておりますが……」

「つまり、餅を食わせれば相撲に勝つ、ということじゃ。わしはそれをわかったうえで、あやつに餅を食わせたのよ」

藤助老人がかぶりを振り、

「きのう、あいつが杵を振ってたときに、わしが腰の高さを直してやりましたやろ。あれで力が楽に出せるようになったんだすわ」

「なんじゃと、わしの餅のおかげじゃ」

「いや、わしが腰を……」

そのとき、土俵で動きがあった。しびれを切らした荒狼がむりやり掛け投げを試みたのだ。しかし、鶸鳥の上体はゆらぐことなく、右足だけで立ったまま、すかさず上手投げを打った。荒狼は力ずくでなんとか引き落とそうとしたが、そのまま肩から落ちた。鶸鳥も、かぶさるように倒れ込んだ。地鳴りのような音が轟き、土煙が上がった。

「勝負あった。鶸鳥、五人抜き」

行司の軍配は西方に上がった。歓声とともに座布団は飛ぶ、皿は飛ぶ、銚子《ちょうし》は飛ぶ、羽織は飛ぶ……たいへんな騒ぎである。

「見たか、鶸鳥が勝ったやないか。えらいやっちゃ」

「やっぱり勝ったなあ。わし、最初《はな》からこうなると思とった」

「嘘つけ、おまえ、鶚鳥に勝ち目ないて言うとったやないか」

「あれは負け目ないて言うたんや。鶚鳥ーっ！」

そんななか、白澤が刀をひっつかんで桟敷から駆け下りてきて、

「行司、今の勝負、差し違えであろう！　わしの目には鶚鳥の髷先が先に土についたと見えたぞ。よう考えて返答いたせ」

そう叫ぶと、刀の柄に手をかけた。返答次第では叩き斬るということだが、行司は少しもうろたえることなく、

「ただいまの取り組み、けっして差し違いではございません。髷より先に荒狼の肩が土俵についております。立派に鶚鳥の勝ちにございます」

「いいや、荒狼の勝ちじゃ。その方、あくまで横車を押そうとするならば、このままでは捨て置かぬぞ」

白澤は刀を引き抜いた。悲鳴があちこちから上がり、見物は蜘蛛の子を散らすようにその場から逃げ出した。勇太郎は十手を抜き、白澤のまえに飛び出した。

「なんじゃ、貴様は」

「西町奉行所同心、村越勇太郎。刀をお仕舞いください」

すゑが、

「あら、勇太郎やわ」

綾音が、

「やっぱりしゅっとしてはるわあ……」

白澤は馬鹿にしたような顔つきで、

「不浄役人が頭《ず》が高い。わしをだれだと思うておる。姫路酒井家江戸留守居役……」

そこまで言ったとき、

「待て……！」

よく通る声が後ろからかかった。皆がそちらを見ると、頭巾を被った高貴な武家――酒井忠道が立ち上がり、

「そのもの、本日ただいまより当家とはなんの関わりもない。村越とやら、そのもの、その方に任せるゆえ煮るなと焼くなと好きなようにいたすがよい」

「ありがたき幸せ」

勇太郎は頭を下げた。白澤は酒井公にすがりつき、

「殿……それがしはかねてよりご当家の相撲万端を取り仕切り、強き力士を日本中より集めて……」

「馬鹿者め！」

忠道は一喝すると、

「そちらにおられる大坂西町奉行、大邉殿から貴様のなしたること一部始終をうかがっておる。ようも余に恥をかかしてくれたのう」

名指しされて、寝転がっていた久右衛門はあわてふためいて座り直した。白澤は顔を横にぶるぶると振り、

「とんでもございません。それがしはよかれと思い……」

「言うな。貴様が鰯雲部屋の力士に怪我をさせたり、家を貸さぬようしむけたりしておることはとうにわしの耳に届いておるのだ。相撲は武道なり。小賢《こざか》しき振る舞いは相撲道に携わるものどもを穢《けが》すものじゃ。それがわからぬか」

久右衛門が一歩踏み出すと、

「村越、そのものに縄打て」

勇太郎が、白澤に駆け寄ろうとすると、

「わしがなにをした。鰯雲部屋の力士に怪我させたという証左でもあるのか」

「ある。鶍鳥に斬りつけて捕縛された侍の持ち物には彼の素性を示すものはなかったが、肌着の裏地に道中手形の書き付けが縫い込まれていた。それは、酒井家が発したものだった」

白澤は、ううっと呻いて、刀をその場に落とした。勇太郎と千三が彼に縄をかけた。土俵のしたでは、鶍鳥と荒狼が抱き合っている。

「いやあ、負けた負けた。負けたが、気持ちよう負けた。つぎは勝つぞ」

「ははは……荒関と相撲が取れて楽しかったでごんす」

「わしもじゃ。相撲は楽しいもんだのう。生まれてはじめて知ったわい。なれど……おまえの地力には驚いた。どうやってそんな力をつけた」

「言うたでごんしょう。餅食うたからじゃ」

「わしは鶏を頭から食ろうて力をもろうていたが、餅で力がつくなら、わしも今日から餅を食らうわい」

　ふたりが笑い合っている姿に見物は、

「鶡鳥ーっ！」

「荒狼ーっ！」

　それぞれに惜しみなく声をかけ、両力士はそのたびに頭を下げた。久右衛門は満足そうに、

「うむ、これで万事うまく運んだわい。鰯雲部屋も棚からぼた餅で金もちになり、五人抜きの鶡鳥は食いたいときに餅を食えるようになった。皆のもの、天晴《あっぱ》れじゃあっ！」

　そう言うと扇を広げた。そこには、「縁のしたの力餅」と書かれていた。

◇

すゑたちのいる桟敷に勇太郎がやってきた。

「相撲はいかがでしたか」

「面白かったわあ。荒狼さんもええけど、鶵鳥さんもよろしいなあ。相撲は奥が深いわ」

綾音が、

「お弁当がひとつ余ってしもてますねん。勇太郎さん、どないだす」

そう言って、弁当を差し出したが、

「いえ……せっかくですけどきのう、餅を食べ過ぎまして……」

勇太郎はそのまま行ってしまった。綾音の顔が餅のようにぷーっと膨れたのを見て、すゑが笑いながら言った。

「綾音ちゃん……焼き餅やなあ」

◇

玄徳堂の太吉が、藤助に教わった搗き方で作った餅であの餅菓子をこしらえてみたところ、だれもがうなずくような見事なものができあがったという。太吉はその菓子に「鶵」という名前をつけて売り出すつもりだそうだ。もちろん、目録の絵を描くのは鳩好である。

（注一）餅の糖質はごはんに比べて約三十五パーセントも多く、これは運動におけるエネルギー源となる。持久力を要するスポーツでは糖質摂取の方法が重要だが、瞬発力を要するスポーツにおいても糖質は欠かせない。

（注二）文化《ぶんか》五年、酒井忠道は一度失脚していた家老河合道臣を「諸方勝手向《しょかたかってむき》」に任じた。河合は質素倹約令を出し、酒井家の台所を引き締め、農民を救済した。

第二話

なんきん忠《ちゅう》臣《しん》蔵《ぐら》

1

「千三、おまはん、今度の本書く気ないか」

座頭の片岡塩之丞《かたおかえんのじょう》にそう言われて、千三は仰天した。

「わ、わてがだすか」

「そや。来月の出し物がいまだ決まっとらんのや」

塩之丞の一座は来月、千三が木戸番を務める「大西の芝居」で興行することになっている。

「そら、えらいことだすな」

「贔屓衆《ひいきしゅう》や旦那方には、あっと驚くような面白い新作狂言を演《や》ります、大入り間違いなしです、ゆうて、元手金を集めてしもた。今さら古臭い出し物はでけへんわな」

「そうだんな」

「狂言作家の田辺京雀《たなべきょうじゃく》先生に本をお願いしとったんやけど、酒ばーっかり飲んで、いつまでたってもできあがらへんさかい、今朝早《はよ》うに家まで行ってみたらもぬけのからや。それで、こんなもんが置いてあった」

塩之丞が見せたのは一枚の紙きれで、そこには走り書きでこう書かれていた。

狂言書けぬ
すまん
おわびに首くくって死ぬ

その横には、首を吊《つ》った男の戯画が描かれていた。

「ほんまに首吊りはったんだすか」

「アホな。江戸へでも逃げよったんや。昨日の夜《よ》さりに、荷物まとめて嫁はんとこそこそ出て行くのを、近所のもんが見とる。酒代だけでもなんぼかかったと思う。どえらい損やで」

「うわあ……」

田辺京雀は、ときに傑作を書くが、天才肌で、筆が遅いことでは定評があった。書けないとなると一年も二年も平気で待たせるので、急ぎの仕事には不向きな作者である。

「あのお方ならやりかねまへんけど……危ないとは思わなんだんだすか」

「頼んだのは一年もまえやで。なんとかなると思たんや。本人も、任せとけ、すぐに書けるわて太鼓判を押してはったから……ああ、だまされたわ。家のなか探してみたけど、ちょっとでも書き出してたという跡がひとつもないのや」

「ということは、一年間、タダ酒飲みながら、ああでもないこうでもないと考えてただけ、ゆうことだすな」

「そういうこっちゃなあ……」

塩之丞はいきなりその場に両手を突き、

「頼むわ。もう、おまはんしかおらんのや。一カ月、小屋を閉めるわけにはいかん。そんなことしたら、どえらい借金背負うて、わしが首くくらなあかんようになる」

「集めた元手金を旦那方に返しはったら……」

「もうとうに使《つこ》てしもたわ。すっからかんや」

千三は壺《つぼ》を振る手つきをして、

「これだっか」

「そや。ここんとこ負け続けでな……」

塩之丞の博打《ばくち》好きは知れ渡っていた。

「あんまり大っぴらにやったらあきまへんで」

「わかっとる。おまはんの顔もあるさかいな」

千三は、町奉行所から十手を預かり、お上の御用を務める役木戸《やくきど》なのである。大名の蔵屋敷や寺などでひそかに賭場が開帳されており、多少の手慰みならば大目に見られてはいるが、賭博は天下の法度《はっと》である。ヤクザが派手な花会を催したり、百姓・町人が身を持ち崩したり、賭場でのいざこざがもとで喧嘩沙汰《けんかざた》があったりすると、町奉行所が動くことになる。

「千三、頼むわ。戯作《げさく》も書いとるおまはんや。芝居狂言なんぞ、ちょちょいちょいと書けるやろ」

「そうはいきまへんわ。ひと月のあいだこの小屋を満杯にできる本を書く、ゆうのはわてにはちょっと荷ぃが重すぎまっせ」

「そう言わんと……なあ、なんとかしてくれ。わしのこの苦境を救うてくれ。頼む」

「いや、そない言われても無理なもんは無理……」

「そうか。わしの頼みを断るっちゅうんか。それやったら言わせてもらうけど、昔、おまはんの窮地を救うてやったこともあったやないか」

「そんなことおましたかいなあ」

「忘れたか。薄情なやっちゃで。おまはんが近所の赤犬に吠《ほ》えられて泣いてるとこを助けてやったはずやで」

「あれはわてがガキの時分やおまへんか」

「ガキの時分でも恩義は恩義や。おまはんがそないに恩知らずやったとは知らなんだ」

千三は肩を落とし、

「わかりました。書きます。書いたらよろしいのやろ」

「わかってくれたか。ありがたい。――けどな、どうせ書くんやったら、なるべく客受けのするやつにしてくれ。頼んだで」

こうして千三は、「大西の芝居」でかける来月の狂言を書くことになった。

◇

岩亀三郎兵衛は、一日の勤めを終えて騎馬で帰宅の途についていた。五十路《いそじ》半ばになる岩亀は、大坂西町奉行所の定町廻《じょうまちまわ》り与力《よりき》として三番組を率いている。町奉行所の与力はかなりの激務である。人数はたった三十名なのに、その受け持ちは広く、大坂三郷《さんごう》はもとより、遠く摂津《せっつ》、河内《かわち》、和泉《いずみ》、播磨《はりま》の四カ国（ただし天領のみ）にまで及ぶ。休みはほとんどなく、泊番《とまりばん》のときは朝まで奉行所に泊まり込まねばならぬ。

（今日は疲れたわい……）

まもなく月番が東町奉行所に移る。それゆえ今日、岩亀は大坂城外の高麗橋《こうらいばし》通りにある東町奉行所に赴き、奉行の水野若狭守忠通《みずのわかさのかみただみち》に面会して、当月に起きたさまざまな案件を取りまとめた書き付けを手渡してきた。本来それは、大邉久右衛門の役目であり、筆

頭与力がその補佐をするのが常であったが、久右衛門は本日、

「昨夜より具合優れず、代理のものを差し向け候」

だそうで、岩亀がその「代理のもの」を務めることになったのだ。もちろん病などではない。ただの二日酔いなのである。この日に東町奉行所に行かねばならぬことはまえまえから決まっているのだから酒を控えればよいはずだが、どうやら「行きたくない」病にかかっているらしい。用人の佐々木喜内が、

「宿酔《ふつかよ》いごときで大事のお役目をおろそかにするとは、とんでもないことでございますぞ。這《は》うてでも参られよ」

と叱りつけているのを耳にしたが、

「かたつむりでもあるまいし、天下の町奉行が道を這えるか。行きとうない。今日は行きとうないのじゃ」

「もう……小児のようにダダをこねても無駄でございますぞ。さあ、衣服を改めなさいませ」

「嫌じゃ嫌じゃ。つむりが痛いのじゃ。これはたいへんな病かもしれぬ」

「ほほう、ならば医者をお呼びいたしましょうか」

「い、いや、それには及ばぬ。——ともかく今日はおとなしく寝ておるのがよかろう。うむ、そういたそう。喜内、布団を敷いてくれ」

「ご自分でなさいませ」

そんなやりとりが聞こえてきたあと、疲れ果てた用人がやってきて、

「申し訳ないが、岩亀殿、今から東町奉行所にお使者にたっていただけませぬか。恒例の、月番引き継ぎの儀でございますが、御前が塩梅《あんばい》よろしからずとのことでしてな……」

「またしても、ですか」

「またしても、でございます。御用繁多の折、まことに勝手を申しますが、なにとぞよろしくお願いいたします」

喜内に頭を下げられては嫌とは言えぬ。律儀な岩亀は引き渡す書面をすべて検《あらた》め、風呂敷に包み直すと、

「それでは、お頭《かしら》にはお身体《からだ》お大事にとお伝えくだされ。では、ご免」

そう言って喜内に一礼し、奉行所を出た。町奉行の名代であるからもちろん騎馬で、与力がひとりと同心が二名、槍《やり》持ちや小者が数人付き添っている。

東町奉行所は、西町奉行所からそれほど遠くはない。ほどなく彼は小書院に通された。これまでにも数度、久右衛門の使者として、あるいは付き添い与力のひとりとしてここを訪れたことがあるが、水野忠通はいつも来客がほんの一息ついたぐらいでやってきたものである。ところが今日にかぎってなかなか現れぬ。

（お忙しいのであろうか……）

半刻《はんとき》（約一時間）ほども待たされて、さすがの岩亀もじりじりしはじめたころ、

「役目大儀である」

ようよう姿を見せた水野忠通は、目を真っ赤に腫らし、唇はかさかさで、顔色も青い。どう見てもやつれている。

「西町奉行より引き継ぎの書き付け一式でございます。どうぞお検めを……」

「それには及ばぬ。整っておるにちがいない」

「卒爾《そつじ》ながらおたずねいたしまする。御前はお加減が悪《あ》しゅうございますか」

「うむ……じつはたちの悪い風邪《かぜ》を引いてのう、熱が高《たこ》う出て下がらぬのだ。かれこれ五日になるが、まるで治らぬ。身体がえらい。頭が重い。喉が痛い。鼻水が出る。節々が痛む。飯もろくに食うておらぬ。昔は厚着して卵酒に生姜《しょうが》を入れて飲み、汗をたっぷりかけば一晩で治ったものだが、もういかぬわ。わしも歳《とし》じゃ」

水野忠通はひきつった笑いを浮かべた。

「いくら医師の薬を飲んでも効《こう》がないゆえ、仕方なく唐辛子を煎《せん》じるとか、番茶でうがいをするとか、ネギを首に巻くとか、トンボを黒焼きにして服するとか、線香を飲むとかいろいろやってみたが、どうにもならぬ。月番交替まではなんとか……と思うて焦ったのが悪かったのか、逆さまに重うなるばかり……う、う……う……」

手を口もとに当てようとしたが遅かった。

「ぶわっくしゅーん!」

岩亀は避《よ》けることもならず、水野のくしゃみを頭からかぶってしまった。

「すぐに横になってくださいませ。かかる書面の受け渡しごとき、わざわざご自身でなさらずとも、ご用人でも与力衆のどなたかでも代わりになさいますれば……」

「そうはいかん。町奉行の月番の交替は大坂の万民にとっての大事《だいじ》ゆえひと任せにはできぬ。大邉殿も、塩梅よろしからずとうかがったが、さぞかしお悪いのであろう。今月は我ら東町の当番ゆえ、ゆるりと養生なされよと……ううう……うう……ぶわあっくしゅん! ぶわっ……ぶわっくしゅいっ」

今度は岩亀も少し顔を反らせて、つばきをやり過ごすことができた。水野忠通は手ぬぐいで鼻を拭き取ると、

「ゆるりと養生なされよとお伝えくだされ。上に立つものは病を得ても休んでなど……ぶわっくしょん!」

水野は腰を屈《かが》め、侍者につかまるようにして小書院から出て行った。岩亀は、二日酔いで務めを投げ出した久右衛門のことを思い、暗澹《あんたん》たる気持ちになった。だが、

(うちのお頭はそういうお方だ。比べてもしかたがないわい)

ないものねだりをしても、「ないものはない」のだ。町奉行所に戻り、無事引き継ぎ

を終えたことを久右衛門に報《しら》せようとしたが、喜内が申し訳なさそうな顔で、

「御前はあのあと迎え酒だと言って一升ほど飲まれ、そのまま寝てしまわれた。あとは明日のことにしてもらえませぬか」

というわけで、岩亀は定刻に勤めを終えると、従者たちとともに奉行所を出た。

（疲れた……）

少しほっこりしたい、という気持ちが急に芽生えた。

岩亀には、娘がふたりいる。うえは二十二歳、したは十六歳。男児がいないので、ゆくゆくはどちらかに婿を取り、岩亀家を継がさなければならぬが、今のところはそういう話はない。

「茂助《もすけ》」

馬上から岩亀は従者に声をかけた。

「へえ」

「わしはちょっと用を思い出した。それを済ませてから帰るゆえ、おまえは孝太《こうた》とともにさきに帰宅しておれ。馬も引いていってくれ」

「でしたら、わてもお供を……」

「それには及ばぬ。奥には、今宵は飯はいらぬ、と伝えてくれ。それと、これも……」

羽織袴《はかま》をすばやく脱ぐと、袱紗《ふくさ》に包んだ十手とともに彼に託した。茂助は不審顔で、

で恐れ入らせるわけにもいかぬからな」

「どちらにお出《い》でやすか」

「うむ……お頭の名代で町名主と会わねばならぬのを忘れておったのだ。堅苦しい恰好《かっこう》
「へ、かしこまりました」

用があるというのは嘘《うそ》だった。役宅に戻っても、八十歳になる母親を筆頭に、妻とふたりの娘……待っているのは女ばかりだ。仲が悪いわけではないが、たまにはひとりで酒でも飲みたくなった。それだけである。今日の疲れを家に持ち帰りたくないのだ。どこへ行くというあてもなかったが、源蔵町《げんぞうまち》に小体《こてい》だが品の良さそうな煮売酒屋があるのを通りすがりに見つけてあった。あそこに行ってみようか。身分のある武士が煮売酒屋や一膳飯屋に入るのはあまり褒められることではないが、町奉行所の与力や同心にかぎってはそうではない。町の噂《うわさ》を集めたり、町人の風俗を親しく知るために出入りするのだ。

店のまえに立ってみると、広からず狭からずで入り口には戸もある。この寒いのに路上に並べられた床几《しょうぎ》ではかなわぬ。

(「あかがき」か……)

提灯《ちょうちん》の名に目をやりながら、なかへ入る。

「いらっしゃいまし」

六十がらみの、ひとの好《よ》さそうな親爺《おやじ》が迎えてくれた。

「はじめてのお客さんだすな。ようお越し」

「うむ」

見回すと、思っていたとおり掃除も行き届いており、きれいに片付いている。まだ時刻が早いせいか、ほかに客はいない。岩亀は大小を抜いてかたわらに置くと、床几に腰かけ、

「なにができる」

「海老芋《えびいも》の煮付け、レンコンのきんぴら、イワシの味噌煮《みそに》、焼きガキ……造りやったらハゲとイカだすな。あ、それと南京《なんきん》の炊いたやつならすぐにでけまっせ」

「では、南京とレンコン、それにハゲの造りをもらおうか。あとは酒だ」

「冷やだっか、燗《かん》しまひょか」

「熱燗にしてくれ。今日も冷え込むのう」

「もうじき冬至だすさかいな」

岩亀の父は、彼と同じく西町奉行所の与力で謹厳実直を絵に描いたような人物だったが、奉行所の金を私《わたくし》したのではという疑いをかけられ、腹を切った。のちに潔白であったことが明らかとなり名誉は取り戻されたが、失われた命を取り戻すことはできない。

当時、岩亀はまだ二十歳過ぎで「出入り役」として出仕していたが、

「疑いを招くようなふるまいをするのもよろしからず」

「町奉行所の与力たるもの、いつなんどき、なんびとに見られても清廉潔白でなければならぬ」

「岩亀はまことに無罪であったのか。もしやすると……」

世間に疑念を持たれるだけでも与力にあるまじき不名誉ではないか、という陰口も耳にした。父親の跡を継いだ岩亀は、父親以上に厳しく身を正し、十手を預かる与力として世間に恥じぬようみずからを戒めて今までやってきた。あいつは物堅すぎるという声もはじめのうちは聞こえてきたが、そのたびに、

（わしは名のとおり「亀」になるのだ。堅い、堅い亀に……）

いつのまにか朋輩《ほうばい》たちも、あいつはああいうやつだと彼の生き方を認めるに至った。

爾来《じらい》ずっと、堅く堅くで通してきた岩亀だったが、その考えが昨今ぐらついてきている。今の奉行大邉久右衛門が赴任してきてからのことだ。これまで、でたらめで大食らいで大酒飲みで務めを屁《へ》とも思わない久右衛門の尻拭いをさんざんさせられたが、不思議に苦ではない。いや、どちらかというと楽しい。久右衛門の奔放さに引きずられ、おのれの堅さが次第にほぐれてきたようにも思える。それはたしかに心地よいのだ。まえには考えもつかなかったが、こうしてたまにはひとり酒もたしなむようになった。

彼に就いている村越勇太郎は、悪い意味で欲がなくて呑気《のんき》すぎるうえなにごとにも詰

めが甘く、かつてはどうなることかと歯がゆく思っていたが、近頃はようようものの役に立つようになってきた。それもまた、

（お頭のおかげ、なのかもしれぬ……）

勇太郎の父柔太郎も岩亀の下にいた。岩亀は柔太郎に成り代わり、勇太郎を一人前の定町廻り同心に育てなければならぬと思っていたが、勇太郎にそう言ったことはない。久右衛門が勇太郎に良き感化を与えているとしたら、ありがたいことである。

「燗がつきました」

「すまぬな」

親爺を相手に、ありあわせの肴《さかな》で飲んでいると、男がひとり、ふらりと入ってきた。まだ若い町人である。襟垢《えりあか》がひどく、着物の裾は破れてボロ雑巾のようになっている。痩せこけて、頬骨が飛び出し、頭髪は抜け落ちて、目つきはイタチのようにこすからい。すでにかなり酔っているらしく、足もとがふらついているし、顔も赤い。親爺は、露骨に顔をしかめると、岩亀に小声でささやいた。

「弥五郎《やごろう》ゆう評判の破落戸《ごろんぼう》だす。関わり合いになったらあきまへん。なんやったら……お帰りになったほうが……」

「よい」

岩亀はそう言うと盃《さかずき》を口に運んだ。弥五郎は、いきなり親爺のところに行くと、

「金を寄越せ」

と言った。岩亀のことはまるで眼中にないらしい。

「こないだ渡しましたがな」

「あんなはした金、いつまであると思うねん」

酒焼けしているのか、かなりのダミ声だ。

「なんであんたにわてが毎度毎度金払わなあきまへんのや」

弥五郎はにやりと笑い、

「この店の屋号や。『あかがき』ゆうのは、赤穂《あこう》義士の赤垣源蔵《げんぞう》から採ったんやろ。だれが許したんや」

「許しなんぞいりまへんやろ。ただの店名だす」

「わしは許さんで。赤穂義士の子孫のひとりとして、義士の名がこんないかがわしい煮売酒屋の提灯に使われるやなんて見逃しにはでけん」

「わての耳学問では、赤垣源蔵ゆうお方は四十七士にはおられんかったそうだっせ。赤埴《あかばね》源蔵ゆうのがほんまやそうで……。『あかがき』のカキは、貝の牡蠣《かき》のことだす。焼きガキか酢ガキ食べはりますか。今日のところはそれ食うて帰っとくなはれ」

「ふん！」

弥五郎は鼻を鳴らしたが、

「カキは食うたる。あと、酒や」

「もうだいぶ酔うてはりますがな」

「やかましい！」

弥五郎は匕首《あいくち》をふところからちらつかせた。親爺はため息をつき、

「へえへえ、お好きなように」

こういう客のあしらいかたは慣れているようだ。倒れるように床几に腰を落とした弥五郎のよこにチロリと湯呑《ゆの》みを置くと、振り返ろうともせずまな板のまえに戻った。弥五郎はしばらく酒を飲みながら酔眼で店のあちこちをねめつけていたが、ふと岩亀に目をとめて、にたーりと笑った。イタチがひよこを見つけたような笑いだった。

「気に入らんなあ」

弥五郎はそう言うとふらふらと立ち上がり、岩亀のほうにやって来た。親爺は、ほら言いましたがな……という顔つきになった。岩亀は、

（来たな……）

と思ったが口には出さず、黙って酒を飲み続ける。放っておこうかとも思ったが、どうせこのままではすむまい。

「なにが気に入らぬ」

と応じた。

「その南京や」

弥五郎に、岩亀のまえにある小鉢のひとつを指差した。

「なんのことだ」

「せっかく機嫌よう飲んどったのに、あんたの南京が目に入ったら、酒がまずなった。そんな甘ったるいもので酒飲んでるとこ、見るだけでけったくそ悪いわ。わしは南京と幽霊がこの世で一番嫌いなんや」

「なにを肴に飲もうと、それは当方の勝手だ。他人の知ったことではない」

「南京かぼちゃなんちゅうもんは女こどもの食いもんや。ええ大人が、それも酒飲みが食らうもんやない。わしは南京食うてるやつ見たらむかむかするねん」

「食の好みはひとそれぞれだ」

言いながら岩亀は、南京のひとかけらをこれ見よがしに口に入れ、

「うむ、美味《うま》い。親爺、なかなか良き味付けだのう」

弥五郎は顔をしかめ、骨ばった右手を岩亀に突き出すと、

「寄越せ」

「は……？」

「金や。金出したら、南京食ろたことは堪忍したる。ふところになんぼあるんや。身なりからして、たんまり持っとるはずや」

「いわれのない金は出せぬ。この店の品書きにあるから注文したのだ。それが気に入らぬから金を払えというのは無法だろう」

「店の品書きにあろうと、わしの目のまえで食うたらあかん」

「無茶を申すな」

「うるさい。金があるんやったらそれなりの料理屋に行け。金持ちのくせにわざわざこんなしょうもない店に来て安酒飲んどるのが癇《かん》に障るねん。わしらの貧乏ぶりを見て嘲笑《あざわら》おうちゅう魂胆やろ」

「それほど暇ではない」

岩亀は思わず笑ってしまった。

「お、おまえ、笑《わろ》たな。笑た。たしかに笑た。今笑た」

「それがどうした」

「なんで笑たんや。わしがみすぼらしいからか」

「そうではない。あまりに言い掛けが過ぎるゆえだ」

「どうでもええ。とにかく金出せ。ふところにあるだけ、ありったけ寄越さばよし、ぐずぐず抜かしたら腕か脚がのうなっても知らんで」

弥五郎はふたたび匕首をちらつかせてみせた。さっきから親爺ひとりがはらはらしているのが目の端に映る。

（刀を抜かれて、店に迷惑がかかってもいかん。与力であることを明かそうか……）

そう思ったとき、岩亀の落ち着きはらったさまに焦《じ》れたのか、弥五郎が小鉢の南京にべっと唾を吐いた。

「なにをする！」

さすがに岩亀が語気を荒くすると、

「言うたやろ。わしのまえで南京食ら……」

言い掛けた弥五郎の頰下駄《ほおげた》を岩亀は殴りつけた。ガキッと音がして、弥五郎は床几のうえに倒れ込んだ。

「こ、このガキ……ゆ、ゆ、許さんで！」

これまで弱いものを脅したりいたぶったりする側にしか立ったことがなかったのだろう。思わぬ攻撃を受けて狼狽《ろうばい》したのか、弥五郎は匕首を抜いた。

「うわっ……抜きよった」

親爺のつぶやきが聞こえた。

「金出したら許したろ、と思うてたけど、こうなったらおのれをぶった斬ったる」

「なまくらな腕となまくらな刃物でわしを殺せるのか」

火に油だ。頭に血がのぼった弥五郎が闇雲に突っかけてくるのを軽々とかわし、その腕を摑《つか》む。彼がまえに出ようとする力をうまく使い、床に叩《たた》きつけた。柔《やわら》の技だ。弥五

郎は白目を剝《む》いて、飲んだ酒を口から竜吐水《りゅうどすい》のように吐き出している。すっかり吐いてしまったところを、襟首を持って立たせ、

「二度と来るな！」

店の外に放り出した。匕首も弥五郎のよこに放る。岩亀が衣服をはたいてもとの床几に戻ると、親爺は床を拭き掃除していた。

「汚してすまなかったな」

「なんのなんの。もっと大きなゴミ掃除ができましたがな」

「気がついたらまた戻ってきて暴れるかもしれぬ。わしが帰ったあと、おまえに意趣返しをするかもしれぬ。打ち忍んでおくべきだったが、ついカッとしてしまったのだ」

「いえ……お武家さまはよう堪忍しはりました。おおけにありがとさんでおます。あのガキが戻ってきても大事おまへん。わても、今度暴れたら徳利のけつで頭かち割ったろと思とりましたんや。投げ飛ばしてもろて、せいせいいたしました。——酒が冷めましたやろ。もっぺん燗しますさかい、飲んどくなはれ。わてのおごりだすわ」

熱燗をキューッとあおりつけると、胃の腑《ふ》まで熱くなった。

「さっき申しておった『あかがき』という店名の由来はまことか」

「なんのことでしたかいなあ」

「ほれ、赤垣源蔵ではなく牡蠣のことだとか……」

「でまかせに決まってまんがな。もちろん赤垣源蔵から採りましたんや」

「では、あの弥五郎という男が四十七士の子孫だというのも嘘なのだな」

「いえ……それはほんまらしいんだす」

「――なに？」

親爺の話によると、どうやら弥五郎は、赤穂義士のひとり原惣右衛門《はらそうえもん》の養子だった原兵太夫《へいだゆう》のひ孫に当たるらしい。原惣右衛門は、義士の三長老と称されたほど大石内蔵助《おおいしくらのすけ》の信任篤《あつ》く、吉良《きら》邸討ち入りに際しても軍師格として活躍した人物である。最初の妻とのあいだにできた男子は諸事情で里子に出し、その後、他家から養子を迎えた。これが兵太夫である。その後、後妻とのあいだに長男重次郎《じゅうじろう》が生まれたため、肩身が狭くなった兵太夫は原家を逐電し、行き方知れずとなった。

吉良上野介《こうずけのすけ》を討ち取ったことが天下の法に触れ、赤穂義士たちは四家にお預けのうえ切腹と決まった。お咎《とが》めは跡継ぎである彼らの長男にも及び、遠島などの罰に処されたため、ほとんどのものは出家して難を逃れた。原惣右衛門の長男重次郎も、当時はまだ小児だったが、大坂谷町《たにまち》の長 久寺《ちょうきゅうじ》に預けられ「春好《はるよし》」という法名を与えられた。

原家を出奔した兵太夫は、養父が切腹したことを人づてに聞き知って、もしやおのれにも累が及ぶのではないかとあわてて剃髪《ていはつ》し、仏門に入った。僧侶になったといっても、修行もなにもしないでたらめなにわか坊主だが、堺《さかい》にある貧乏寺の住職に納まり、檀家《だんか》から金をまきあげてそれなりに羽振りの良い暮らしをしていたそうだ。六年ののち、遠島になっていたものも許されて戻ってくるようになり、どうやら大丈夫そうだと見極めがついたので還俗して大坂に舞い戻ってきたものの、もう侍は嫌だ、と両刀を捨てて町人となったのだ。

弥五郎は、その子孫なのである。

「なるほど。原惣右衛門殿といえば、一時《いつとき》は天満《てんま》の老松町《おいまつちよう》に住んでおられたと聞くゆえ、それぐらいのことはあるかもしれんな。たいした血筋だぞ」

「もとはたいした血筋でも、今ではただの破落戸《ごろんぼう》だすわ。義士の子孫や、ゆうのをいつも自慢げに言い立ててましてな、うちにもちょいちょい顔を出して、居合わせた客にわざと忠臣蔵談義をしまんのや。相手がちょっとでも四十七士を悪う言おうもんなら、さっきみたいにからんでからんでからみ倒して金をせびり取りますのや。客がおらんかったら、わてになんやかんや難癖つけて小銭を持っていきよる。ほんま、始末におえん小ずるいやっちゃ。なんぼ酒飲んでも、四十七士の子孫から金を取る気か、ゆうていっぺんも金払《はろ》うたことないし、ほかの客が寄りつかんようになるし……今日はええ薬や」

「ふむ……先祖の顔に泥を塗るとはあやつのことだな。――もし、また現れるようなことがあればわしに言うてまいれ。わしは、西町奉行所の定町廻り与力岩亀三郎兵衛だ」

「ひえっ、町与力の旦那でおましたか。これはえらい失礼を……。あ、もちろんお代はけっこうだす」

定町廻り与力や同心のなかには、ならず者やヤクザから貴様らを守ってやるのだからと、おのれが日頃回っている店から付け届けをさせるものが多かった。彼らの手下《てか》である役木戸、長吏《ちょうり》、小頭《こがしら》らも当たり前のように袖の下を取った。断ると、露骨に嫌がらせや仕返しをされたりするので、皆泣く泣く支払うのだ。風呂屋や居酒屋で代金を払わぬものも大勢いた。

「お上のご威光」を金に換えているわけだ。

「なにを申す。金を取らねば商いにならぬではないか。ここに置くぞ。釣りはよい」

曲がったことが大嫌いな岩亀は、床几のうえに金を置いた。

「ひえっ、こんなにいただいてはバチが当たります」

「よい。店を汚した損料と、美味い南京への礼だ」

見栄を張って「良い恰好」をし過ぎたか……とほんの少し後悔しながら、とはいえ上々の気分で店を出ると、弥五郎の姿はどこにもなかった。

◇

「どうだ、狂言は書けたのか」

「大西の芝居」の奥にある小座敷を訪れた勇太郎がからかい気味に言うと、目を真っ赤にした千三が、だ。

「書いたことは書いたんだすけど……」

無精髭《ぶしょうひげ》も伸び、髪の毛もほつれ、いつもの洒落《しゃれ》ものの姿とは見違えるようだ。あたりには丸めた書き損じがおびただしく放り出してある。派手やかな表側とは異なり、芝居小屋の裏は普段でも汚らしいものだが、この座敷は群を抜いている。食べ散らかした鉢や箸、煙草《たばこ》の灰、なんだかわからない屑《くず》などがひとかたまりになり、まるでごみ溜《た》めだ。

「なんだ。できたのか。陣中見舞いのつもりだったが、それではこれはいらぬな」

勇太郎が、持ってきた酒の徳利を仕舞い込もうとすると、千三はそれをひったくり、

「せっかくの旦那のお気持ちだすさかい、これはもろうときます。——書いたんだすけど、これがおもろいのかおもろないのか、おのれにもさっぱりわかりまへんのや」

「戯作ならわかるのだろう。同じではないのか」

「まるでちがいます。戯作は読みもんだすさかい、おのれが読めば出来不出来はたいがいわかりまんのやが、芝居は役者が口で台詞《せりふ》を言うて、そこに動きをつけますやろ。出来上がりがどんなもんになるのか作者でも推量がでけまへん」

「座頭はなんと言ってるのだ」

「おもろいんちゃうか……とは言うてくれとります。せやけど、これで客がひと月も呼べるのかどうか……」

「俺にも読ませてくれ」

千三は、まだ綴《つづ》っていない紙の束を勇太郎に手渡した。外題《げだい》は「異国倭国《いこくとわこく》 虚 合戦《うつろのかっせん》」である。

「ふーん……面白そうではないか」

「まあ、読んでみとくなはれ」

よほど疲れているのか、千三の声には張りがない。勇太郎は、ざっと目を通した。

仏法で守られている倭国をおのれの領土にしようと、露西亜《ロシア》、英吉利《イギリス》、西班牙《スペイン》といった諸外国があの手この手で仕掛けてくるが、ときの将軍家はぼんくらでなにもしようとしない。国の守りがあまりにもろいことに危うさを感じていた森時平《もりしへい》は、海防についての建白書を出すが、老中松田幸信《まつだゆきのぶ》に握りつぶされてしまった。それどころか頭の固い松田は、異学を学ぶことを禁じたり、異国船が来てもすぐに追い返すように命じた。これでは他国の強さ、怖さを知ることはできぬ。悶々《もんもん》とした森時平は、想《おも》いびとであった遊郭の花魁《おいらん》とともにひそかに露西亜に渡ろうと画策するが、嫉妬した町娘に密告されて捕えられ、獄につながれてしまう。死罪を言い渡され、処刑の日を待っていると、露西亜の軍勢が倭国に押し寄せ、元寇《げんこう》以来の戦《いくさ》になる。倭国は敗色が濃くなり、老中松田幸信は森時平を呼び出して、どうすればよいかをきく。時平は堂々とおのれの考えを述べ、そのとおりにすると倭国軍はにわかに優勢となり、ついに露西亜軍を退けることができた。こうして、晴れて花魁と一緒になれた時平は、老中に出世するのだった……。

「面白いじゃないか」

勇太郎が言うと、

「ほんまだっか？」

「世辞ではない。まことによくできている。これなら当たるかもしれん」

「うわあ、うれしいこと言うてくれはる。旦那にそない言われたら、ちょっとだけ行けそうな気ぃしてきましたわ。おおきに」

「ま、素人《しろうと》の言うことだからあてにはするな」

突貫で稽古がはじまり、千三は引き札を刷ったり、座頭とともに贔屓衆に挨拶廻りをしたりと大忙しになった。そして数日後、ついに初日が開いた。

◇

「とんだことになったな。まあ、気を落とすな」

勇太郎がそう声をかけても、千三はうなだれたままだった。無理もない。「異国倭国虚合戦」はたった三日で閉幕することになったのだ。

ほかの狂言は「勧進帳」と近松の心中もので、客の目当てはもちろん千三の新作であった。初日はまあまあの入りだったが、ほとんどは贔屓衆、旦那衆、芝居茶屋の主《あるじ》など座元が招待した青田《あおた》（金を払わずに入る）の客ばかりなので、二日目からがまことの「入り」なのだが、その二日目は初日を観《み》た客たちが「面白かった」と喧伝《けんでん》してくれたらしく、上々の入りだった。三日目はさらに評判を呼び、なんと大入りだった。

（これならなんとかひと月間やっていけそうや……）

千三がホッとしたのもつかのま、三日目、切り狂言の「異国倭国虚合戦」がはじまってそろそろ半ばにさしかかろうというあたりで、

「その芝居、差し止めじゃ。幕を引け」

突然、小屋の後方から声がかかり、ひとりの同心が舞台へと駆け上った。その日たまたま勇太郎は、母すゑ、妹きぬとともに平場《ひらば》にいたので一部始終をその目で見ることになった。

「座頭はだれだ」

十手を振り回しながら同心が居丈高に怒鳴っている。扮装《ふんそう》をしたままの片岡塩之丞が進み出ると、

「この狂言は、ご政道に難をつけ、畏《おそ》れ多くも上さまやご老中を悪しざまに申すものだ。よって本日より差し止めといたす」

同心の顔は、カラスのように尖《とが》っている。東町奉行所盗賊吟味役山吹四郎右衛門《やまぶきしろうえもん》だ。

（あいつか。やっかいなことになったな……）

勇太郎は渋面を作った。山吹は、弱いものいじめをし、賂《まいない》をむさぼることで悪名が高い。

「滅相もない。決してそのような気持ちはございません。ただのお芝居、絵空事でございます」

「黙れ黙れ黙れ黙れ黙れえっ」

黙れと言ってるやつが一番うるさい。

「作者はどこにおる」

舞台袖から千三がおずおずと進み出た。

「わ、わてでおますけど……」

「ほほう……」

山吹はニッと笑った。千三が、西町奉行所の役木戸であることを心得ているのだ。

「貴様は入牢《じゅろう》のうえ、わしが厳しく吟味してつかわす」

「吟味もなにも……わてはなにも存じません。面白おかしゅう考えただけのお話ですさかい……」

「嘘を申せ。貴様、政《まつりごと》を誹謗《ひぼう》して同志を募り、天下の騒擾《そうじよう》を企てておるのであろう」

「そんなアホな……」

「石を抱かせればすぐに白状いたそう。軽くて遠島だな。島送りになると、はじめの一年で半分が死ぬそうだ。つぎの一年で残りの半分。三年目まで命があるものは稀《まれ》だと聞くぞ」

「ひえーっ」

「下手をすると打ち首かもしれぬな。なれど……」

山吹は塩之丞に向き直り、声を低くして、

「お上にも慈悲はある。魚心あれば水心というやつだ」

「はあ……？」

「もし、わしに折り入って話があるとでもいうならば、聞いてやってもよいぞ。ここではひと目につくゆえ、場所を改めたほうがよかろう」

山吹四郎右衛門は薄笑いを浮かべた。つまりは金が欲しいのだった。

小屋の裏側にある通路で山吹は、賄賂《わいろ》を寄越せば捕縛は勘弁してやろうと、露骨に持ちかけてきた。塩之丞がなにか言うより先に、千三がまくしたてた。

「おかしいやないか。わてが捕まるのは天下の御法に照らしてのことやろ。金で天下の御法が変わるんかい」

「貴様、そのような強がりを申してよいのか」

「ああ、かまへん。召し捕るんやったら召し捕ってくれ。わても西町奉行所から十手を預かる役木戸や。袖の下を渡して召し捕りを免れたとあとで知れたら、大坂の町を大手振って歩かれへん。逃げも隠れもせんさかい、白洲《しらす》でちゃんと裁いてもらおか。おまえみたいな腐れ役人がおるさかい、町奉行所が白い目で見られるんや」

塩之丞があわてて、

「お、おい、千三、そんなこと言うたら……」

「よろしいがな。もしわてらのしたことが悪事やちゅうなら、それなりの罰を受けなあかん。けど、金払うか払わんかで罪になったり罪が消えたりするのはおかしやないか」

山吹は顔を茹《ゆ》で蛸《だこ》のように真っ赤にして、

「き、き、貴様……わしに向かって腐れ役人とはよう申したな。このままでは捨て置かぬぞ」

「せやさかい、召し捕ってくれて言うとるやないか」

「ああ、召し捕ってやろうとも。今に吠え面かかせてやる。貴様も、この小屋も、潰してくれる。首を洗って待っておれ」

言い捨てると、山吹四郎右衛門は足音荒く大西の芝居を出て行った。

◇

結局、千三は捕縛されることはなかった。どうやら山吹が上申しても、入牢の許しが下りなかったようだ。だが、芝居は続けることを許されず、座頭の塩之丞は三日目に来た客への返金も含めて莫大《ばくだい》な借財を負った。

「ほんまにすんまへん、座頭」

千三は畳に額をこすりつけた。

「かまへん。召し捕られんかっただけでもめっけもんやと思わなあかん。けどな、おまはんがあの腹立つ同心にポーンと言うてくれたときは、わしも胸がすいたわ」

「へえ……」

「それになあ、おまはんも悪いが、本に目を通して、これで行こ、て決めたのは座頭のわしや。わしに一番罪があるのや」

「そんな……」

「おまはん、少しでも悪いと思う気持ちがあったら、当たり狂言を書いてくれ。このまま月、小屋を遊ばせとくわけにはいかん。と言うて、古臭い出しもんばかりでは客は来てくれん。今度は、お上に叱られんですむような、客が大喜びする本を書いとくれ。この損を取り戻せるような、どえらい本をな」

「わかりました。不肖蛸足の千三、誠心誠意、目いっぱい努めさせていただきます！」

千三は畳に頭をめりこませた。

◇

「それで、書けたのか」

法善寺《ほうぜんじ》にある千三行きつけの居酒屋「芝右衛門《しばえもん》」で酒を酌み交わしながら、勇太郎はたずねた。

「まだ一枚も書けずですわ」

「ならば、こんなところで飲んでいてはいかんだろう。片岡塩之丞が見たら嘆くぞ」

「息抜きだんがな。紙のまえで腕組んで、一日中唸《うな》ってても、ええ知恵は浮かびまへん。たまにはこうして……」

千三は盃をきゅーっと干すと、

「酒でも飲まんとやっとれまへんで。——それより旦那、なんぞ面白い話はおまへんか」

「聞いてどうする」

「毎日、だれとも会わんと小屋の座敷にこもってまっしゃろ。世間のことがわかりまへんのや。そういう話から狂言のええ種が見つかるかもしれまへんがな」

「うーん……面白い話か……」

勇太郎は、先日、岩亀与力に聞いた煮売酒屋での悶着について話をした。

「へええ、四十七士の子孫だっか。そういうおひとがいてまんねんなあ」

「すっかり無頼漢になっているらしい。先祖に顔向けができないというのはこのことだな」

「けど、その難癖のつけかたがよろしいな。南京を目のまえで食べられたら酒がまずうなる、て……。なんぞに使われへんやろか」

「言いがかりにもほどがあるな。岩亀さまはよう辛抱なされたと思うが、ついに堪忍袋の緒が切れたそうだ」

「その男の先祖も、養父の原惣右衛門に男の子がでけて、その家に居づろうなりましたんやろ。気持ちはわからんでもおまへんなあ」

すると、隣で飲んでいた顔見知りの男が言った。さっきから話に入りたくてしかたなかったようで、

「こないだ、それと逆さまの話を聞きましたで」

「どういうことだす」

千三がたずねると、

「吉良上野介の付き人やった侍の子孫が大坂におりまんのや。わての古うからの知り合いで、京七《きょうしち》ゆう名前だすねん」

その男によると、上杉《うえすぎ》家に仕えていた刈萱京太郎《かるかやきょうたろう》という武士がいて、上野介の身辺警護のため吉良家に差し向けられていたにもかかわらず、吉良邸討ち入りの際はまるでものの役に立たず、刀を一度も抜かぬまま納戸に隠れて震えていたという。後日そのこ

とが明らかとなり、上杉家を放逐されて浪人したうえ、世間からも「吉良の用心棒だったやつ」と白い目で見られ、ついに士分を返上して町人となった。

「それで大坂に出てきましたんやが、わての知り合いはそのひ孫に当たるそうですわ」

「今、なにをなりわいとしているのだ」

「南京売りだす。ほれ、朸《おうこ》（天秤棒《てんびんぼう》のこと）の後先《あとさき》に南京のいっぱい入った籠ぶら下げて、『南京〜かぼちゃ〜』ゆうて歩いてる……」

「ふーむ、元は上杉家に仕えた武士の子孫が南京屋とは……有為転変というやつだな」

「ところが、さっきの四十七士のひ孫とは逆さまでな、その京七はいたってええやつだすねん。貧乏はしとりましてもいつも機嫌よう暮らしとりますわ。吉良の付き人の子孫やてわかると冷とうされたり、悪口《あっこう》を浴びせられたり、どつかれたり蹴られたり……いろいろあるみたいやけど、まるで気にしとりまへん」

「義士の子孫がろくでなしで、吉良方の子孫が好人物というのは、まさに逆さまだな」

そう言ってふと千三を見ると、なにやら思いついた様子で目を閉じ、考え込んでいる。

「どうした？」

話しかけても返事をしない。やがて、カッと両目を見開くと、

「思いつきました！」

「よかったな。どういう話だ」

「『忠臣蔵』の外伝でいきますわ。いろいろ人気狂言はおますけど、なんちゅうたかてやっぱり『忠臣蔵』が一番人気だすさかいな」

「今度は、東町に目をつけられないようなものにしてくれよ」

「わかっとりま。この千三、天下の政をけなすような気持ちは微塵《みじん》もおまへん。すべてはわが腹中にあり。まあ、楽しみに待ってとくなはれ」

そう言うと、千三は腹を叩いた。

◇

千三が新たに書いた狂言は、「剣山忠義鉔《つるぎのやまちゆうぎのたたら》」という外題だった。故塩冶判官《えんやはんがん》（浅野《あさの》内匠頭《たくみのかみ》）の元家臣で四十七士のひとり原郷右衛門《はらごうえもん》が姓名を隠して刀鍛冶竹屋喜平次《かたなかじたけやきへいじ》のもとを訪れ、一振りの刀を鍛えてほしいと言う。喜平次は、今は忙しいのでそのうち暇になったら……と原を追い返すが、原は連日のように喜平次のもとを訪れる。そのうちに原の人柄に惚《ほ》れた喜平次は、彼が塩冶家の浪人であることに気づきながらも、原のために一世一代の刀を鍛えようと決める。それを知った高師直《こうのもろなお》（吉良上野介）方の刺客たちが喜平次のもとを訪れ、ついには原と刺客たちのあいだで大立ち回りとなる。周囲に何十本という刀が剣山のように並べられている刀鍛冶の仕事場での殺陣《たて》で、ここが芝居としての見せ場である。原郷右衛門が、鍛冶場にある刀を抜いては斬り、抜いては斬りしながら刺客を残らず片付ける。

「面白い。これは当たるぞ」

勇太郎が言うと、千三は照れたように頭を掻《か》きながら、

「これやったら島流しになることもおまへんやろ」

「うむ、大丈夫だろう。『仮名手本忠臣蔵』は人気狂言だが、咎めにあったという話は聞いたことがない」

勇太郎が太鼓判を押すと、千三は安堵《あんど》したような顔になり、

「座頭も喜んでくれまして、これやったら休んだ分を取り返せるかもしれん、さっそく稽古や、ゆうて……今、裏でだんどりしてはりますわ。これでようよう、こないだのしくじりを返上でけそうだす」

ところが……返上できなかったのである。

初日、二日目、三日目と客足は伸びていき、四日目には満員札止めになった。どんな狂言、どんな役者でも客が入った……というのは昔の話。景気も悪く、人気役者や作家が相次いで江戸に去った今、上方の芝居興行は低迷が続いていた。そういうなかではひとつの珍事であり、同業人たちからうらやまれるほどだった。

それは四日目に起こった。この日もまた、たまたま勇太郎が客席にいた。隣には、京七という南京売りが座っている。この筋を思いついたきっかけになったから、と千三が

招いたのである。まだ二十歳そこその若さで独りものだった。勇太郎がしゃべりかけてみると、聞いていたとおりの好人物で、受け応えもしっかりしており、腰も低い。棒手振《ぼてふ》りとして大坂中を歩いているため、話題も豊かである。吉良方の子孫だとわかると、謂《いわ》れなくそしられたり、殴られたりすることもあって、

「ほんま、かないまへんで」

と言いながらも、

「わての聞いてる話では、吉良のお殿さまは家来にも領内のもんにも親切な、ええお方やったそうだっせ」

と言い張る気骨もあった。

舞台はちょうど鍛冶屋の場面だった。鈩《たたら》のまわりにはたくさんの刀が立てて並べられ、まるで剣山のようになっている。刀鍛冶竹屋喜平次役の役者が、五右衛門《ごえもん》という変名を使っている原郷右衛門役の役者をじっと見つめ、

「もしやこなたは……伯耆国《ほうきのくに》塩冶家にゆかりのお方ではございませぬか。いや、そうにちがいない。それならば先日来、たいへんな失礼を申し上げました。お許しくださいませ」

「いや、それがしはただの五右衛門と申すもの。塩冶家などには縁もゆかりもござらぬ」

「お隠しなさいますな。喧嘩両成敗が武家の習い。塩冶判官さまは即日切腹、高師直はお咎めなしとはまこと偏ったるお裁きかとわたくしもかねがね思うておりました。あなたさまが塩冶家の方でございますれば、わたくしが鍛えた刀、ここにあるもの皆差し上げましょう」

「なんと、ここにあるもの皆くださるとは……」

「これらの刀を使うて、憎き仇《かたき》の首挙げてくださりませ。そうなればわたくしに取っても家名の誉れ」

「かたじけない。故あって隠していたが、それがし……」

そこまで台詞を言ったとき、いきなり客席から舞台に駆けあがってきた男がいた。

「なんじゃ、この狂言。こんなしょうもない芝居、潰してしまえ！」

ふたりの役者は素に戻り、刀鍛冶役の役者が叫んだ。

「芝居中や。出て行け」

数人の座員が舞台袖から飛び出し、取り押さえようとしたが、男は走り回ってなかなか捕まらない。

「わしは、赤穂義士原惣右衛門の子孫や。先祖のことをこんなくだらん芝居にされたら申し訳がない。やめろやめろ、やめてまえ！」

勇太郎は、

（ははあ……こやつが岩亀さまが申しておられた弥五郎だな）

と気づいた。座員たちがもてあましている様子に、

（よし……！）

懐中の十手を握り、立ち上がろうとしたとき、

「うぎゃあっ！」

舞台上の弥五郎が悲鳴を上げた。けつまずいて倒れたときに、小道具の刀で足を切ったのだ。

「血ぃや！　血ぃや！　血が出た。どないしてくれるんじゃ。痛い痛い痛い……助けてくれえっ」

情けない声を上げて舞台のうえを転がり回る。介抱しようとしても暴れて手がつけられず、そのうちに足から血を流したまま客席に飛び込んだ。もちろん客席は大騒ぎである。足がもつれたのか、弥五郎は桟敷《さじき》に倒れ込み、そこで酒を飲みながら見物していた数人の侍たちの膳のうえに覆いかぶさった。徳利が倒れ、盃が割れ、肴が散らばった。ひとりの武家が立ち上がり、

「楽しかるべき遊興の場を騒がすばかりか、我らの桟敷を血で汚すとは許せぬ。それへなおれ」

そう叫ぶと、腰のものに手をかけた。

（いかん……！）

勇太郎が駆けつけようとするより早く、京七がすばやくその武家のまえに座って、弥五郎をかばい、

「石橋の旦那さま、このようなところで刀をお抜きあそばすと、御身の障りにもなります。ここはわてに任しとくなはれ」

「む……そちはうちに出入りの唐茄子屋《とうなすや》ではないか」

「へ、京七でおます。お怒りはごもっともだすけど、まあまあまあまあ……」

そう言われると侍も、一瞬で怒りが冷めたようだ。公の場で抜刀したことが主君に知れたら身の終わりなのである。

「うむ。そこまで申すなら貴様に任せる。良いようにいたせ」

「ありがとうございます」

京七は、へたばってしまった弥五郎を背負うと、

「近所の医者のとこへ運びまっさ」

勇太郎にそう告げて、小屋から出て行った。

（手際がいいし、胆《たん》が座っているなあ……）

勇太郎が感心した途端、場内が轟然《ごうぜん》とした。客たちが怒り出したのだ。

「なんじゃ、今のは」

「芝居がめちゃくちゃやないか」

「金返せ！」

座頭の片岡塩之丞が頭を下げ、

「お客さま方、まことにもって申し訳ございません。本日は舞台で血が流れましたるゆえ、これをもって打ち切りとさせていただきますが、お手持ちの小札、切落とし札などはそのままお持ちいただければ、またいつでもご見物いただけるよういたしますので、なにとぞご寛恕《かんじょ》賜りますよう座頭よりお願い申し上げます」

客たちはぶつぶつ言いながらも三々五々帰っていった。

◇

「とんだ災難だったな」

騒動から数日経《た》った夜、豆腐の田楽《でんがく》を食わせる屋台で勇太郎は千三をなぐさめた。

「へえ……えらいことだした」

千三の声はまえにも増して力がなく、ふにゃふにゃだった。

「でも、こないだに比べればまだましだろう。上演を差し止められたわけではない。翌日から小屋は開けられたのだろう？」

「それがその……あのあとえらいことになりまして……」

千三の言うには、刀鍛冶の芝居で客が大怪我をしたという一件はたちまち大坂中に知られることとなったが、その話に尾ひれがついたらしい。

「尾ひれ？」

「あの芝居を観にいったら形《かた》なしになる、ゆう噂が広まりましたんや」

つまり、刀師と形なしを掛けているのだ。大坂人はこういう語呂合わせが好きだ。

「とんだケチがついたもんだな」

「どこのどいつがそんなこと言い出しよったんか……ほんま、もうたいがいにしてほしいわ」

「で、芝居は続けるのか」

千三はかぶりを振り、

「昨日で閉めました。客三人でしたさかいな。開けたら開けるだけ損がいきまんねん」

彼は、深いため息をついた。

「あれから弥五郎はどうなった」

「どうもこうも……医者の手当てを受けて、怪我《けが》はすぐにようなったんでやすが、座頭のとこへ乗り込んできて、あんな危ない芝居をするさかい怪我したんや、医者代を出せ、薬代を出せ、そもそもわしの先祖の原惣右衛門を勝手に手本にするやなんてだれが許したんや、金を出せ、損料を払え……とどのつまりは金、金、金……金が欲しいんだすな」

「払ったのか」

「わてやおまへん。座頭が……」

「また、塩之丞に迷惑をかけたわけだな」

「そうだんにや……」

千三はがっくりと肩を落とした。

「言いなりになるべきではなかったのではないか」

「滅相もない。向こうの言い次第やおまへん。ちゃんと値切りましたで」

そういうことではない。

「いや……わかっとりますけどな、わても座頭もあいつには二度と小屋に来てほしゅうないんだす。後腐れないようにするには、やっぱり金渡すのが一番手っ取り早いさかい……。わてらは我慢してもええけど、お客さんに嫌な思いをさせとうないし……」

「気持ちはわかるが、相手をつけあがらせるだけだろう」

「へえ……」

「とは言っても、弥五郎も京七にはさすがに詫《わ》びを入れたのだろうな」

「とーんでもない。いらんことしやがって、ゆうて怒鳴りつけとりました。南京売りや、というのを聞いたときは、『わしは南京と幽霊がこの世で一番嫌いなんじゃ。あっちへ行け、カス！』ゆうてましたけど、吉良方の子孫やと知ってからはますますボロカスにののしって……。わてが見物に誘うたばっかりに、京七さんにえらい迷惑かけてしもた」

「弥五郎にとって京七は、助けてくれた恩人ではないか。それはいかんな」

「ああいうのを人間の屑ちゅうんだっしゃろな。――けど、そんなことどうでもよろしいわ。わてはそれどころやおまへんのや」

「塩之丞はなんと言ってるんだ」

「まだ半月あるさかい、新作狂言を書いてくれ、て言うてはります。わてもそれに応えたいのはやまやまだすけど、ええ知恵が出まへんのや。もう二度もしくじっとりますよって」

「三度目の正直ではないか。がんばって大当たりを狙え」

「けど、二度あることは三度あるとも言いまっせ。またなんぞあったら、今度こそ座頭もわても路頭に迷わなならん」

「気弱になるな。頭から絞り出せ」

「絞り出そうにも、こんな南京みたいな頭ではどうにもなりまへんわ」

そこまで言ったとき、千三の顔つきが変わった。

「どうした。またなにか思いついたのか」

「南京……南京……そや、南京を使うて……」

　ぶつぶつ言いながら千三は、ふところから取り出した紙に、なにやら書き付けはじめた。あとは勇太郎がなにを話しかけても答えようとしないので、しかたなく勇太郎は立ち上がった。

（なんにでも才のある男だな。たしかに蛸足だ）

　道を歩きながら勇太郎は何度もうなずいた。

2

「ぶふっ……！」

　佐々木喜内は鼻先をすぼめるようにしてくしゃみをし、

「風邪を引いたかな……」

　とつぶやいた。

「そう言えば、少し寒気がするようだ。——御前はなんともございませぬか」

　暇そうに頬杖《ほおづえ》をついている大邉久右衛門は顔をしかめると、

「なんともない。わしの身体には鋼《はがね》が入っておる。風邪の神が寄ってきても、鼻息で吹き飛ばしてやるわい」

「御前ならばそうでございましょうな。なれど、市中ではたちの悪い風邪が流行《はや》って難渋しておるものが多いと聞きますぞ。このごろは夜半は冷えますからな」

「東町の水野も、風邪で寝込んでおるそうじゃ。ざまをみろ」

なにが「ざまをみろ」なのかわからないが、とにかく水野忠通が寝込んでいることがうれしいらしい。

「長引いておいでですな。はじめは無理してご公務をなさっておられたようですが、その無理がたたったのか、このごろは寝所に籠ったままだそうでございます」

「弱っちいやつじゃのう。熱燗の酒をぐいぐい飲み、ぬるい風呂に入って温《ぬく》もれば、あっという間に風邪はご退散じゃ。——喜内、風邪除《よ》けに熱燗を持ってまいれ」

「まだ昼まえでございますぞ。それに……男はそれでもよろしゅうございますが、女こどもは熱燗と風呂というわけにはまいりますまい」

「そうだのう。女の好物は、芝居・浄瑠璃《じょうるり》・芋・蛸・南京と申す。芋か南京でも食うて、芝居見物に行けば、風邪も治るかもしれぬ」

「それはもしや、芝居・コンニャク・芋・かぼちゃではございませぬか」

「上方ではこう申すのよ」

「はじめて聞きました。——そう言えば、本日の昼餉《ひるげ》は南京でございます。与力の岩亀さまが南京をたくさん持ってこられ、料理方に預けていかれましたので」

「岩亀が？　なにゆえじゃ」

「先日、役木戸の千三が書いた芝居の最中に大騒動がございまして、見物していた南京売りの男にいかく迷惑をかけたそうでございます」

喜内は、暇を持て余している久右衛門に、大西の芝居で起きた一連の出来事について話をした。

「政へのあてこすりととられて上演差し止め、というのはまだわかるが、四十七士の子孫が暴れ込んできて人気が下がるとは、千三もとんだとばっちりだのう」

「南京売りの男への詫びのために、千三が南京を山ほど買い上げまして、あちこちに配ったのですがまだ余り、それが村越殿や岩亀さまに渡り、そこからうちの料理方に渡った……ということらしゅうございます」

「よほどたくさんあるのじゃな」

「青物屋が開けるほどだそうでございます。そうそう、その南京売りは吉良上野介の付き人だった侍の子孫だそうでございます」

「ほほう、それは面白い。『忠臣蔵』の敵と味方双方の子孫が大坂で出会うとは、それこそ芝居の一幕ではないか。どちらにも一度会《お》うてみたいものじゃ」

「吉良方の子孫は結構人《けっこうじん》だそうですが、原惣右衛門殿の子孫の弥五郎とか申す男はろくでもない輩《やから》だそうで、酒を飲んでいるときに南京を食うなと岩亀さまに言いがかりをつけたそうでございます。御前は南京はお好きでしたかな」

「わしはなんでも食う。食えぬものでも食う。嫌いな食いものはこの世にない」

「そうでしょうとも。なれど、酒飲みのなかには、弥五郎のごとく南京を嫌がるものもおりますからな」

「そういうやつはまことの酒飲みではないのじゃ。南京は、料理次第で立派に酒の肴になるぞ。——そうじゃ、おまえにアテになる南京料理を教えてつかわす。源治郎《げんじろう》を呼べ」

「御前、腹のうちはわかっておりまするぞ。昼酒を飲もうという魂胆でございましょう」

図星を指された久右衛門は仏頂面《ぶっちょうづら》になり、

「今月は当番ではない。昼酒を飲もうと朝湯に入ろうとわしの勝手じゃ」

月番ではないといっても「休み」ではない。白洲が開かれない、というだけで、与力・同心たちはいつも通りの勤めを行っている。だが、当番月に比べて気持ちのうえではよほど楽ではあった。

「水野さまが伏せっておられる折、ご自重なさったほうが……」

「やかましい。源治郎を呼べ。——源治郎、源治郎！」

ついにはみずから立ち上がって料理方を呼ばわった。喜内は、

「やれやれ、今日もまた昼から飲むのか」

聞こえよがしにそうつぶやくと、台所へと向かった。

◇

「書き上がったそうだな」

勇太郎が差し入れの大徳利を差し出すと、千三はうれしそうにそれを押しいただき、

「書けましたあ。いやあ、難産だした」

「その様子では、どうやらうまくいったようだな」

「へえ。これまでのやつよりは……」

千三は、そう言って紙の束を差し出した。表紙には「南京討伐風邪神《なんきんにうたれるかぜのかみ》」とあった。

千三は三日三晩徹夜をして、この新作狂言を書き上げたのだ。

「座頭にはもう渡して、稽古に入ってもろとります。これは控えだすねん」

中身を読む勇太郎の横で、千三は何度もあくびをした。目もウサギのように真っ赤だし、目の下には隈《くま》ができている。

「ほほう……」

しばらく読んでいるうちに、勇太郎はすっかりその台本にはまってしまった。それほどよくできていたのである。

日本中に風邪を流行らせようとして、露西亜国から風邪の神がやってくる。その姿は、頭巾をかぶった老翁《ろうおう》で、蓑《みの》を着て、高下駄をはいている。その来訪に気づいたのは大坂の若き医者である。彼は許嫁《いいなずけ》とともに、知っているかぎりの薬を使って風邪の神を退治しようとするが、相手のほうが力が強い。ついには敗れてしまい、許嫁を風邪の神に奪われてしまう。調子に乗った風邪の神はどんどん風邪を広めていき、大坂の民は皆、朝から晩までくしゃみをし、洟《はな》を垂らし、咳《せき》をしている。風邪の神は医者の許嫁とむりやり祝言を挙げようと企み、その席には頭痛の神、歯痛の神、怪我の神、腹痛の神、骨折りの神、痔《じ》の神……といった仲間の神たちが並んでいる。

一方、医師はなんとかして風邪の神を倒し、許嫁を取り戻すすべはないかと思い悩んでいた。薬だけでなく、荒縄で身体をしごくとか、卵酒を飲むとか、赤土を食べるとかさまざまな療治を試してみたが、風邪の神を倒すことはできない。万策尽きて疲労困憊《こんぱい》し、ある日縁側に座ってうとうとしていると、庭先に放し飼いにしてあった二匹の飼い犬がしゃべっているのが聞こえてきた。

「先生は寝てはるみたいやな」

「無理もないわ。疲れ果ててはるはずや」

犬がひとの言葉を……とぎょっとしたが、ここで驚いては続きが聞けない。目を固く閉じ、身体を動かさぬようじっと我慢していると、

「可哀《かわい》そうになあ。けど、人間なんちゅうのはアホなもんやな」

「そやなあ、うちの先生、いたってええお方やけど、医者のくせに風邪の神を退治するのに一番よう効くアレを知らんやなんて」

「アレを食うたら一発やけどな」

「教えてあげたいけど、わしら、言葉がしゃべれんということになっとるさかいな、南京が風邪に効くことは黙ってなしゃあない」

「そやな。そのうちおのれで気づくまで待ってるしかないもんな」

そこで、ハッと目が覚めた。うとうとしていると思っていたが、いつのまにかすっかり眠ってしまっていたようだ。

（今のは夢か……）

そう思って二匹の飼い犬を見ると、なぜか目を逸《そ》らそうとする。もしかすると……と藁《わら》にもすがる気持ちで彼は南京を買い求め、柔らかく煮て、何人かの病人に食べさせてみた。すると、あれほどひどかった風邪が日に日に薄紙を剝がすようによくなり、ついにはみんな治ってしまった。さっそく医者は、天満の青物市で南京を買い占め、いくつもの大釜を並べてそれを煮た。何百人分もの南京の煮ものができあがった。風邪の神のまえで、老若男女の病人たちが並び、美味そうに南京を食べるとさしもの風邪の神も許嫁を放して露西亜へと逃げ帰っていった。南京のおかげでたちどころに風邪が治った病人たちは、喜びのあまり踊りを踊り出す。そして彼らに祝福されながら、医者と許嫁は祝言を挙げる。めでたしめでたし。

「三日で書いたとは思えぬ。よくできているではないか。今、市中は悪い風邪がはびこって大勢が難渋している。そういった鬱陶《うっとう》しさがこの芝居を観たらすかっと晴れるだろう。たいしたもんだぞ、千三、いや、千三先生」

「うひーっ、先生やなんておいどの穴がこそぼうなりますわ。けど、あと半月でこれまでの損を埋めるには、毎日大入りでないと困りますねん。なんぞええ工夫はおまへんやろか」

「そうだなあ……こういうのはどうだ。観に来てくれた客ひとりにつきひとつずつ、手《て》土産《みやげ》として南京を渡すのだ。女の客は喜ぶし、南京なら軽いものだから持って帰りやすい」

千三はポンと手を叩き、

「そらよろしいわ。南京やったら安いもんやさかい、たいして銭もかからんし、評判になることまちがいなしです。南京は、京七を通して仕入れたら、あいつも銭になって喜びよるわ。こら、ええ知恵貸してもろた。さすがは村越の旦那、いや、勇太郎先生」

今度ばかりはうまくいくにちがいない……勇太郎はそう思った。だが、その考えが甘かったことをふたりともすぐに思い知らされることとなったのである。

◇

「南京討伐風邪神」は千三たちの思惑どおり大評判となった。滑稽な物語、妖怪たちそれぞれの奇抜な扮装、風邪の神と医者の恋のさや当て、芝居のなかで本物の南京を食べる面白さ、賑《にぎ》やかな踊りなど、見どころが多いうえ、風邪の神を退治するという筋立てが風邪で苦しむ浪花《なにわ》っ子の気持ちに寄り添ったのが受けたようだ。しかも、南京のお土産付きというのが、

「洒落てるやないか」

「かかに煮付けてもらお」

「いやあ、今晩のおかず代浮いて得したわあ」

と大人気で、考案した勇太郎も少しは鼻を高くした。連日大入り満員が続き、支度した南京はたちまち品切れとなって、京七も、

「大坂中の南京を仕入れても足りまへんわ！」

とうれしい悲鳴を上げながら、青物市場に足しげく通い、問屋から問屋へ飛び歩いている。にわかな「南京景気」である。その南京景気を後押ししたのがある噂だった。

「おい、知ってるか。南京食うたら風邪が治るらしいで」

「ええっ、ほんまかいな。うちのかかも子も一日中咳しとるねん。さっそく南京買《こ》うて

こよ。医者に薬代払うこと思たら、南京なんぞ安いもんやがな」

「どこ行って買うんや」

「どこて……南京買うのに魚屋行くかい。八百屋に決まってるやないか」

「アホやなあ。今、八百屋で南京なんか売ってへんで。どこも売り切れや」

「思うことは皆一緒やなあ。どこぞに余ってへんやろか」

「昨日もドブ池の木綿問屋が、ひとつ一分で買うて行ったらしいわ」

「一分？　えげつない値上がりやな。けどなあ、南京なんか風邪に効くんやろか。南京屋が、売り上げ上げるために撒《ま》いたでまかせとちがうか」

「こないだ町医者が買うとったで」

「うわあ、それはほんまに効くんかもわからんな。はじめに言い出したのはだれやろ」

「噂ではな、道頓堀のさるご大家《たいけ》に飼われてた犬が、風邪に苦しむ主人を見かねて物言うたらしいわ。『南京を食べたら風邪が治る。このことはだれにも言ワンようにせよ』て」

「ほんまかあ？」

「ほんまやて。わての親戚の友だちの親の近所のおっさんのこどもが言うてたらしいから間違いないて」

どこかの犬が口をきいて、「南京が風邪に効く」と言った……という噂だけが独り歩きして、大坂中に広まったのだ。あっというまに南京は品薄になり、八百屋の店先から消えた。その一方で、「南京討伐風邪神」の人気は衰えることがなく、京七は土産のための南京を取りそろえるべく毎日大わらわだった。

　そんな京七をうらやましく思っていた男がいる。弥五郎である。彼は京七の家を幾度となく訪れ、金を無心した。

「おまえがもうかっとるのは、芝居のおかげや。この芝居ができたのは、わしが怪我して、まえの芝居が打ち切りになったからや。いわば、わしのおかげやないか。なんぼかもろても罰《ばち》当たらんやろ」

　京七が拒むと胸倉をつかんで引きずり倒し、

「どうせあぶく銭やないか。おとなしゅう出したほうが身のためやぞ」

「おまはんはわてと違うて四十七士の血筋やないか。もっとちゃんとせえ」

「やかまし。うちの先祖は、原家に捨てられたようなもんや。そんなこと言われる筋合いはないわい。そんなことより、金出さんかい」

「銭はおのれが汗水垂らして稼ぐもんや。去《い》にさらせ！」

　揉《も》めごとと気づいた近所のものが集まってきたので、

「ふん……覚えてけつかれ。今度、とんでもない目にあわしたるからな」

　捨て台詞を残して弥五郎は帰っていったという。

そんなある日、勇太郎はようやく「南京討伐風邪神」を見物することができた。大入りが続いて、座席を取ることができなかったのだ。今日は桟敷をおごり、大邉久右衛門、佐々木喜内、岩亀与力らとの芝居行きである。いつもは裏方の千三と京七も、久右衛門の招きで末席に座っている。久右衛門は芝居茶屋から取り寄せた酒を飲み、肴を食べ、菓子を頬張りながらも、目はじっと舞台に注がれている。よほど面白いらしい。お奉行さまと同席ということではじめのうちはとんでもなく堅くなっていた京七も、久右衛門のざっくばらんな人柄と豪快な飲みっぷり、食べっぷりにすっかりくつろいでいた。

芝居は進み、風邪の神と仲間たちと戦うために、大きな釜のまわりに集まった大坂の老若男女が南京の煮ものを食べる場面になった。久右衛門はすっかり喜んでやんやの喝采を送りながら、

「美味そうじゃのう。ひとが食うておるところを見ると食いとうなる。今宵はまた南京料理にいたそう」

と、そのとき。

「おい、おまえ、南京売りの京七やないか！」

平場にいた男が、桟敷の京七を見つけて大声を上げた。男は、弥五郎だった。客たちの目が注がれるのを待ってから弥五郎は言った。

「なんでおまえがここにおるんや。そうかあ、わかったぞ。おまえ、ここの小屋とぐる

になって南京が風邪に効くゆう出まかせを流して、ひともうけ企んだな。こんな芝居、茶番やないかい！」

まるで、覚えてきた台詞を読み上げるような口調で弥五郎は言った。そして、まわりの客たちに向かって、わざとらしい口調で叫んだ。

「おい、みんなだまされとるぞ。今、南京が品不足になるほど売れとるのは、この芝居の連中と南京売りが仕組んだことにちがいない。考えてみ、南京なんぞ食うて風邪が治るわけがないやろが！」

客席がざわつきだした。京七は真っ青になってぶるぶる震えている。久右衛門が、

「村越、千三、あの馬鹿ものをつまみ出せ」

そう指図したとき、弥五郎は足もとにあった土産の南京を足で蹴り飛ばした。南京がばらばらに砕けたその瞬間、京七は弥五郎に摑みかかり、

「ようも南京を蹴ったな！」

「蹴ったがどないした。こんなしょうもないもん、もろて喜んどるやつは皆アホじゃ」

京七と弥五郎は客席の真ん中で大喧嘩をはじめた。勇太郎と千三が立ち上がったのとほぼ同時に、

「その芝居、差し止めじゃ。幕を引け」

小屋の後方から声がかかり、ひとりの同心が舞台へと駆け上った。カラス顔の山吹四

郎右衛門だ。勇太郎は、これとまったく同じ光景をまえに見た、と思った。

「座頭はだれだ」

わかっているくせに、山吹はそう叫んだ。

「わ、わたくしでございますが、なにか？」

風邪の神役の片岡塩之丞が進み出ると、

「犬が人語をしゃべって、悪しき風邪に南京が効くと申した、というまことしやかな噂が大坂市中を飛び交い、そのため南京の値が平生《へいぜい》よりもはるかに高くなって諸人《しょにん》が迷惑しておるというので先日より調べておったが、今日《こんにち》この芝居がその元凶であるとわかった。人心を惑わし、私腹を肥やさんとする不届きものめ。——召し捕れ！」

いつのまに来ていたのか、数名の捕り方が後方からばらばらと駆け出し、片岡塩之丞と千三、それに京七に縄をかけた。こうなると黙ってもいられず、久右衛門が進み出た。

「あいや、しばらく待て。わしは西町奉行大邉久右衛門釜祐《かますけ》である」

巨体の奉行を間近にして、山吹はぎょっとしたようだったが、

「それがしは東町奉行所盗賊吟味役同心山吹四郎右衛門と申すもの。役儀によって、このものどもを召し捕りましたが、なにか手前に落ち度でもございましょうか」

「いや、そうではないが……南京の値が少々上がろうと、それはこの芝居のせいではあるまい。たまたまこの芝居のうえの嘘が、観たものによって口から口へと伝えられてい

くうちにいつしかまことと思われるようになっただけであろう。他愛のない作り事。あまり目くじらを立てるのもいかがなものかのう。説諭はするとしても、捕縛するというのは行き過ぎではないか」

相手が東町の同心なので、久右衛門もいつもより下手《したで》に出ている。だが、山吹は一歩も引かなかった。

「これは町奉行の大邉さまのお言葉とも思えませぬ。他愛のない作り事とおっしゃいますが、流言飛語は世間を騒がし、不安を煽《あお》り、人心を惑わす天下の大罪。ときには一揆《いっき》や謀反《むほん》に結びつくこともあらんかと存じます」

「いやいや、それは大げさではないかのう」

「なにをおっしゃいます。お言葉を返すようですが、かつて元禄《げんろく》のころ、コロリという流行り病が蔓延《まんえん》し大勢が死んだ折、馬が人語を話し、『南天の実と梅干を煎じて飲めばコロリに罹《かか》らぬ』と教えた、という噂が流れ、南天と梅干が高騰したことがございました。その噂の出所《でどころ》が江戸在の鹿野武左衛門《しかのぶざえもん》なる噺家《はなしか》が著した『鹿の巻筆《まきふで》』という滑稽本にあるとわかり、武左衛門も罪に連座して仕置きにあったと聞いております。南京を食うと風邪が治るという出まかせを流布《るふ》したこのものどもが仕置きになるのはさるべきことと存じまするが」

前もって調べてきたらしい。久右衛門はぐっと詰まって、

「う……う……それはそうかもしれぬが……その……つまり、なんだ……」

「それに、今月はわれら東町が月番。西町のかたがたはたとえお奉行さまといえど手出しを控えていただきますよう」

「なに？　西町は出しゃばるな、ひっこんでおれと申すか」

「それがし、そのような荒い言葉は使うておりませぬ。ただ、手出しをお控えいただきたいと申したまででございます。なにかご存念がおありならば、当月中は東町奉行水野まで書面にて申し入れくださいませ」

そこまで言うと山吹は、捕り方たちを振り返り、

「引っ立てよ」

捕り方たちは、

（ほんまにええんかいな……）

という顔をして、久右衛門と山吹を半々に見比べながら、千三たちを引っ立てていった。あとには、どうだ、という顔つきの山吹と、苦虫を百匹ほど嚙《か》み潰したような顔つきの久右衛門、そして、わけがわからずひたすらうろたえる客たちが残されていた。

◇

「あのカラス同心め！　町奉行たるこのわしを愚弄しよって！」

その日の昼近く、小書院の真ん中で久右衛門は立ったまま吠えた。

「許せぬ！　断じて許せぬ！　喜内、毒団子を山ほど作れ！」

「どういたしますので。まさか、あの同心に食べさせるのでは……」

「そうではない。日本中のカラスを殺してやるのじゃ！」

それは、相手が違うだろう、と勇太郎は思ったが、口には出さなかった。久右衛門の口惜しさは彼にもよくわかったからだ。

「歌舞伎や文楽、落とし噺や相撲、花見などといった民の楽しみを、上に立つものの都合で奪ってはならぬ。これは良いこれはダメだ、と分別することがそもそもいかんのじゃ。ああいう馬鹿はそれがわからぬ。たかが遊興ではないか。いちいち目くじらを立ててどうする」

久右衛門の激昂《げきこう》は治まることはなかった。

「それにあの、弥五郎とかぬかす男はなんじゃ。四十七士の子孫かなにか知らぬが、南京を足で蹴っておったではないか。百姓が丹精込めて育てた尊き食物をあのように扱うとは言語道断じゃ。罰当たりめが！　わ、わしは食い物を粗末に扱う輩が一等嫌いなのじゃ！」

それを聞いて、岩亀与力が言った。

「少しおかしいですな」

「そうじゃ、あいつらは頭がおかしい」

「そうではございませぬ。弥五郎は、南京で風邪が治るという芝居に南京売りの京七が来ているのを見て、小屋と結んでもうけようとしていると言い出しました。それと時を同じくして、東町奉行所の同心が、流言飛語を取り締まりにやってきた……なにかおかしゅうございます。まあ、たまたまかもしれませぬが……」

なるほど、と勇太郎は思った。ということはつまり……。

「ふむ……」

久右衛門は座布団のうえにどっかと腰をおろすと、太い指を顎にあてがい、

「亀、言いたいことをはっきりと申せ」

「はい。東町の同心が弥五郎を手先に使うておるのではないかと思います」

久右衛門は顎の肉を震わせて強くうなずき、

「わしもそう思う」

「同心はともかく、弥五郎ならば後ろ暗いところがいくつもございましょう。叩けば埃《ほこり》が出るはずです。やつを詮議する手立てはございますまいか」

「なんでもよいから弥五郎を召し捕って、松屋町《まつやまち》の牢にぶちこみ、飢え死にさせてしまえ」

「それはやり過ぎでございます。今は東町が月番ですし、弥五郎を召し捕る口実もござ

いませぬ」

「南京を蹴った罪、というのはどうじゃ」

「無理がございますなあ」

勇太郎が顔を上げ、

「四十七士の子孫を騙《かた》るとは不届き至極、というのはいかがでしょう」

岩亀がかぶりを振り、

「やつが原惣右衛門の養子のひ孫だというのはまことのことらしいぞ」

「だとしても、たしかな証はないのではありませんか。それを見せろとかなんとか言い立てれば、詮議する口実にはなります」

「うむ、それでよい。ただちに取りかかれ」

そのとき、廊下から声がした。

「ただいま裏門に、南京売り京七なるものが参り、お奉行に面会したいと申しておる由にございます」

「ただちに連れてまいれ」

しばらくするとよれよれの京七がやってきた。廊下で平伏しているので、

「よい、こちらに入れ。——解き放ちになったのか」

「へえ、わてが南京を売りたいがために大西の芝居とグルになってた、ゆう疑いは晴れ

たらしゅうおます。けど……えらい目に遭いました」

京七は涙を流しながら、

「暗い冷たいお仕置き場で、棒でさんざん叩かれて、身体中痣《あざ》だらけでおます。そのうちに、あのカラス顔の旦那が、石を抱かせろ、て言い出したときはぞっとしました。けど、東町のお奉行さんが床に就いてはるさかい、なんとか免れました」

牢屋敷での重い責めは、奉行の許しがなくては行えないのである。

「よかったのう。算盤《そろばん》責めに遭《お》うていれば、罪がなくとも白状していたかもしれぬ」

「けど、千三さんや塩之丞さんはまだ牢に入ったままでおます。わてひとりが助かってもしょうがおまへん。なんとか出したっとくなはれ」

勇太郎もそのことには心を痛めていた。

「わかっておる。すでに水野殿への書状はしたためた。あとで亀に届けさせるつもりじゃ」

「あと、わてが買い込みました南京が、芝居が打ち切りになってしもたさかい、えろう余ってしまいましたんで、お世話になったお奉行所の皆さま方に食べていただこうと持ってまいりました」

「ほほ、それはすまぬのう」

「お解き放ちにはなりましたもんの、どえらい借銭を背負うことになって、明日からどないして食うていこか、とそればかり考えとります。南京が風邪に効くゆうのは出まかせやったんかと、だれも南京を食べんようになりました。こうなったらもう自棄《やけ》くそだすわ」

「そう申すでない。南京は料理方へ届けておいてくれ」

「いえ、あのお台所では間に合いまへんので、お庭のほうに回しておきました」

「——どういうことじゃ？」

「まあ、見とくなはれ」

京七は、庭に面した障子を開け放った。そこには、南京の「山」ができていた。

「大八車何台分もおますのや。運ぶのもたいへんだした」

「ふおーっ」

久右衛門はおびただしい数の南京に感嘆の声を発した。

「見事じゃのう。これは……面白い」

形や大きさもまちまちで、なかにはよほど大きなものもある。

「これは、どてかぼちゃと申しまして、ときどきこういうのができますのや。珍しいさかい買うてみました。味はよろしいで」

「これをすべてもろうてよいのか」

「どうせ売れまへん。お奉行さまに食べていただけたらわてても本望だす」

久右衛門は強くうなずいて、

「よし、わかった。ひとつも無駄にせず、残らず食してつかわす。——源治郎を呼べ」

すぐに料理方の源治郎がやってきた。彼も、庭を埋め尽くした南京に目を丸くした。

「これを……どないしますのや」

「南京といえども、いろいろな料理法があろう」

「へえ、それはもう……」

「おまえに任せる。さまざまに料理せよ」

「この南京を全部だすか」

「そうじゃ。全部じゃ。——できぬか」

源治郎は胸を叩き、

「やらしてもらいまひょ。腕が鳴るわ！」

板場のやる気に火が点《つ》いた……そんな感じだった。源治郎は台所に引っ込み、まもなくはじめのひと品が届いた。南京と蕪《かぶ》の酢取りである。細く切った南京と蕪をさっと茹で、合わせ酢をかけ回したものだ。久右衛門は一箸つけて、

「うむ、美味い」

そう言ったあと、

「喜内、酒じゃ！」

「こころえてございます」

用人はすぐさま冷や酒を久右衛門の湯呑みに注いだ。

続いて、南京の胡麻《ごま》揚げが運ばれてきた。南京を薄切りにして胡麻を振りかけ、素揚げにしたものだ。

「熱《あ》っつつつっ」

無造作に口に入れた久右衛門ははふはふ言いながら、

「ううむ、南京の甘さがようわかるわい」

そう言って、がぶりと酒を飲んだ。

「南京と酒、合うではないか。おまえたちも食え。南京はそれ、あれほどあるぞ」

待ちきれずに久右衛門が食べるところを見詰めていた岩亀や勇太郎たちは、すぐに箸を出した。

「この、カリッとした歯触りと、なかのねっとりしたところがなんとも言えませせぬな」

岩亀与力が言うと、

「毎日売ってますけど、こんなに美味いもんやとは思いませんでした。美味い美味いっ」

牢を出たばかりの京七も目を輝かせている。

つぎに出てきたのは、おなじみの煮付けである。面取りをしてあるので煮くずれておらず、角が黄金色に光っている。久右衛門は箸でずぶりと突き刺すと、大口を開け、三つ一遍に放り込んだ。むしゃむしゃむしゃむしゃ……。

「口のなかが南京でいっぱいで息もできぬわい。鍋のなかで冷まして汁を十分吸わせたものもよいが、出来立ての美味さは格別じゃ。これはよい」

「やはり南京といえばこれでございますなあ」

岩亀も顔をほころばせている。

そのあと、「ほうとう」が出された。味噌味の鍋に、セリや茸《きのこ》、南京、それに幅広のうどんを入れて煮込んだものだ。

「身体が温もるのう」

ずるずるずるっとほうとうを啜《すす》り込んだ久右衛門が言った。

「セリのしゃくしゃくした歯触り、うどんのもちもちした喉越し、それらを南京の甘さと味噌の辛さが包み込んでおる。いくらでも酒が飲めるわい」

久右衛門は何杯もおかわりをしているが、勇太郎はすでに満腹で一杯しか食べられず、悔しい思いをした。岩亀や喜内たちはとうに腹がくちくなっていたようで、肩で息をしている。ところがそこに、

「これで本日は打ち止めでおます」

と言いながら、源治郎みずからが運んできたのが、かぼちゃのきんとんとかぼちゃの

安倍川であった。茹でて裏ごしにし、茶巾に搾ったきんとんと、茹でて潰してたっぷりのきなこをまぶした安倍川は、見るからに美味そうで、勇太郎は思わずひとつずつ口にした。すると不思議にも、あれほど腹いっぱいだと思っていたのが、まだ食えるではないか。

「甘味は別腹と申すのはこれだな」

などと言いながら、岩亀たちも食べている。久右衛門といえば、まだほうとうの残りを食べ酒をくいくいと飲んでいるが、

「亀、そろそろ東町に行け」

「かしこまりました。水野さまに、千三と片岡塩之丞の解き放ちをお願いする書状をお届けすればよいのですな」

「それだけではない。南京も持っていけ」

「南京を、でございますか」

「うむ。風邪がなかなか治らぬ水野殿に、この美味い南京料理をおすそ分けしてやろうと思う」

「それはよろしゅうございますな。では、さっそく……」

岩亀が退出したあと、久右衛門は源治郎に言った。

「南京はあとどのぐらいある」

「さあ……たぶん千個はございます」

「よし、大釜でその南京を残らず煮てしまえ。あの芝居に出てきた医者の真似《まね》をするのじゃ。釜が足りなければ、借りてこい。鍋でもなんでも使うて、ありったけの南京を煮付けにして、大坂中のものに食わせるのじゃ。ただし、風邪に効くとは申すな。あくまで、余った南京をタダで振舞うとだけ申し伝えるのじゃ」

「それは豪儀や。やらせてもらいまっさ」

「料理の手が足らねば、空いている小者たちは好きに使うてよいぞ」

源治郎は腕をぶんぶん振り回しながら小書院から出て行った。

◇

翌朝、市中の要所に大坂西町奉行の名で触書《ふれがき》が立てられた。町奉行の思《おぼ》し召《め》しにより滋養のある南京の煮ものをタダにて振舞うゆえ、欲しいものは西町奉行所まで容器持参のうえ来るようにという由が記されていた。たちまち大坂中の老若男女が小鍋や鉢を持ってぞろぞろと西町奉行所に集まってきた。門のまえには長い列ができ、人々は喜んで南京の煮付けを持ちかえった。なかには家に帰るのが待てずに、路上で賞味するものもおり、

「さすが奉行所の南京や。しっかり味ついてるわ」

「美味いなあ。これやったら一杯飲めるで」

「酒もくれたらええのに」

「町奉行所もたまには粋なことしよるがな」

「うちとこ、かかが風邪で寝込んでるさかい、助かるわ」

「うちもや。そういえば南京食うたら風邪治るゆう噂聞いたことあるで」

「わしも風邪気味やから、これ食うて寝よ」

　評判は上々であった。そんななか、勇太郎はひとりで弥五郎の長屋へと向かった。

「この長屋に弥五郎と申すものがおるか」

　家主にたずねると、

「へえ、突き当りの家でおます。ヤゴやったら、仕事もせんとぶらぶらしてるだけやさかい、今日もいてるはずだっせ」

「四十七士の子孫だというのはまことのことか」

「さあ……当人はそない言うとりますけどな」

　弥五郎の家のまえに立ち、声をかけてみたが返事はない。「いてるはず」という家主の言葉を信じて、勇太郎は戸を激しく叩いた。

「弥五郎、ここを開けろ」

　やはり返事はない。何度もしつこく戸を叩くと、

「やかましなあ。寝てられへんがな」

そういう声が返ってきた。

「開けろ。西町奉行所のものだ」

「あ、お奉行所の方だっか。すぐに……待てよ、西町？　東町やないんか」

「そうだ。早くしろ」

「西町奉行所やったら用はない。帰れ」

「おまえになくともこちらに用があるのだ。開けぬと言うなら、蹴破るぞ」

やがて、がたがたと音がして、心張棒が外され、戸が細く開いた。勇太郎はそこに十手を突っ込み、無理矢理にこじ開けて、なかに入った。

「な、なんじゃい。わしはなにもしとらんぞ」

勇太郎の気迫に押されて、弥五郎はやや後ろに下がった。家中が酒臭い。あたりには徳利が何本も割れて散らばっている。

「貴様、四十七士の子孫だと言い触らしているそうだが、それは虚言だろう」

「キョゲン？　キョゲンてなんじゃい」

「嘘偽りのことだ。四十七士の子孫だというのは嘘だろうと申している」

「けっ！　そんなことでわざわざ来たんかいな。ご苦労なこっちゃ。言うとくけど、わしが原惣右衛門の子孫やゆうのはほんまのこっちゃ。お生憎《あいにく》さま」

「証があるのか」

「明石《あかし》は姫路のてまえやで」

「ごまかすな。おまえが原惣右衛門の子孫だとたしかにわかるものがあるのか」

「ある。――これや」

弥五郎は、ぼろぼろに朽ちた木箱を勇太郎に示した。その蓋には、

兵太夫殿　　　元辰

という文字と角内立葵《かくうちたちあおい》の紋がかろうじて読み取れた。元辰《もととき》というのは原惣右衛門の諱《いみな》であり、角内立葵は原家の家紋である。兵太夫というのは、本多中務大輔《ほんだなかつかさたゆう》家中から迎えた原家の養子の名前だ。

「この兵太夫というのが、わしの曾祖父《ひいじい》さんや。父親《てておや》の罪に連座するのが怖あて坊主になって、そのあと還俗したけど武士には戻らんかった。その孫がわしの親父や」

「なにが入ってるんだ」

「開けてみい」

言われて勇太郎は蓋を取った。なかには、手のひらに載りそうなほど小さな仏像が入っていた。

「きちゃない仏さんやろ。兵太夫は、せっかく原家に養子に入ったのに、惣右衛門にこどもができたよって、身の置きどころがのうなって出奔したらしい。可哀そうやと思わんか？」

「そりゃまあ……そうだな」

「気のこもってない言い方やな。あの討ち入りがあったあと、惣右衛門はお預けになった肥後《ひご》熊本の細川家からひとづてに兵太夫の居場所を探し出して、これを託したんやと。親父は死ぬまえにわしにこの箱を渡して、『おまえは吉良を討った名高い原惣右衛門のひ孫や。なんぞあったとき、どうにもならんときにこの箱を開けて、なかの仏さんにお願いせえ。わしも親父からそう言われてこれを渡されたんやが、今まで一遍もそうしたことはない。おまえにやるさかい、もしこどもができたらその子に渡すんやぞ』ゆうて、コロッと逝きよった。——この箱書きだけでも証になるとちがうかいな」

そう言われるとぐうの音も出ない。勇太郎は、たしかな証もなく四十七士の子孫と名乗るなど不届き千万、と会所《かいしょ》に連れて行くつもりだったのだが、弥五郎のほうに理があるようだ。そんな勇太郎の心中に気づいたのか、

「へっへっへっ、残念でしたなあ、旦那。わし、西町奉行所は好かんのや。帰ってもらいまひょか」

「だろうな。おまえは東町の山吹に金を摑まされて動いているのだろうからな」

「だれのことだすかいなあ。そんなお方、聞いたことおまへんなあ」

「それならそれでいい。これは借りていくぞ」

　勇太郎が木箱をひょいと取り上げると、

「あ、それは困る。わしの唯一の持ちもんや。この仏さんがどえらい値打ちもんやったらどうするねん」

「調べがすんだらおまえに返してやる」

「へへっ、その手に乗るかい。役人のやることはだいたいわかっとる。猫ババするつもりやろ」

「そんなことはせぬ」

「もし、持っていくんやったら、預け賃をもらおか」

「預け賃だと？」

「そや。ものを預けたら、質屋でも銭くれるやないか。もし、壊されでもしたら大損する。なんぼかもらわな、危のうて預けられん」

「いくら払えばよいのだ」

「そやなあ……旦那、今、ふところになんぼある」

　足もとを見られている、と勇太郎は思った。なめられているのだ。しかたなく財布を取り出したが、情けないことになかには二朱銀が一枚とあとはベタ銭数枚が入っているだけだった。

「しけとるなあ！　ま、今日のところはそれで堪忍しといたろ。こっち寄越せ」

弥五郎は、勇太郎のなけなしの小遣いをむしりとると、ふところに入れた。

「俺が無事に仏像を返せば、おまえもその金を返せよ」

「アホか。いっぺんもろた銭、だれが返すかい」

この勝負はどうやら勇太郎の負けのようである。帰り際にふと思い出して、

「そうだ。おまえに手土産を持ってきたのを忘れていた」

そう言って小さな風呂敷包みをほどいた。

「なんや。食いもんか」

「南京の煮付けだ。今、西町奉行所で振舞《ふるも》うている。俺も食してみたが、なかなかいけるぞ。おまえも騙《だま》されたと思って食うて……」

そこまで言ったとき、弥五郎はその南京の鉢をひったくり、中身を土間に全部ぶちまけた。

「なにをする！」

「わしは南京と幽霊が一番嫌いなんや」

「それはわかっている」

「ほたら、なんで持ってくるねん。嫌がらせか」

「そうではないが……いらぬなら突っ返せばすむことではないか。捨てずともよかろう」

「ふん……こんなもん食いもんやない。ゴミや」

弥五郎は鼻で笑うと、ごろりと横になった。

◇

その夜も更け、丑三《うしみ》つの頃合いである。冬至を過ぎた大坂の町には身を切るような寒風が吹きすさび、野良犬までが寒そうに鳴いているのが遠くから聞こえてくる。あちこちの居酒屋や屋台店に因縁をつけてさんざんタダ酒をきこしめした弥五郎は、せんべい布団をひっかけて大鼾《おおいびき》で眠っていた。

「や……ごろ……う……」

どこからか声がした。陰々滅々とした声だ。しかし、弥五郎は目を覚まさない。胸のあたりを爪でばりばりと掻きながら、布団に顔を押し付けるようにして眠りこけている。

「やご……ろ……う……起き……ぬか……や……ごろう……」

「なんやあ……やかましなあ……」

間の抜けたような声を出して、弥五郎はうっすらと目を開けたが、すぐに閉じてしまった。

「起きろ……ゆうとんのじゃ。こら……やごろう……！」

「もう……飲めん……ゆうとるやろ……」

どうやら寝ぼけているらしい。

「起きんかい！」

弥五郎は顔をしかめながらもう一度目を開けた。その目が三倍ほどに見開かれた。

「な、な、なんじゃこれは！」

真っ暗なはずの部屋のなかに、ぼんやりと青白い陰火がふたつ浮かんでいる。そして、そのあいだになにか、白くて大きなものが……。

「ゆ、ゆ、ゆ、幽霊……！」

跳ね起きた弥五郎は、長屋の薄い壁のところまで後ずさりした。陰火に照らされて、白い薄物を着たその幽霊の顔がはっきりと見えた。それは……。

「な、南京……！」

幽霊の顔は、大きな南京だった。目と鼻と口がくりぬかれて、にやにや笑っているようだ。しかも、その幽霊のまわりにも大小の南京が浮かび、弥五郎をにらみつけている。そのどれにも顔がついており、なぜかうすぼんやりとした光を放っているのだ。南京頭の幽霊と、大小の南京はゆっくりと弥五郎に迫ってきた。それにつれて、壁に映る多くの南京の影もゆらり、ゆらりとゆらめいている。弥五郎の顔は紙のように白くなった。

「弥五郎……わしは南京の霊である。よくも、わしに唾を吐きかけたり、足蹴にしたり、土間にぶちまけたりしてくれたのう」

その野太い声は、とても幽霊とは思えないドスのきいたものだった。

「い、いえ、そんなつもりやおまへんでした。ほんの冗談《てんご》で……」

「食いものを粗末にすることは、このわしが許さぬ」

「へ、へ、へえ。これからはけっして食べものを粗末にいたしません。お許しください」

弥五郎は這いつくばった。

「もし、今後もまた同じことを繰り返さば、つぎは冥界におられる原惣右衛門殿の幽霊も伴って化けてでるからそう思え」

「ひええ、もう二度といたしません。どうぞご退散しとくなはれ」

「わかればよいのじゃ」

そのとき、べつの声がした。

「い、いかん。綱が切れそうだ」

「早く持ち上げろ」

「そ、そんなこと言っても、もう手がちぎれそうで……」

「とにかく引っ張りあげるのだ。いいか、一、二の……」

　ぶちっ、という音がして、なにかが天井から降ってきた。どかん、めりめり……という派手な騒音とともに、埃が舞い上がり、弥五郎の腰のうえに岩のようなものが墜落した。

「ぎゃあああっ！」

　弥五郎は叫んだ。屋根裏から、あわてふためいた声がする。

「し、しまった。お頭を落としてしもうた」

「だから、あんな重いひとには無理だと言ったのに……」

「どうしても幽霊役をやりたいと言い張るから……。とにかく降りるぞ。これは大目玉だな」

　落ちたのは久右衛門であり、あとから降りてきたのは喜内、岩亀、勇太郎、それに京七であった。彼らは夜陰に乗じて屋根に上《のぼ》り、幽霊に扮した久右衛門の身体を太い綱で吊り下げていたのだ。なかをくり抜いてロウソクを入れた南京や陰火なども配して、弥五郎を怖がらせるつもりだったのだが、貧乏長屋の屋根は久右衛門の巨体を支えるには弱すぎた。

「お頭、大事ございませぬか」

　岩亀が言うと、久右衛門はうなずいて、

「下にこやつがおったゆえ、布団のうえに落ちたようなものじゃ。よかったよかった」

「なにがよかったよかったや。早うどけ。息ができん。死ぬ」

弥五郎がわめくので、

「うるさいやつだのう」

久右衛門がゆっくり立ち上がると、弥五郎はようよう身体を起こし、

「こ、こ、このガキ。わしをだまくらかしやがって……ぶっ殺したる！」

そう叫ぶと、匕首を摑んで南京頭の久右衛門に斬りつけようとした。勇太郎がすばやく弥五郎の右手首を十手で叩いた。匕首を取り落とした弥五郎に、岩亀が言った。

「無礼ものめ。このお方をどなたと心得おる。大坂西町奉行大邉久右衛門さまにあらせられるぞ」

「え？　え？　この南京頭が……お奉行さんがこんなアホなわけが……」

久右衛門は南京のかぶりものを脱ぎ、

「アホではない。まことの町奉行である。――こりゃ、弥五郎。大西の芝居の座頭と狂言作者に恨みを抱いた貴様と東町の同心が結託して、意趣返しに芝居を潰し、両名に縄かけさせたることすでに明白となっておるぞ。きりきり吐いてしまえ」

「こらあかん！」

弥五郎は、長屋の外に駆けだした。

「追え！」

久右衛門の指図で、岩亀と勇太郎、それに京七が走った。彼らを見送りながら久右衛門は喜内に、

「わしらは、ゆるゆる参ろうかのう」

そう言った。

◇

弥五郎が向かった先は、高麗橋通りの北側にある東町奉行所であった。門を激しく叩き、

「夜分にすんまへん。盗賊吟味役の山吹さまに懇意の弥五郎と申します。山吹さまは本日夜勤のはず。急なご用で参りました。どうぞここをお開けください」

「暫時《ざんじ》待て」

内側から門番の声がした。

「な、なるべく早うお願いします」

しばらくするとくぐり戸が開き、なかから同心山吹四郎右衛門が現れた。

「なにごとだ。奉行所には来るなと言うておいたはずだぞ」

「え、えらいこっちゃ。なにもかもバレました。今に、西町の連中がここにやってきます」

「な、なんだと」

山吹はカラスのような口をぱくぱくさせると、

「わわわしは知らぬ。おまえなど見たこともない」

そう言うと、後ずさりして奉行所のなかに戻り、くぐり戸を閉めてしまった。

「そんな殺生な……山吹さま、山吹さま、山吹山吹山吹山吹……！」

ふたたび戸を叩いているところへ、勇太郎たちが追いついた。勇太郎は弥五郎に十手を突きつけ、

「もう逃れられぬぞ」

「くそったれ！」

弥五郎はくぐり戸に何度も身体を叩きつけるようにして、

「おおい、入れてくれ！　悪いやつに追われとるんや。助けてくれ！」

大声で叫ぶと、またくぐり戸が開き、

「門前でやかましいぞ。静かにいたせ」

たまりかねた門番が顔をのぞかせると、弥五郎は彼を突き飛ばすようにして奉行所に入り込んだ。

「あっ、なにをいたす」

門番が追いすがろうとしたところを、勇太郎、岩亀、京七が雪崩《なだ》れ込んだ。門番はそ

の勢いに押されて、右脚を軸に独楽《こま》のようにくるくる回った。

庭に逃れようとした弥五郎を、勇太郎は前栽《せんざい》の陰でようやく押さえつけることができた。

「こらあ、放せえ！　放さんかい、ドアホ！」

その声に、夜勤の同心たちが現れて、

「貴様ら、なにものだ」

岩亀は彼らに向かって一礼すると、

「夜分にお騒がせしてまことに申し訳ござらぬ。それがし、西町奉行所定町廻り与力岩亀三郎兵衛でござる。咎人《とがにん》がこちらに逃げ込んだゆえ踏み込むことになり申したが、すぐに退散いたしますゆえしばしご容赦くだされ」

「なに……西町奉行所だと？」

同心たちは顔色を変えた。

「西町のものが東町奉行所において無断で捕り物などとはありえぬことだ。まずは大邉殿から当方の奉行へ、当奉行所内への立ち入り願いを出していただき、許しを得たうえで入るのが筋であろう。われら当番のものの顔を潰すつもりか」

「いえ、けっしてそのようなことは……」

「とにかくわれらが庭先を西町に踏み荒らされることは認め難し。その咎人とやらをただちに当方に引き渡し、早々に立ち去っていただこう」

「それは困る。そのものはわれらが縄かけたるもの……」

「知らぬ。どうしても、ということであれば、今も申したとおり、西町奉行から願書を出してもらわねばならぬ」

「危急の場合ゆえ、たってお認めいただきたい」

「くどい。西町奉行は大鍋食う衛門などとあだ名されるほど、飲食にしか興を覚えぬご仁だそうだが、上に立つものが立つものだと、下のものも下のものだのう。物ごとにはたどるべき順があることも知らぬのか」

そのとき、

「許せよ」

くぐり戸を窮屈そうに通ってきた巨体の人物があった。重い威圧を感じて、皆がそちらを見た。

「西町奉行大邉久右衛門である。今、わしのことを申しておったのはどの仁かな」

だれも応えない。

「たしか、飲食にしか興を覚えぬ、とわしを褒めておったお方がおられたようだが、礼を述べたい。どなたかな」

返事はない。久右衛門は東町の同心たちをぐいとにらみつけ、

「願書はないが、西町奉行が直《じか》にこれへ参り、立ち入りを申し入れておるのじゃ。それでもダメかのう」

「ぜ、ぜ、ぜ、前例がござりませぬ」

ひとりの同心が絞り出すように言うと、

「黙れ！　捕り物と申すはたいがい一刻を争うもの。いちいち前例だの許しだのと申していたらなにもできぬ」

落雷のような大喝が同心たちに向かってほとばしった。

「西町の与力・同心が東町の敷地のうちで捕り物というのは分を越えたことというのはわしも承知しておる。それゆえこうして頭を下げて頼んでおるのじゃ。これでもいかぬか」

と言いながら、頭はまるで下げていない。そっくり返っている。

「そ、それがしの一存ではなんとも……その……」

と、庭に面した縁先から声がした。

「よい、わしが許す」

久右衛門は声の主を見て、

「おお、水野殿」

寝間着姿の東町奉行水野忠通は晴れやかな顔で、

「大遑殿のお届けくだされた南京を食うてみたところ、みるみる風邪が本復いたした。おかげでやっと明日から公務に戻れそうじゃ。かたじけない」

そう言って頭を下げた。

「いやいや、礼には及ばぬ」

「ところで、かかる夜中になにごとでござる」

久右衛門は、東町の同心山吹四郎右衛門が弥五郎と示し合わせて座頭と千三を召し捕り、芝居を潰そうとしたことについて、その経緯《いきさつ》を話した。

「なるほど、さようでござったか。それがしが伏せっておるあいだにそのようなことがあったとは……」

水野は幾度となくうなずいて、

「入牢中の片岡塩之丞、千三の両名はただちに解き放つことといたそう」

「おわかりいただけたか」

「南京が風邪に効くとの出まかせを流した、というのが罪状だというならば、それは出まかせにあらず。なんとなれば、南京はたしかに風邪に効くからじゃ。それがしが身をもって確かめたのだから間違いはない。それゆえ両名に罪はないことになる」

「かたじけない。あと、当奉行所の同心山吹……」

言い掛けると、水野は苦笑いして、

「そのものも手柄を立てたい思いが嵩《こう》じての勇み足であろう。それがしがきっと叱りおくゆえ、あとはお任せくだされ」

先回りしてそう言われると、久右衛門としてはそれ以上なにも言えなくなってしまう。憮然《ぶぜん》として、

「よろしくお願いいたす」

「なお、そこなる弥五郎の扱いについては、当奉行所は関わらぬゆえ、そちらで煮るなと焼くなと好きになさるがよかろう」

弥五郎の顔が蒼白《そうはく》になった。

「そ、それは殺生……」

「では、それがし、病後ゆえこれにて失礼いたす。ご免くだされ」

そう言うと、水野忠通は部屋に入ってしまった。

久右衛門たちは夜勤の同心たちに礼を言ってから東町奉行所を出ると、しばらく歩いたところで足を止めた。

「これ、弥五郎。わしの申すことをよう聞け。貴様はせっかく四十七士の子孫という、ひとの羨む家に生まれつきながら、なにゆえ先祖の名を汚《けが》すような行いばかりいたすのじゃ。ここなる京七は、憎まれ役の吉良方武士の子孫としていろいろ辛き目にも遭いながらも正直に真《ま》っ直《す》ぐ生きておるではないか。今の暮らしを改め、食い物を粗末にせず、

真面目《まじめ》に働くならばよし、いつまでもそのようなありさまでは、いずれまた南京の化けものが出るぞ」

「あんなこけおどしの作りもん、なんにも怖いことあるかい」

「先祖の顔に泥を塗っても良いのか」

「先祖、先祖ゆうけどなあ、四十七士の原惣右衛門はどれほど偉いか知らんけど、おのれにこどもができたさかいゆうて、養子やったわしの曾祖父さんを追い出したような、血も涙もないやつや。泥ぐらいなんぼでも塗ったるわ」

「情けないのう。——亀」

言われて岩亀与力はふところからなにかを取り出し、

「その方宅より預かった仏像をわれらが調べたところ、胎内にこれが仕込まれていた」

「えっ？　金か？　金やったらわしのもんやぞ」

岩亀はかぶりを振り、

「そうではない。仕込まれていたのはこれだ」

彼が示したのは、小さく折り畳まれた紙だった。

「これは、原惣右衛門殿よりその方の曾祖父兵太夫に宛てた手紙じゃ。跡取りにするつもりで養子に迎えたのに、男児が生まれたことで、おまえが肩身の狭い思いをして行方をくらましたのはまことに悲しかった、おまえの気持ちを察することができず、許してほしいという謝りの言葉から始まっておる」

「そ、それ、ほんまか……」

「また、此度《こたび》は武士としての一分《いちぶん》を立てるために心ならずも天下の法に背き、吉良殿を討ち果たすことになった、それは主君に仕える道だからやむをえないが、そのために縁のものまで巻き込み、迷惑をかけることになってしまった、それも許してほしい、と書かれている」

弥五郎は引き締まった顔つきで聞いている。

「われらが恨みを抱きし相手は上野介殿ただひとり、そしてその恨みはすでに消えた、上杉家や吉良殿の縁者、仕えていた侍たち、またその子孫にはなにも含むところはない、ひとがひとを恨み、殺し合うというのは本来はあってはならぬこと、わが子孫、吉良方の子孫が憎しみ合うことなく、たがいがたがいを許し、手を取り合えるような世の中が到来してほしいと切に願う……」

「……………」

「おまえには養父としてなにもしてやれなかったが、死ぬまえに一言送りたい。武士というものは、戦もない今の世で畑ひとつ耕すこともせず忠義や礼式でがんじがらめになっている。そんな武士はさらりと捨てて、百姓や町人としてものを育てたり作ったりする道もあるのではないか、それが幸せというものではないか……手紙はそう結ばれておる」

弥五郎は啜り泣いていた。

「わしが悪うおました。祖先の兵太夫は原家から追い出された身やと思て、四十七士の子孫やゆうたかてなんとのう居心地の悪い、腹立たしいような、世をすねた気持ちでおりましたが、そんなことはなかった。惣右衛門さんはちゃんと兵太夫のことも気にかけてくれてた。それやのにわしは、なにもせんとごろごろして酒飲んで金せびって暴れてひとに迷惑かけて……ああ、京七さん、すまなんだなあ。大事な南京を蹴飛ばすやなんてほんまに申し訳なかった。お縄をちょうだいして、罪をつぐのうてから、またあらためてお詫びに来るさかい堪忍してや」

するると、久右衛門が言った。

「その方は罪をつぐわずともよい」

「どういうことだす」

「首謀の山吹が叱責だけですむのじゃ。貴様ひとり罪に落とすわけにはいかぬ」

「ほんまだすか！」

弥五郎はまた泣き出した。

「わし、生まれ変わったつもりで真面目に働きますわ。これまで無茶してせびりとった金、少しずつでも返して回ります」

「うむ、それがよかろう。なにか棒手振りの商いでもはじめるがよい。芋・蛸・南京と申すが、南京は京七が売っておるゆえ、貴様は芋か蛸でも売ればよかろう」

一同は笑った。弥五郎は思いついたように、

「ところでお奉行さま、あの南京の幽霊はほんまに怖おましたけど、あれはなんだすねん」

「はっはっはっ、あれはランタンと申す南蛮の提灯じゃ。これから流行るかもしれんぞ」

そう言うと、久右衛門はふところから扇子を取り出してさっと広げた。そこには、「忠臣蔵で提灯ぶら」と書かれていた。勇太郎は意を決して、

「お頭……これはちと、拙《つたな》いのではございませぬか」

「そ、そうか。うはっはっはっはっはっ……」

久右衛門は豪快に笑いながら扇子でみずからをあおいだ。

◇

千三と塩之丞は解き放たれ、その月の残りの日数、ふたたび「南京討伐風邪神」が上演されて人気を博した。南京が風邪によいという噂は、東町奉行が南京を食べて風邪を治したという噂とともに広まって、そのうちに、

「冬至に南京を食べると風邪を引かない」と言い出すものも現れたという。

(注) かぼちゃは、カロチン、ビタミンEなどを多く含む食品で、粘膜を強化して感染症に対する抵抗力をつけ、喉や肺などを保護する働きがある。
冬至にかぼちゃを食べるという習慣は江戸時代にはなく、明治以降に広まったという説もある。

第三話

鯉《こい》のゆくえ

1

早朝の空には月が山の端《は》に名残りの光をとどめている。淀川《よどがわ》の水面《みなも》はまだ重く、暗く、これから訪れる朝の光を待ち焦がれているようだ。冷えびえとしたなかを、ぼろぼろの野良着に腰帯を締めただけの少年が闊歩《かっぽ》している。歳《とし》は十歳ぐらいだろうか、川風が頬を撫《な》でるたびに、

「うわっ、冷たあ……」

と声に出して言う。日に焼けた顔に大きな目がくりくりと動く。髪はひっつめて藁《わら》しべで無造作にくくっただけだ。手足がやたら長く、身体《からだ》は引き締まっている。腰に魚籠《びく》を下げ、長い釣竿《つりざお》を肩に担ぎ、大股で元気よく歩いている。「陣平針《じんぺい》」を工夫した名高い釣り師「風切りの陣平」の孫、三平《さんぺい》だ。身体の具合を悪くした陣平に代わり、あちこちの魚を釣って料理屋に卸して暮らしを立てているが、その釣りの腕前は陣平に勝るとも劣らないとの評判である。もともと尻無川《しりなしがわ》のあたりに住んでいたが、陣平を大宝寺町

の医師赤壁傘庵のところに通わせるため、つい先日、長堀沿いの長屋に引っ越してきた。傘庵の療治がうまくいき、陣平もほとんど本復している。

今井町を過ぎると、広大な敷地と壮麗な建物が見えてくる。川崎東照宮《かわさきとうしょうぐう》だ。大坂人は「川崎御宮《かわさきのおみや》」と呼びならわしているが、日光と同じく東照権現神君《ごんげんしんくん》家康公を祀《まつ》る神社である。塀越しに見える大鳥居やその先にある本殿などはとてつもなく豪奢《ごうしゃ》で、大坂城代や町奉行などが赴任したときは真っ先に参拝することになっているが、普段は寺社奉行の許しなく境内には立ち入れない。ただ、家康公の命日である四月十七日の前後五日間は「権現祭」と称して貴賤《きせん》の別なく門が開かれたので、そのときはたいへんな賑《にぎ》わいとなる。徒歩《かち》で来るもの、船で来るもの、川向こうにある桜宮《さくらのみや》に詣《まい》るものなどで両岸は埋まり、それを当て込んだ掛け茶屋、煮売り屋、菓子売り、おもちゃ屋、小間物屋などが店を連ねる「浪花《なにわ》随一の大紋日《だいもんび》」であったが、それはまだ何カ月も先のことだ。今は、正面の門は固く閉ざされており、あたりも静寂に包まれている。

門のまえに小さな賽銭《さいせん》箱が置かれており、三平は一文銭をそこに投げ入れて神妙に柏手《かしわで》を打った。

「権現さん、今日もたんまりと釣れますように。これはそのためのお代やで。もし釣れなんだら、返してもらうさかい覚えといてや」

神さんを脅かしている。

「あと、殺生するやなんてとんでもない、とかいうてバチ当てんといてや。魚心あれば水心っちゅうやつや。わてにぎょうさん釣らせてくれたら、また、あんさんとこへもお賽銭が入るっちゅうわけやさかい、よろしゅうにな」

三平は念を押したあと、ふたたび歩き出した。川崎御宮《おんみや》の東側には町奉行所（とくに東町）の与力《よりき》たちの拝領屋敷や公儀の材木蔵、蔵などがあるため、三平はそちらを通らず、長柄町《ながらまち》を真《ま》っ直《す》ぐに進んだ。すぐに大きな池がある。まわりを背の高い柵に囲まれており、「御留池《おとめいけ》につき一切の殺生を禁ず。寺社奉行」というものものしい高札《こうさつ》が立てられている。この池は塀のそとにあるが川崎東照宮の持ち物であり、棲《す》んでいる魚の大半は歴代の将軍が大坂城代を名代として放ち入れたものなのである。東照宮にはこの池の餌やりだけを受け持つ係がいるらしい。

御留池だけあって、多くの鯉《こい》や鮒《ふな》、ウナギなどが棲んでおり、のんびりと泳いでいる。ガツガツしていないのが、見るだけでわかる。釣られる心配がないから、敵は鳥ぐらいのものなのだ。

ひょいとのぞき込み、きょろきょろと目を走らせる。なにかを探しているらしい。

（おかしいな……）

三平は首をかしげた。数日まえよりも魚の数が減っているように思えたからだ。だが、御留池で漁をするものはいないのだから、

（気のせいやろ）

そんなことを思いながら、池のあちこちに目を配っていたが、やがて意を決したように両手をぱんぱんと叩《たた》き合わせた。鯉は、魚のなかでもとりわけ耳がいい。音に応えるように、池の面がいきなり酒樽《さかだる》のような形に盛り上がったかと思うと、黒々としたなにかが現れた。それは、ほかの魚を跳ね飛ばしながら、三平の方に真っ直ぐ泳いできた。三尺もあろうかというとてつもない大鯉である。

「元気やったか、クロ」

大鯉は水面に顔を出し、三平に甘えるかのごとく胸びれを震わせる。柵の外から三平が麩《ふ》を放ると、尾で水面を叩いて跳躍し、大きく口を開いて見事にくわえて、高々と水しぶきをあげながら水中に没した。ざん、という音が朝ぼらけの町に響き渡った。藻が大きく揺れ、大風が吹いたように波が立つなかをゆらりと沈んでいく黒い巨鯉の姿は、まるでこの池の主のように堂々としていた。

（たいした貫禄《かんろく》やなあ。鯉の親方や）

三平がこの鯉と出会ったのは十日ほどまえである。引っ越してきてすぐ、淀川に釣りに行こうとして、ここを通りかかったのだ。釣りをなりわいとしている三平も、御留池に手は出せない。日頃は、世の中の魚はすべて獲物だと思っている三平だが、ここの魚たちはちがった目で見ることができた。なかでも彼が気に入ったのは、全身真っ黒の大鯉である。これだけ育つにはかなりの年月がかかっていると思われるが、巨大な野鯉にありがちな、鱗《うろこ》が剝がれていたり、ひれがちぎれていたり、頭がぶよぶよになっていたりということが一切なく、若鯉のようにきれいな姿をしていた。ほかの魚は相手にせず、孤高の生き方を貫いているようだったが、なぜか三平にはなつき、手を叩くと寄ってくるようになった。三平も「クロ」と名付けて、ここを通るたびに挨拶をすることにしていた。

（わては釣り師やさかい、ほんまはおまえと勝負したいとこやけどな、ここが御留池ゆうのがおたがいに幸いや。こない親しゅうなると情が移るわ）

獲物に情を感じるなど生まれてはじめてのことだったが、悪い気分ではない。また、それによって「釣り」に罪深さを覚えるようなこともない。現に三平は今から、淀川に鯉釣りに行くのだ。

「ほな、クロ、また来るわ。それまで達者でな」

三平がそう言うと、その声が聞こえたかのようにぱしゃーんという水音がした。にやりとして行き過ぎようとした三平に、

「おい、坊主、ちょっと待て」

振り返ると、東照宮の西門のくぐりが開いており、そこから武士がひとり現れた。東照宮付きの寺社方の侍だろう。浅黒い顔に丸い目、ぬるっとした唇の、まるで鯰のよう

な顔つきだ。

（しもた……）

長居をしすぎたと思ったが、もう遅い。

「貴様、そこでなにをしておる。この高札が見えぬのか。ここは川崎東照宮の御留池だ。貴様、釣りをしようとしておっただろう」

「つ、釣りやなんてとんでもおまへん。わてはただ、その、友だちと会いに……」

「なにを申しておる。畏《おそ》れ多くも東照神君をお祀りする殺生禁断の地で釣りなどとはもってのほか。貴様、打ち首にしてやる。こっちへ参れ」

「言うてますやんか、わては釣りなんぞしてまへん。クロに麩ぅをあげてただけで……」

「その竿と魚籠がなによりの証左ではないか。言い逃れはできぬぞ。近頃この池から魚を盗むものが横行しておるときく。おそらく貴様の仕業だろう」

「あ、アホなことを……」

「だれがアホだ。もう許さぬ」

侍が刀の柄《つか》に手をかけたのを見て三平は跳び上がり、

「せ、せ、殺生禁断だっせ。それに、魚籠を見とくなはれ。なーんにも入ってまへんやろ。わてはこれから淀川に釣りに……」

「うるさい。聴く耳持たぬ」

そのとき、池の真ん中で黒い影が跳ね、大きな音とともに激しい水しぶきがその侍にかかった。侍が思わずそちらを向いた隙に、三平は脱兎《だっと》のごとく駆けだした。

「あっ、こりゃ待てい！」

待ったら斬られるのだから、もちろん聴く耳は持たない。鈴鹿町《すずかちょう》を走り抜け、藤堂家《とうどう》の屋敷の手前を右に折れ、木村堤を一気に駆けあがった。振り返ってみたが、侍は追ってこなかった。両膝に手を突き、息を整えながら、

（そらまあ、御留池のまえで釣竿持ってたわても悪いけど、あの侍もむちゃくちゃやな。ほんまにわてを斬るつもりやったんかな……）

いくら武士は「斬り捨て御免」だといっても、町なかでむやみにひとを斬ったりしたら、切腹ものである。こどもを脅かすだけにしてはやりすぎではなかろうか。そんなことを思っていると、右手の淀川からふたたび川風が吹き上がってきた。三平は、身を縮こまらせながら先を急いだ。

（あんなアホ侍に構ってられるかいな。商いや、商い）

三平の商いは釣りである。源八《げんぱち》の渡しのあたりに、川が岸に入り込んで、小川のようになっている場所がある。そこが三平の釣り場だった。まずは、麩をばらまいて餌付けをする。本流のほうを通っている鯉をこちらの細い流れに呼び込むのだ。鯉は、その通

る道筋がだいたい決まっている。これを毎日のように続けることによって、鯉の通り道を変えてしまうのだ。「野鯉は一日一寸」と言って、たとえば一尺ある野鯉を釣るには、十日かけて餌付けをしなければならない、という。

(そろそろいけるんとちがうかな)

三平は、針にタニシをつけると、小川に放り込んだ。浮子《うき》をつけない、脈釣りというやつだ。仕掛けが大きいので鮒やウナギなどはかからない。狙いはあくまで、大物野鯉である。これまで、尻無川のあたりでもっぱら鯛《たい》にチヌ、ボラ、ハゼ、アナゴ、ハモ、スズキ……といった海の魚を相手にしていた三平が、なぜ川魚を、それも鯉を釣ろうとしているのか。もちろん引っ越しをしたことも大きいが、もうひとつ理由《わけ》があった。

近頃、大坂の食通のあいだでは鯉の料理がもてはやされているのだ。鯉はどんな川や池にでもいるが、彼らが珍重するのはなんといっても「淀の鯉」だ。たいがいの鯉は、釣ってからしばらく清らかな水で泳がせ、泥を吐かせてからでないと食べられないが、淀川の鯉は泥臭くなく、釣りたてでも美味《うま》いのだという。

だから、料理屋に持っていけば、かなりの値で買ってくれる。それも大きければ大きいほど高く売れる。ことに道修町《どしょうまち》の「鯉八《こいはち》」という川魚料理屋が良い値をつけてくれるので、三平はもっぱらそこに卸していた。

(「鯉八」の旦さんは、いつも優しいし、わてがおじいとふたり暮らしやと知ったら、よそよりも高《たこ》う買《こ》うてくれはる。ほんま、仏さんみたいなおかたや……）

　鯉は見栄えが良いから、武家や商人が祝いの膳のために金に糸目をつけずに求めるのだそうだ。小鮒やウナギを釣らなくても、大物野鯉を一匹釣り上げれば、それだけで十日分ぐらいの稼ぎになる。

　糸を垂れてから小半刻《こはんとき》。夜が明けきってしまうと釣り人が増えてくるから、一刻ほどが勝負の釣りである。水が冷たすぎると鯉は川底にじっとして、動かなくなる。今日は少し寒いような気もするが……。

（お……）

　竿の穂先が、ぴく、と動いた。

（来るぞ……）

と思った途端、ぐい、という野鯉ならではの強い引きがあった。まるで、切株かなにかに引っかけたような重さだ。三平はぴしっと合わせたが、向こうの力が強く、竿が大きくしなった。鯉は川の本流に向かおうとする。その勢いは凄《すさ》まじく、軽い三平の身体ぐらいは引きこまれそうになるほどだ。そうはさせじと竿を引き寄せ、まっすぐに立てたが、鯉の動きは止まらず、下流へ向かおうとする。竿はますますしなり、糸は張りつめている。糸を切られてはなんにもならない。

（くそっ……！）

相手の動きに沿って左右に川原を身軽に駆けながら、竿を折られぬよう振り続けていると、冬だというのに手に汗がにじんでくる。手だけではない、身体中がべとべとだ。いくら釣り名人といっても三平はまだ十歳である。息が上がってきて、足にも力が入らなくなってきたころ、ついに鯉が水面に姿を見せた。

(尺鯉や……！)

一尺を超える大物が頭をもたげて暴れている。

(逃がさへんでえ。おまえはわてとおじいの飯の種や)

三平が、ぐん、と竿を引いたとき、めきっという音がした。

◇

その朝勇太郎は、奉行所に出仕するため、家僕の厳兵衛に御用箱を担わせて天神橋《てんじんばし》を渡っていた。ぴゅうっと笛のような音を立てて北風が吹きすぎる。

「近頃は、なんの変事もおまへんなあ。若も腕がなまりますやろ」

勇太郎の父、柔太郎の代から村越家に仕えている厳兵衛が、眠そうに目を擦《こす》りながらそう言うと、

「馬鹿を言え。変事がないに越したことはない。俺たちがしっかり役目を果たしている証だろう」

「そらそやけど……わてにしてみたら、大坂を揺るがすような大変事が起こって、それを若が見事に扱《あつこ》うて大手柄、お奉行さまから先途《せんど》ほめられて出世街道まっしぐら……そんな風にとんとんと行ってもらいたいもんだすわ」

「人間、分相応が一番だ。俺の手にあまるような変事は扱いかねる。まあ、チボを追いかけるか酔いたんぼうの世話ぐらいがちょうどいいな」

「そんな……望みが小さすぎますわ。せめて火付けか盗賊、人殺し……」

「物騒なことを言うな。医者が重病人を喜ぶようなものだぞ」

「そういう医者もいてますやろ」

厳兵衛がそう言いながら橋を渡り終えようとしたとき、

「うひゃあっ」

「危ないっ」

大勢の悲鳴とともに、地面を激しく連打するような騒音が聞こえてきた。見ると、一頭の奔馬《ほんば》が首を打ち振りながら凄まじい勢いでこちらへ駆けてくるではないか。口からは泡を吹いており、まともではないとすぐにわかる。勇太郎は馬の進路から飛びのいたが、厳兵衛はただ呆然《ぼうぜん》として棒杭《ぼうくい》のように突っ立っている。

「厳兵衛、逃げろ！」

そう叫んだが、恐怖のあまり足がすくんでいるらしい。勇太郎は馬のまえに飛び出し、巌兵衛をかばうように両手を左右に広げた。しかし、馬はなんのためらいもなく前脚を高く上げ、勇太郎を蹴殺そうとした。鈍く光る蹄《ひづめ》が勇太郎の顔面をとらえたと思われた瞬間、

「えやあっ！」

左手から現れた武士が、橋の欄干に足を掛けて高々と跳び上がりざま抜刀し、馬の横面《よこつら》を刀の峰で撃った。それは、「遅い」と感じるほどゆったりとした動きであったが、たしかに馬の耳のしたを捉えていた。馬は顔を捻《ね》じ曲げると、いななきながら欄干に激しく身体をぶつけ、そのままおとなしくなった。まさに一瞬の出来事だった。その武士は刀を鞘《さや》に収めると、無言で走り去ってしまった。話しかけたり、礼を述べる暇もなかった。勇太郎はその場にへなへなと座り込んでしまった。

「若っ、大事おまへんか！」

我に返った巌兵衛が声をかけても、声が出ない。目のまえにはいまだ、巨大な馬が後ろ脚で立ち上がった景がそびえているのだ。少したって、半被《はっぴ》を着た、馬丁らしき男が駆けつけて、

「す、すんまへーん」

泣きそうな声でそう言いながら、馬の手綱を取った。それは勇太郎も見知った男だった。いつまでもへたり込んでいては外聞も悪い。ようやく勇太郎は立ち上がり、着物の

砂を払うと、

「なんだ、又平《またべい》ではないか。ということは、これはうちの馬か。道理で見覚えがあると思った」

又平は、西町奉行所で馬廻《うままわ》り役の下働きとして雇われている男だった。奉行所には、奉行が公の外出《そとで》のときなどに乗るために数頭の馬が飼われていた。また、与力たちのなかには屋敷から騎馬で来るものもおり、その馬を世話するのも又平たちの役目である。じつは与力屋敷から奉行所までは徒歩《かち》でも十分なほど近いのだが、それでも馬に乗り、草履取りや槍《やり》持ちを従えているのは「お上のご威光」を見せつけるためである。

「馬小屋で飼い葉を食わしとりましたところ、急に暴れ出しましてな、運悪う裏門が開いとりまして、そのまま走り出よったんでおます。止めてくれはったのが旦那でよかったわあ。どこもお怪我《けが》はございませんか」

「いや、止めたのは俺ではない」

「ほな、どなたが……」

答えようにも、馬の横面を刀で叩いて急場を救ったあの武士はどこのだれともわからぬのだ。

「この馬はなにゆえ暴れたのだ。泡を吹いていたようにも見えたが……」

「たぶん、飼い葉に毒の草が混じってたんだすな。それを食べると、馬の気が上ずって、しばらくは手がつけられんようになりまんねん。時折おますのや。たいがいは見つけたら取り除きまんねんけど……」

すでに馬はすっかり従順になり、男が胴を撫でるのを心地よさそうに受け入れている。勇太郎を蹴殺すところだったことなど、すっかり忘れているようだ。

「これからは気をつけろよ」

しまらぬ話だが、西町奉行所の馬では叱りようがない。勇太郎と厳兵衛はふたたび歩き出した。

「さっきの武家に礼を申さねば相済まぬ。どちらの方角へ行っただろうか」

「はて……わてもおろが来てましたさかい、どっちへ行きはったか、までは見とりまへん」

「ご浪人のようだったな」

「へえ……かなり尾羽《おは》打ち枯らしたご様子で……」

失敬な物言いではあったが、勇太郎もそう思っていた。歳の頃は五十歳ほどだろうか。月代《さかやき》は伸び放題、着物も鼠色《ねずみいろ》のような着流しではあったが、もとの色がなんだったのかはわからない。刀の鞘も塗りが剝げており、苦しい暮らしのほどが推し量られた。

「顔などに、どこか際立ったところはなかったか。俺のところからは背中しかわからなかった」

「わても、ちら、と見ただけだすけど、たしか喉に刀傷みたいなもんがおました」

「ふーむ……」

「命を助けていただいて、こんなこと言うたら失礼かもわかりまへんけど、あのおひと、逃げるように行ってしまいはりましたやろ。もしかしたら、若を町奉行所の同心やと覚《さと》って、関わりになりとうなかったんやないかと……。ああいう浪人者にはありがちだっせ」

つまり、兇状持《きょうじょう》ちということか。

「厳兵衛……」

勇太郎はゆっくりとかぶりを振った。

「すんまへん。言い過ぎでした。——けど、これでは手がかりがおまへんなあ。名前も住処《すみか》もわからん。探すにしても、雲をつかむような話や」

「そうだなあ……」

大坂は広い。浪人の居場所をつきとめるのはほぼ無理ではないか……勇太郎はそう思っていた。

◇

勇太郎は、役目の合間をみて与力番所に入り、無造作に積み上げられた御手配書《おてくばりが》きや人相書きなどを見返した。厳兵衛の言うとおり、「さらば」とも「御免」とも言わずに姿を消したのはおかしいと言えないことはない。しかし、あの人物を指すとおぼしき御手配書きも人相書きも見当たらず、まずはホッとした。だが、これで手がかりもなくなったわけだ。

「なにをしておる」

上司である与力の岩亀三郎兵衛が入ってきた。勇太郎は今朝がたの出来事について話した。

「うーむ……むずかしいのう。江戸に比べると、大坂には浪人の数は少ないとはいえ、海中に落ちた一滴の雨水を探し出すようなものだ。喉に傷か。まあ、わしも気にかけておくゆえ、そのうち不意に見つかることもあろう」

「よろしくお願いします」

「暴れ馬を止めたその太刀筋《たちすじ》、どこの流派かはわからぬか」

勇太郎は、浪人の刀の走らせかたを思い出そうとしたが、なにしろ一瞬のことで、剣の流儀を判別できるほど長く見ていたわけではない。

「ただ……」

「ただ、なんだ？」

勇太郎は口ごもった。あの急場、彼なら一刻も早く太刀をふるわねば、と焦っただろ

う。しかるに、あの「遅さ」はなんだったのだろう……。なにか引っかかるものがあるが、それがなんなのかわからず、

「いえ……なんでもありません」

そう答えるほかなかった。

◇

「なに？　鯉とな？」

喜内の言葉に、肘枕で横になっていた大邉久右衛門がむくりと起き上がった。

「はい、御前に差し上げてくれと、三平が持ってまいりました」

「うむ、これへ通せ」

「三平、鯉を持ってこちらへまい……あ、馬鹿もの！」

三平が、盥《たらい》を重そうに捧《ささ》げ持って、よろめきながら廊下を歩いてきた。

「見て見て、お奉行さん！　ごっつい尺鯉やでえ。入れ食いやったさかい、一匹おすそわけや」

喜内があわてて、

「料理方に頼んで、笹《ささ》の葉を敷いた盥に入れて持ってこい、と言うたであろう」

三平はその盥を久右衛門のまえにどすんと置いた。盥には水が張られており、鯉が泳

いでいる。

「ええやないか。そんなことしてもお奉行さんは喜ばへん。生きたままお持ちして、ここでさばいてもらうんや。——なあ、おっさん」

三平は振り返ると、後ろについてきていた料理方の源治郎に言った。源治郎は、大坂屈指の料理屋浮瀬《うかむせ》の花板だった包丁人である。

「だれがおっさんや。口の悪いガキやで」

「苦労して釣ったんやさかい、うまいこと料理してや。しくじったら台無しやで」

「わかっとるわい。ガキのくせにえらそうに言うな」

「ガキガキ言うな。三平や」

「ほな、おっさん言うな。源治郎じゃ」

「両名ともやめい。御前であるぞ！」

喜内の叱声《しっせい》にふたりはやっと気づいて、その場に座って頭を下げた。

「三平、ようやったのう。太い野鯉ではないか」

「へへへ……」

三平は得意げに鼻のしたを人差し指でこすり、

「淀の鯉やで。わてが寄せ餌したところに今朝、立て続けに五匹や。ああ、川崎東照宮さんのご利益やなあて思たわ」

「いつももろうてばかりですまぬのう」

「ええねんええねん。おっさん……やない、お奉行さんにはうちのおじいのことでえらい世話なったさかい、気にせんといて。この鯉でも、『鯉八』に持っていったらかなりの銭になるけどな、お奉行さんはタダにしといたるわ」

久右衛門は、三平の祖父陣平が引っ越すにあたって、借家の身元請負人になったり、なにやかやと便宜を図ったのである。

「これ、三平、口が過ぎようぞ」

喜内が目を吊《つ》り上げたが、久右衛門は気にもとめず、

「ここでさばくとは面白かろう。早《はよ》うやってみせい」

源治郎は、盥から鯉を掴《つか》み出すと大まな板に載せた。左手で尾びれの付け根を、右手で首を押さえたが、野鯉はびたんびたんと身体をまな板に打ちつけて暴れまくる。ともすれば飛び出しそうになるが、源治郎は動じず、濡《ぬ》らした手ぬぐいを鯉の頭にかぶせると、包丁の腹でその胴を撫でた。

「目隠しして、胴を撫ぜると、鯉はおとなしくなりますねん。そこを……」

包丁の背で鯉の額をカツンと打った。気絶させてからさばこうという寸法である。

「これが苦玉《にがたま》だす。うっかり潰したら、鯉の身全部が苦なって、食えんようになるさかい、気ぃつけなあかん」

源治郎は、一尺を超える大野鯉をたちまち三枚におろし、そのうちの半身のまた半分をさっと湯通ししたのち冷水に取って洗いにした。大皿にきれいに盛り付けられた鯉の身は桜の花びらのような桃色だった。久右衛門はまず、洗い一切れを醬油《しょうゆ》につけ、ぱくりと口にいれた。その顔がみるみるほころんだ。

「うむ、釣りたて、さばきたてにもかかわらず、泥臭さが一切ない。淀の鯉だけのことはあるのう」

「さーすがおっさん、ようわかってはる！」

三平が大声を出し、喜内ににらまれた。久右衛門は、つづいてもう一切れを食べ、

「ちりちりと、よう丸まっておる。新しい鯉でなくては、こうはいかぬ。このコリコリとした歯触りがなんともいえぬのう。——喜内、持ってまいれ」

「は？　なにをでございます」

「とぼけたことを申すな。あれじゃ、あれ」

喜内はため息をつき、

「酒、でございますか」

「しれたこと。これだけのよき肴《さかな》があって、酒がなくば、味わいも半ばと申すもの。酒じゃ、酒じゃ、酒盛りじゃ」

喜内が支度した酒を湯吞《ゆの》みに注いで飲み、洗いと造りを食べ、久右衛門はご満悦であ

る。

「それでは、残りの身で鯉こくを作らせてもらいますさかい、しばらくお待ちを……」

そう言って、源治郎は下がっていった。

「三平、喜内、おまえたちも食え。美味いぞ」

久右衛門が勧めると、ふたりとも「待ってました」とばかりに箸を取った。

「さっきから、お奉行さんの食べてるとこ見てて、腹がくうくう鳴ってたんや。日頃は、鯉なんか食べることないさかいなあ」

「なんじゃ、三平。釣り師ならば、毎日でも食えるはずではないか」

久右衛門の言葉に三平はかぶりを振り、

「商いもんに手ぇつけるわけにいかんやろ。わてらが食べるのは、売れ残った雑魚《ざこ》だけや。けど、淀の鯉は人気があるさかい、売れ残ることはないわ」

「そうか。では、腹いっぱい食え。おのれで釣ったものゆえ、遠慮はいらぬぞ」

「こんな美味いもん、だれが遠慮するかい。なんぼでもいただきま、ちょうだいしま」

そのとき、廊下で声がした。

「鶴ヶ岡《つるがおか》でございます。至急お頭《かしら》のお耳にいれたき儀これあり、参上つかまつりました」

「おお、鶴か。入れ入れ」

鶴とは、盗賊吟味役与力鶴ヶ岡雅史《まさふみ》のことである。その名にふさわしく、首が長く、口先が尖《とが》っている。襖《ふすま》をあけて部屋に入った鶴ヶ岡与力は、奉行を囲んで時ならぬ宴が催されていることに呆《あき》れ果てた。

（大丈夫かのう、この奉行所は……）

そんなことはおくびにも出さず、

「ついさきほど、唐物町《からものまち》の会所《かいしょ》より報《しら》せが参りました。昨夜、唐物町の木綿問屋『山崎屋』に押し込みがございました」

「なんだと？　またか……」

このところ、大坂の町を夜盗が横行している。金満家ばかりを狙うので、金のない庶民にとっては恰好《かっこう》の話の種だが、当の商家にとってはおちおち寝てもおられぬし、町奉行所にとっても、早く捕まえねば沽券《こけん》にかかわる大事である。そんなときに昼間から奉行が酒盛りとは……と鶴ヶ岡は思ったのである。

「時刻は丑《うし》の刻あたり。だれひとり気づかぬうちに侵入され、主《あるじ》から丁稚《でっち》に至るまで縛り上げられて、金百両を盗《と》られたとのこと」

「百両か。――ま、それで済んでよかった、というところではないかのう」

大金ではあるが、大きな商家なら千両、二千両と盗られることもある。

「いかさま左様でございますな。主の申すには、たまたま昨日が仕入先への支払日であったため、手持ちの金が少なかったので助かった、と申しておりました」

「怪我人や死人はあったか」

「殺害されたものは皆無なれど、下女が一名、あわてて転倒し、鼻をすりむきました」

「ううむ……あいかわらず鮮やかな手並みだのう」

「押し入ってから出て行くまで四半刻とかかりませぬ。主や奉公人たちの寝所、金のありかなども熟知しておるようでございます」

「よほど事前に調べ上げておるのだろう。賊の人数はいかほどかわかるか」

「おおよそ十人ほどでございますが、皆、揃《そろ》いの黒装束を着、覆面で顔を包み、ほとんど声も出しませぬゆえ、手がかりはございませぬ」

「どこかに隠れ家があるはずじゃ」

「はい。――ですが、十人でかたまっていては人目に触れやすうございます。平生《へいぜい》はあちこちにばらばらに暮らしてお上の目を晦《くら》まし、押し込むまえにつなぎをつけておるはずでございますが……そのやり口もわかりかねております」

「今のところは人殺しこそしておらぬが、おそらくろくな連中ではあるまい。無頼の徒や博打《ばくち》打ちなどのうちに、関わっておるやつらが見つかるはずじゃ」

「賭場や居酒屋などをこまめにあたり、いかがわしき素性のものたちを叩いておるのですが、埃《ほこり》も出ませせぬ。もうじき東町の月番になりますが、それまでにはなんとしてでも

「……」

　捕まえてみせる、と言おうとした鶴ヶ岡の鼻先に、湯呑みが突きつけられた。

「まあ、飲め」

「――は？」

「おまえが精一杯やっていることはようわかっておる。だが、向こうのほうが一枚上手《うわて》だ。そういうときは……飲め」

「まだ、勤めが残っております。押し込みがあったのに、盗賊吟味役が昼日中から赤い顔をしていては外聞も悪く、東町のものにでも見つかったらなにを言われるか……」

「よいではないか。だれが捕えても、盗人《ぬすっと》は盗人じゃ。手柄は東町にくれてやれ。――鶴よ、これを見い」

　久右衛門は大皿を指差した。

「これはなんじゃ」

「鯉……でございますな」

「さよう。ここにあるのは、三平が釣り上げ、源治郎が腕に縒《よ》りをかけてこしらえた鯉の洗いじゃ。これをまえにして、酒も飲まずにおれると申すか」

　鶴ヶ岡の喉がごくりと音を立てた。ええい、ままよ！

「ちょうだいいたします！」

鶴ヶ岡は、湯呑みの酒を一息で飲み干した。

「どうじゃ、美味かろう」

「昼酒というのは五臓六腑《ごぞうろっぷ》に染み渡りますなあ。甘露でございます。せっかくですから、洗いもいただきます。三平と源治郎の顔を立てねばなりませぬからな」

「はははは、食え、たんと食え」

そこに、源治郎が鯉こくを運んできた。赤味噌《あかみそ》の良い匂いが部屋に満ちる。鉄鍋のなかでまだぐらぐらと煮えたぎっている鯉こくは、ぶつ切りにした鯉を鱗も取らず、腸《わた》も抜かずに水と酒で煮込み、最後に味噌と少々の醤油で味付けしたものだ。

「もっともっととろとろ煮込んで、大骨も食べられるぐらいにしたほうが美味いんですけどな、それは晩のお楽しみゆうことで……」

源治郎は手ずから鯉こくを椀《わん》に取り分けて、久右衛門に手渡した。ネギが散らされ、山椒《さんしょう》が振られている。久右衛門は箸で身をほぐして口に入れた。目がぎらりと輝き、

「むむむむ……！」

すかさず酒を口に含み、

「むむむむむ！」

そして、大きく合点すると、

「淀の鯉は、さっと煮ただけでこのコクじゃ。たまげた旨味《うまみ》じゃのう」

喜内、三平、鶴ヶ岡の三人はすでに箸を構えて、久右衛門の許しが出るのを待ち構えている。

「なんたる美味じゃ。天晴《あっぱ》れなる三平の釣りの腕、そして、天晴れなる源治郎の料理の腕、いや、真に天晴れなるは淀の鯉……」

「お奉行さん、早うしとくなはれ！」

たまりかねた三平が叫ぶと、久右衛門はにんまりして、

「――源治郎、皆にもよそうてやれ」

三人は源治郎から椀が回ってくるのを待ちかねたように、鯉こくにむしゃぶりついた。

「美味《うま》あ！　わて、こんな美味いもん食うたことないわ！」

「いや、これはいける。わしが行きつけの料理屋でも、これほどのものは出したことがない」

「味噌の香りがたまらぬなあ」

久右衛門は満足げにうなずくと、湯呑みの酒を飲みながら、

「鯉は、帝《みかど》のまえでも料理されるやんごとなき魚でな、鯛よりも位は上なのじゃ。鯛は大位《たいい》で鯉は小位《こい》などと言うは間違うておる。唐土《もろこし》でも、百年の齢《よわい》を経た鯉は滝を上《のぼ》って龍と化す、と申し、登竜門なる言葉もある。男子の出世の象徴《しるし》とされ、また、百歳を超える長寿であることからも、目出度《めでた》き魚として祝いの膳にはかかせぬし、近頃は五月

幟《のぼり》に鯉の絵を描くこともある」

だれも聞いていない。鯉こくを食べるのに夢中なのだ。

「鯉は身体にも良く、鯉こくを食すると妊婦の乳の出がよくなるし、あの兼好法師《けんこうほうし》も、鯉の吸い物を食うた日は鬢《びん》の毛がほつれたり乱れることがないと申しておる。肝の臓の病、渇きの病、肌の病にも効能あり、疲れを取り、咳《せき》を鎮めるとも言う。——聞かぬか！」

「お奉行さん、しゃべってんと早う食べな、なくなってしまうで」

三平の言葉に久右衛門はあわてて箸を取った。

◇

その日の勤めを終えて勇太郎が同心屋敷に帰宅すると、母のすゑが開口一番、

「勇太郎、今朝方、暴れ馬に蹴られそうになったところを、知らぬお武家に助けられたそうですね」

「なにゆえそれを……」

すぐ後ろで、厳兵衛がへっへっへっ……と笑った。振り返って、

「母上に告げ口したな」

「告げ口やなんて……わてはただ、危ないところを浪人体《てい》のお方に救われたと、ありの

まま申し上げただけでおます」

「それを告げ口というのだ。どうせ、俺が無様にその場に座り込んだとか申したのだろう」

「ありのまま、ですさかいな」

こっそり舌打ちした勇太郎に、すゑが厳しい顔で、

「お助けいただいたことをとがめているのではありませんよ。恩人に礼も言わなかったことを叱っているのです」

すゑにとっては、いくつになってもこどもはこどもらしい。

「礼を申し上げる暇《いとま》もなく、いなくなってしまわれたのです。——だよな、厳兵衛」

「わては、若の身体で隠れてて、ほとんど見えまへんでした」

勇太郎がにらむと、厳兵衛は目を逸《そ》らせた。

「なんで、厳兵衛にあとを追わせませんのや。ぬかったなあ。すぐに走らせたら追いついたはずだっせ」

「すみません。馬のほうに気を取られておりました」

「そこがあんたのあかんところや。一事が万事やで。だいたいあんたは昔から肝心かなめのところでぬかりがあるんや。あのときもそうやった。五歳のころ、竹馬に乗ってたとき、犬が吠《ほ》えついて……」

「はあ……」

後ろで厳兵衛がくすくす笑っている。

「とにかく、命を救ってくださったお方になんのお礼も言わないなんて、村越家の恥です。そのお方を探し出して、きちんと恩返しをするまでは、家には入れませんからね」

「母上……お言葉ですが、俺は忙しいのです。手練《てだ》れの押し込みが大坂市中を荒らしておりまして……」

「それはそれ、これはこれだす。——よろしいな、母の言いつけはちゃんと守りなはれ」

「はいはい……」

ぶすっとした顔で応えると、

「はいは一度！」

たまらなくなった厳兵衛が噴き出すと、

「厳兵衛、あんたも同罪やで」

「す、すんまへーん！」

勇太郎も、すゑに言われなくともあの浪人に礼をすべきだとはわかっている。

「明日から、探しに参ります」

「アホ！　なにを甘いこと言うてますの。今からや」

「い、今からですか」

「当たり前やろ。こういうことは早いほうがええのや。鉄は熱いうちに打て、て言いますやろ。――厳兵衛、あんたもやで！」

「ええっ……？　けど、まだ、夕ご飯いただいてまへんで」

「早う見つけたら、早う帰ってこれて、早うご膳がいただけます。さっさと行きなはらんか！」

　ふたりは屋敷から飛び出した。

◇

　久右衛門が自室でふさぎ込んでいる。昼餉《ひるげ》を済ませてから、ずっとこうなのだ。つねに陽気な彼には珍しいことである。付き合いの長い用人の喜内も、

（ああは申しておられたが、押し込みの件が気になっておいでなのだろう……）

　そう思った。もうじき東町に月番が移る。そのまえに押し込みを捕まえないと、西町奉行の評判は地に落ちる。そうならぬよう心を砕いておられるのではないか……。しかし、つぎに聞こえた、

「なんとかしてもっと鯉を食えぬものかのう……」

　という久右衛門のつぶやきに、喜内は持っていた盆を取り落とした。

「御前……！　鯉はみな、御前が食べてしまわれたのですぞ」

煮込めば煮込むほど美味い、という鯉こくだったが、久右衛門は夕餉が待ちきれず、昼餉のときにひと鍋すっかり平らげてしまったのである。

「わしとしたことが早まった。つぎに三平が持参してくれるのはいつであろうかのう」

「野鯉は一日一寸と申しますから、そうすぐには釣れますまい。それに、いつもいつもタダでもらうというわけには参りませぬ。向こうも商いゆえ、つぎは金を払わねば……」

「そうじゃ！」

久右衛門は、芭蕉《ばしょう》の葉のように大きな両手を叩き合わせた。

「ならば、食べに行けばよい。今宵は、外で鯉を食おう。鯉料理に秀でた店はどこじゃ」

「御前が外で飲み食いなさると、並外れた大金がかかります。ご当家の台所は火の車。お控えくださされませ」

「やかましい！　わしは食いたいときに食うのじゃ。金がなければ作ればよい。そこの長押《なげし》に掛かっておる大邉家先祖伝来の長槍、あれを刀剣商に売れば、そこそこの金になるはずじゃ」

「先祖伝来の槍を飲食《おんじき》のために金に換えるとはなんという罰当たり……と申し上げたい

ところですが、お忘れですか、あの槍は先々月、手元不如意の折にすでに武具屋に売り払いました。あそこに掛かっているのは拵《こしら》えものでございます」

「そうであったのう。――では、わしの腰の物を売るとするか」

喜内は真顔になり、

「それだけはおやめくだされ。仮にも大坂町奉行の腰の物が竹光《たけみつ》とは情けないにもほどがございます。もし、ご老中に露見したら切腹ものですぞ」

「それもそうじゃな……」

「とにかく今日のところは鯉はあきらめて、おとなしくイワシか鮒でもお召し上がりくだ……」

そこまで言ったとき、喜内は久右衛門が彼の顔をじっと見つめていることに気づいた。

「な、な、なんでございます」

「わしの腰の物がダメでも、おまえの刀があるではないか」

「ななな、なにをご無体《むたい》なことを……」

「用人ならば刀を振り回すこともない。竹光だとバレても、腹を切らずとも済む。質に入れるだけゆえ、金ができたらすぐに請け出しに行けばよい。よいことずくめではないか」

久右衛門は、喜内ににじり寄った。そこまで懇願されると、弱い。

「わかり申した。金ができたら、なにより先に請け出していただけるのでしょうな」

「あたりまえじゃ。わしがこれまで嘘《うそ》を申したことがあるか」

「何度もございます」

「武士に二言はない」

しかし、二言どころか、三言も四言もあるのが大邉久右衛門という人物だ、と喜内は知っていた。

「では、今宵は鯉料理を食しに参りましょう。ですが、御前……」

「なんじゃ」

「くどいようですが、押し込みが相次いでおります。そんな折に、町奉行が外出《そとで》をしてもよろしいので？」

「そこじゃ」

「どこでございます」

「よう考えてみい。これまであの盗賊は、一度盗みを働いたら、半月かひと月は仕事をせぬ。時をかけて、じっくりとつぎに入る店のあれこれを探るのであろう。つまりは、やつらが動くのは、半月からひと月先ということじゃ。今宵、わしがここを離れようと、どうということはない」

「はあ……。なれど、それでは東町の手柄になってしまいますぞ」

鯉
恋
来い
鯉
恋
鯉
来い

「そんなもの、若狭守《わかさのかみ》にくれてやれ。わしは鯉が食えればそれでよいのじゃ」

「そこまでして鯉を食されたいとは……」

「わしはのう……」

久右衛門は遠い目をして、

「鯉に恋しておるのじゃ」

喜内はずっこけそうになった。

2

勇太郎は、岩坂道場を訪れた。剣の師である岩坂三之助に、あの浪人の太刀筋について考えをきくためだ。厳兵衛を表で待たせ、勇太郎は居間に入った。

「久しぶりだな」

開口一番、三之助は言った。嫌味を言う人物ではないが、その言葉は勇太郎の胸に刺さった。

「ご無沙汰いたしましてまことに申し訳ございません」

「顔を見せずとも、家での稽古は怠っておらねばそれでよい。腕が鈍るとお役目に差し障るゆえな」

勇太郎の脇の下から冷や汗が流れた。小糸が茶を運んできた。勇太郎のまえに置くときに、父親にわからぬようかすかに微笑《ほほえ》んだ。その笑顔に勇太郎は癒された。

「父上、村越さまはちゃんと日々の鍛錬をなさっておいでです。竹刀胼胝《しないだこ》を見ればわかります」

「ほう、わしには胼胝など見えなかったが、おまえはなぜそれを知っておる」

顔を赤らめた小糸は、盆を持って部屋を出て行った。

勇太郎が来訪の理由《わけ》を語ると、渋茶を啜《すす》っていた三之助は、

「なるほど。咄嗟《とっさ》に暴れ馬のまえに飛び出すなど、なかなかにできぬことだ。よほどの手練れでも臆してしまう。その御仁は腕があるだけでなく、胆《たん》が座っておるな」

「そのように思います」

「太刀筋の見極めがつかぬ、というのだな」

「はい。稲光が閃《ひらめ》いたほどの一瞬でございましたゆえ」

「馬の動きを見定めたうえで、おまえが『遅い』と思うたほど緩慢に馬を打ち据えたと申したな」

「はい」

「だが、まことは稲光が閃いたほどの瞬息であった。ということは、遅いように見えて、逆に素早い動作だったわけだ」

そう言うと、岩坂三之助はしばし考え込んだ。そして、

「それだけではわからぬ。わからぬが……わしの考えに誤りがなければ、彼《か》の武家の太刀筋……柳生新陰流《やぎゆうしんかげりゆう》ではないか」

「柳生新陰流……！」

「わしも習《なろ》うたことはないのでたしかではないが、新陰流の奥義に三学円之太刀《さんがくえんのたち》『転《まろばし》』というものがあると聞く。攻めと受けを表裏として、相手の動きに合わせて同じところにとどまらず変転させていく。敵がつぎにどう出るかを見定めたうえで勝ちを得る。それゆえ、動きが遅いように映るのだ」

柳生新陰流は、柳生石舟斎宗厳《せきしゆうさいむねよし》が伝えた剣術の流派である。もともとは上泉信綱《かみいずみのぶつな》が創始したもので「新陰流」と呼ばれていたが、柳生家によって広く伝播《でんぱ》したので俗に「柳生新陰流」という。五男の但馬守宗矩《たじまのかみむねのり》が徳川家光《いえみつ》の剣術指南役になり、大名に列したこともあって、日本一の剣術流儀として世に知られている。

「世上では、新陰流のことを御留《おとめ》流と申すものもいる」

御留流というのは、他家や他流のものに稽古を見せたり、技を伝授することを禁じられた流儀のことだが、なかでも柳生新陰流は、代々の将軍家が教わるべき流儀として、将軍のほかは習うことを禁じられており、技を漏らすと咎《とが》めを受ける、という噂《うわさ》もあった。

「おまえも知っているとおり、もちろんそれは俗説にすぎぬ。但馬守宗矩以来の江戸柳生も、兵庫助利厳《ひょうごのすけとしよし》以来の尾張《おわり》柳生も、それぞれ多くの弟子を育て、その弟子がまた各地で道場を持ち、流派を広めている。それゆえ御留流などということはないが、将軍家御用の流派ゆえ、弟子を取るときも身元のしっかりした武家の子息に限ると聞いたことはある。うかつなものに流儀を使われぬようにとの心配りだろう」

「なるほど。つまり、大坂の新陰流の道場を当たっていけば、あの方がどこのだれかわかると……」

「そういうことだ」

やはり持つべきものは良き師である。勇太郎が礼を述べて腰を上げると、

「なんだ、もう帰るのか。一汗流していかぬか」

「一刻も早く調べ出したいのです」

「夕飯を食うていけ。小糸に給仕をさせるぞ。どうだ」

「表に家僕を待たせております」

「ならば、そのものも一緒に……」

「いえ、それは……」

母親が怒っているのだ、とは言えぬ。なんとか断って、勇太郎は岩坂家の屋敷を出ると、厳兵衛とともに市中にある柳生流の道場に向かった。大坂には、尾張柳生の系統に

連なる高山新六郎《たかやましんろくろう》なる剣客の道場、それに江戸柳生の高弟中田大和之介《なかたやまとのすけ》が開いた道場のふたつきりしかないので、調べはすぐについた。いずれの道場でも、

「そのような門弟はいない」

という返事だった。今も昔も、勇太郎が言うような武士が通っていたことはないという。門弟たちは皆、どこかの家中の武士などお歴々の子息ばかりで、浪人のような「いかがわしき身分のもの」は取らぬそうだ。こちらに稽古に通ったあとで主家が潰れたのかもしれない、と勇太郎は食い下がったが、門弟たちやかつて門弟だったものが今どこでなにをしているかはきちんとつかんでおり、そのなかに浪人はひとりもいないらしい。

ことに高山新六郎という道場主は、顎鬚《あごひげ》をたくわえた厳《いか》めしい顔立ちの老人だったが、

「門人の目録を見せてもよいぞ。当家の流儀は畏れ多くも上さま御用のものゆえ、悪しき手だてに使われるなどすれば流派の名を穢《けが》すことになる。それゆえ、他流のように有象無象にまでだれかれなく教えるということはない」

「当道場を破門になったもののもおられぬのですか」

「いないことはないが……お手前が申された浪人の年恰好には合わぬ」

「流儀を盗まれたようなことは……」

「貴様、天下の柳生新陰流を馬鹿にするつもりか！　そのような失態はしておらぬわ！」

「いえ、そんなつもりは……」

「とにかく、ただの一度、それもちらりと太刀筋を見たぐらいで柳生流と決めつけるのは早計に過ぎよう。当道場にとっては言いがかりに等しきことにて、迷惑このうえない」

「なんとしてもそのお方を探し出したいのです」

「知らぬと言うたら知らぬ」

「では、よそから大坂に来ている新陰流の剣士をご存知ありませんか」

「そんなもの、わしがいちいち知っておるはずなかろう。忙しいのだ。帰ってくれ」

偉そうな口調にはムカついたが、隠し事をしている風にも見えなかった。やっとつかみかけたと思った糸はここでぷっつりと切れた。

そのあと勇太郎は手下《てか》の蛸足《たこあし》の千三を呼び出し、三人で市中にあるほかの道場を回ってみた。高山の言うとおり、師の見立て違いということもありうると思ったからだ。だが、かんばしい手応えはひとつもなかった。

「どういうことやろなあ」

厳兵衛が言った。

「新陰流を学ぶものは日本中にいる。他所《よそ》から大坂に移り住んできたお方だとしたら……探しようがないな」

「けど、言うたかて道場の数は限られとりまっしゃろ。門人の目録を見せてもろて、ひとつひとつ潰していけば……」

「お上の御用ならばそれもできよう。でも、これは俺の、私《わたくし》のことだからな……」

冷や冷やとした風の吹きすさぶなか、三人は足を棒にして歩き続けた。

「こない寒い晩に急なお呼び出しやさかい、てっきりあの盗人の詮議やと思うたら、なんだんねん、どこの馬の骨かわからん浪人を探すやなんて……それも、なんの手がかりもない。この広い大坂をぶーらぶら、ぶーらぶら歩いたかて、見つかるはずがおまへんで」

千三はぼやきまくる。

「まあ、そう言うなや、千やん。これも、奥さまのお言いつけや」

厳兵衛がそう言うと、

「それやったら厳兵衛はんがやればええやないか。わては、役木戸《やくきど》やで。ええ迷惑や」

「ああ、寒っ。まだまだ春は遠いなあ」

「ごまかしてもあかんで」

そんなことを言い合っているふたりを従えて、勇太郎は西町奉行所の裏手から本町橋《ほんまちばし》を渡り、瓦町《かわらまち》から西へと向かった。なんの当てもなかった。ただ勘働きのままにそうしたのだ。押し込みの詮議のためにあちらこちらと見回っている与力や同心とはなるべく顔を合わせたくなかったので、町奉行所からできるだけ遠ざかろう、ぐらいの気持ちは働いていたかもしれない。百貫町《ひやっかんまち》を通り、南鍋屋町《みなみなべやまち》に入ったあたりで、

（おや……？）

まえを行くふたり組に見覚えがある。ひとりはひょろりと痩せた侍だが、もうひとりは相撲取りのような体格の武士だ。宗十郎頭巾《そうじゆうろうずきん》を被《かぶ》ってはいるが、一見しただけでだれであるかわかる。千三が、へっへっ……と忍び笑いを漏らしながら、

「あんなお方、大坂にふたりとはいてはりまへんな」

「のようだな」

勇太郎たちがすぐうしろにいるとは気づかず、久右衛門と喜内は一軒の料理屋のまえに立った。「群雲屋《むらくもや》」という看板が出ており、提灯《ちようちん》があかあかと道を照らしている。

「きいてまいれ」

久右衛門にうながされて、喜内は暖簾《のれん》をくぐろうとしたが、振り返り、

「ここで仕舞いにしてくだされ」

「よいから行け」

しばらくすると戻ってきたが、その顔は疲れ切っていた。

「どうであった」

息せき切ってたずねた久右衛門に、喜内はかぶりを振り、

「ここも品切れでございました。これで五軒目ですぞ。今宵はあきらめましょう」

「ううむ……万事休すか」

久右衛門はがっくりと肩を落とした。こうなると、放っておくわけにもいかず、勇太郎は小さく声をかけた。

「お頭……」

久右衛門は、露骨に「ぎくっ」とした様子で、

「な、なんじゃ、村越か。こんなところでなにをしておる」

「もちろん、押し込みの詮議のため、市中を回っておるのです」

横で、千三が笑いを嚙《か》み殺している。

「そ、そうか。それは大儀じゃのう。しっかりやってくれ」

「お頭こそ、こんなところでなにを……」

久右衛門がなにか言うより先に、喜内が言った。

「お手前がたが汗水垂らして盗賊を探しておるというこのさなかに、御前がどうしても鯉が食べたいと申されるので、料理屋をあちこち当たってみたのですが、どこも鯉が品切れでどうにもならず途方にくれておったところでございます。いやはやくたびれ申した」

「それほど鯉がないとはおかしいですね」

「それがですなあ……」

喜内が店にきいてみると、今日は船場のとある大家《たいけ》に男児が生まれたそうで、跡取り息子誕生の祝いに鯉を使った宴を開くことになり、その料理を『鯉八』という料理屋が一手に引き受けた。小さな鯉は雑喉場《ざこば》の川魚問屋から仕入れられるが、祝いの席に使えるような太い野鯉は、『鯉八』が買い占めてしまったのだという。

「『鯉八』かあ。鯉の料理だけを出す、ゆうことで近頃えろう名の上がってきた店だっせ」

みずからも小さな水茶屋を営む千三が言った。久右衛門が憤然として、

「その『鯉八』にも行ってみたのだが、ひと月ほどは席が取れぬと申すのじゃ。天下の大坂町奉行をなんと心得ておる。町奉行が食いたいといえばなんでも食えるように法を改めるべきではないか」

無茶苦茶な理屈である。

「ああ、鯉が食いたいのう!」

若い男女がくすくす笑いながら通り過ぎていった。

「往来でそんなことを大声で……恥ずかしゅうございますぞ。今日のところは小さな鯉で我慢なされませ」

「嫌じゃ!　わしは、こうと決めたら、それより下のものでは満足できぬ。こうなった

ら、三平に野鯉を釣らせて、料理屋より高い金で買い取るほかない。うむ、そうしよう」

「まるで、三平は王祥《おうしょう》みたいなもんやなあ」

千三が笑った。

「王祥？」

勇太郎が聞きとがめると、

「知らぬのか。『二十四孝《にじゅうしこう》』に出てくる孝行ものじゃ」

久右衛門が言った。二十四孝というのは唐土《もろこし》の親孝行もの二十四人の話を集めた書物だそうだ。王祥とは、母親が冬のさなかに「どうしても鯉が食べたい」と無茶を言ったので、川に行ってみると凍りついている。しかたなく素裸になってその場に寝転ぶと、体熱でひとりでに氷が溶けて、鯉が二匹川から飛び出し、王祥はそれを持って帰宅し、母親に食べさせた……という。

「千三、貴様、物知りだのう」

「そらまあ、戯作《げさく》も書きますさかいな……と言いたいとこだすけど、ほんまのところは、落とし噺《ばなし》で耳にしたんだす。『二十四孝』ゆうネタがおましてな、親不孝ものが親孝行の真似事《まねごと》しようとしてしくじる話です」

「そんなことはどうでもよい。腹が減ってたまらぬ。このあたりに居酒屋はないか」

千三が首をひねり、

「業突屋《ごうつくや》まで行ったほうがよろしいやろ。ちいと遠おますけどな」

「まだ開いておるかのう」

お決まりが主の店なので、朝から昼過ぎまでの客がほとんどだ。客が来ない日は、夕方には店を閉めてしまう。

「閉まってたら、あの婆《ばあ》さん、叩き起こしますわ。お奉行さまのおなりや、て言うてな」

業突屋というのは、天神橋のたもとにある一膳飯屋だ。七十過ぎのトキという口の悪い老婆が切り盛りしており、久右衛門をはじめ西町奉行所の面々とも馴染《なじ》みなのだ。店の名は、本来なら捨ててしまうような野菜や魚のきれっぱしなども料理に使うことから、だれが言うともなくそう呼ばれるようになったのだが、とにかく安くて美味いのだからだれも文句は言わない。

「うむ、業突屋に突撃じゃ」

五人は天神橋に向かった。さいわいまだ店は開いており、三人ほどの町人がばらばらの席で飲み食いしていた。江戸では武士はこういう店を敬遠するが、大坂ではそんなことはない。それだけ町人と武士のあいだが近いのである。だがさすがに、ただでさえ目を引く巨漢の武家が狭い店にのっしのっしと入ってきたのだから、三人の町人は箸を操

る手をとめ、場所を譲った。トキ婆さんがいそいそと現れて、

「まあ、お奉行さん、こんな遅うにどないしはりましたんや」

「おまえの顔が見とうなってのう」

「あははは……そういうことにしときまひょ」

お奉行さん、という言葉を聞いて、町人たちはぎょっとした様子だったが、久右衛門は彼らの合間にどっかと座り、

「忍びじゃ。気を遣うな」

そう言うと、トキのほうを向いて、

「腹ペコじゃ。なんでもよいから酒と肴をくれい。五人まえじゃ」

トキはにやりと笑い、

「心得てまんがな。十人まえだっしゃろ」

そう言ってまな板のまえに立つと、たちまち何品かのアテをこしらえた。分葱《わけぎ》とアサリのぬた、大根とサバのなます、サバの塩焼き、こんにゃくと水菜の白和《しらあ》え、イワシの煮付け、マグロの刺身などである。

「それ食うてつないどいて。まだまだいろいろ作るさかい」

「すまんのう、トキ」

「なんのなんの」

トキは、料理しているときは背筋がぴんと伸び、筋金が入ったようになる。

「おっ、美味いぞ」

ぬたを食べた久右衛門がそう言った。

「酢の塩梅《あんばい》がちょうどよい。この塩焼きも塩加減が頃合いじゃ」

そう言いながら酒を流し込む。トキの鬼婆《おにばば》のような顔がほころびた。

「今日は、原田《はらだ》さんはおられぬのですか」

勇太郎がきいた。原田左京《さきょう》は勇太郎といささか関わり合いがある人物で、もとは無頼の武士だったが今はこの店を手伝っている。

「あいつは、本腰入れて板前の修業がしたい、て言うさかい、今、知り合いの料理屋に預けてある。そこの主さんも、真面目《まじめ》やし勘所もええし、なかなか見どころある、て言うとったわ」

勇太郎は驚いた。武士を捨ててこの店の手伝いをする、と言い出したときも驚いたが、年齢も年齢である。今から、一から包丁修業をするというのは生半可な覚悟ではあるまい。

「よいことじゃ。人間、学ぶのに遅いということはない。それ、六十の手習いと言うではないか」

と久右衛門が言った。

「とは申せ、手伝いがおらぬとひとりではなにかとしんどかろう」

と喜内が言うと、トキはカラカラと笑い、

「茶太郎《ちゃたろう》がおるさかいな。昼間はちょぼ焼きの屋台を出しとるけど、仕込みは手伝うてくれるし、日暮れからはこないしてここで働いてくれとりまんのや」

奥から、包丁を握ったトキの孫茶太郎がひょいと顔を出し、

「ご無沙汰してます。ちょぼ焼き、焼きましょか」

「うむ。どんどん焼いてくれ。――そこのものたちも食え。わしのおごりじゃ」

久右衛門は先客の三人の町人に言うと、なかのひとり、ぎょろ目でデコの広い若者が、

「さすがは御前、太っ腹だすなあ。うわあ、ほんまに太っ腹やった。よっ、日本一の名奉行さま」

臆することなくそう声を掛けたものだから、

「うれしいことを申すやつじゃ。よし、今日は酒も肴もわしが払《はろ》うてつかわすゆえ、おまえたちも一緒に存分に飲め」

「ええっ、よろしおますのか」

「貴様、今なんと申したか忘れたのか。わしはのう……」

久右衛門は便々《べんべん》たる腹をパシッと叩き、

「日本一の太っ腹奉行よ」

「うへへへ、ご相伴《しょうばん》にあずかります。こんなお奉行さまがおられたら大坂はこれからずっと安泰ですわ。わてらも大船に乗った気持ちで、いや、大邉に乗った気持ちで暮らせます」

　なんという口のうまいやつか、と勇太郎は呆れた。

「ふほっほっほっ……貴様、調子の良いやつじゃ。名はなんと申す」

「足引小清太《あしびきこせいた》と申しまして、軽口や落とし噺を稼業にしております」

　勇太郎は、なるほどと思った。噺家なら口がうまいのは商売柄だろう。すると、千三が横合いから、

「足引ゆうことは、足引清八《せいはち》の弟子かいな」

「うちの師匠をご存知だすか」

「そら知ってるもなにも、浪速新内《なにわしんない》と並ぶ大師匠やないか。とは言うても、わても生で聞いたことはないけどな」

　千三によると、百年ばかりまえに京の露《つゆ》の五郎兵衛《ごろべえ》、大坂の米沢彦八《よねざわひこはち》らがはじめた「落とし噺」は、当時はかなりの隆盛を見たものの、その後次第に下火となった。しかし近年、浪速新内や足引清八らの活躍でまたふたたび勢いを取り戻しかけているという。江戸では座敷で催される会がほとんどだそうだが、上方では芸人が噺を披露する場はもっぱら寺や神社の境内にこしらえた葦簀《よしず》張りの小屋で、雨が降ったら客も演じ手もずぶ

濡れになるところもあるらしい。

「師匠は先年亡くなりはりました。——あんさん、えろうお詳しいようですが……」

「わては大西の芝居で木戸を務めとる千三ゆうもんや」

「あんさんが高名な蛸足の千三さんだっか。これはお見それいたしました。以後お見知りおきを……。ああ、それでお奉行さまと……なるほどなるほど」

小清太は、「芝居の木戸」というだけで、千三と町奉行所のつながりもすぐに納得したようだった。「高名な」と言われて千三はすっかり気を良くして、

「小清太はん、まあ、一杯いこか」

「へへへ。ちょうだいします」

ほかのふたりも勇太郎や厳兵衛、喜内たちとそれぞれ盃《さかずき》のやりとりをして、

「わては運助《うんすけ》。紙屑《かみくず》屋をしとります」

「わては庄吉《しょうきち》。青物売りをしとります」

と名を名乗ったが、相手が武家だからかおとなしく話を聞きながら肴をつまみ、酒をなめている。すると、小清太が身を乗り出して、

「ところで、今日はなんの集まりですねん」

ちょうど焼き上がってきたちょぼ焼きを箸でつまんだ久右衛門が、

「鯉がちょぼ焼きに化けたのじゃ」

そして、口に放り込み、熱々……と酒を飲んだ。

「へ？　なんのことでおます？」

小清太の問いに喜内が、久右衛門が鯉食べたさのあまり何軒もの川魚料理屋を訪れたが、いずれも品切れだったためにここに来た……といういきさつを縷々《るる》述べると、小清太は手を打って笑い、

「そらおもろい。鍋奉行ゆうあだ名は伊達《だて》やおまへんなあ。それほど鯉に執着《しゆうじやく》してはるとは、ご立派でおます。まさに、鯉に恋してはるわけですな」

皆は笑ったが、久右衛門はニタアと笑って、

「その洒落《しやれ》は、わしがすでに言うた。素人《しろうと》に先を越されるようでは、噺家としていかがなものかのう」

小清太は広い額を手でぺしゃり！　と打って、

「こ、これは参った。あんさん、ほんまにお奉行さまだっか。あんまりにもざっくばらんで砕けすぎて……バラバラの粉々になってまっせ」

喜内があわてて、

「こりゃ、いくらなんでも無礼であろう」

「よいよい、今宵は無礼講じゃ。皆も打ち解けてしゃべるがよい。——ときに小清太、貴様も噺家なら『二十四孝』という落とし噺は存知おろう」

「へえ、わては演《や》りまへんけど……そう言えば、冬に鯉を食いたい、ゆうてごねる話が出てきまんなあ。あれはお奉行さまのことだっか？」

「うははは。そういうことじゃ。貴様も裸で川の氷を溶かしてみい」

「風邪引きますわ。——ほかにも鯉の料理の出てくるネタがおまっせ」

「ほう……」

「『青菜』という噺で、鯉の洗いが出てまいります。わてらのご先祖露の五郎兵衛師匠がお考えになったネタやそうでおます。そのあといろいろな噺家が手を入れ、くすぐりを付け加えて、今のようなもんになりましたんやが……」

「鯉の洗いか。昼間食うたのう。少し残しておけばよかったが……どのような噺か申してみよ」

「へえ、中身をしゃべるより、ここで今から一席演らしてもろてもよろしいか」

「おお、それはよい。——かまわぬかな、トキ」

「もちろんだす。あても聞きたいわ」

「店主のお許しが出たぞ。疾《と》く演ってみせい」

さっそく小清太は、樽のうえに座って一礼し、「青菜」という落とし噺を演じはじめた。

「えー、お奉行さまのまえで落とし噺ができるんやなんて、天にも昇る幸せでございますが、しばらくのあいだおつきあいを願います。『植木屋はん、もう仕事は終わってやったんか』『へえ、ちいとばかり早いように思いますが、ひとくぎりついたんで今日は上がらせてもらいます。明日は早う来て埋め合わせをしよ、とこない思とります』……」

夏の暑い日、植木屋が仕事先の旦那の酒の相手をすることになった。出されたものは、植木屋にはなじみのない、鯉の洗いや「柳陰《やなぎかげ》」という酒などである。「柳陰」というのは、焼酎をみりんで割って井戸でよく冷やしたもので、暑気払いにもってこいなのだ。そのあと、旦那が妻女に「青菜を持ってこい」と命ずるが、しばらくして妻女は戻ってきて、

「鞍馬《くらま》から牛若丸《うしわかまる》がいでまして、名も九郎判官《くろうはんがん》」

と謎めいたことを言う。旦那は、

「義経《よしつね》、義経」

と、また謎めいた返事をしてから、

「植木屋はん、男というのは勝手のことがわからんもんでな、青菜はわしが食べてしもうて、もうないそうな」

「そんなことよりどなたかお客さんやおまへんか。それやったらわて、これで失礼させてもらいますけど」

「だれも来とりゃせんがな」

「けど、今、お内儀《ないぎ》が、鞍馬から牛が出たとか……」

「えらいことが耳に入ったな。じつは青菜はわしがみな食べてしもたらしい。それをお客さまのまえで言うたらわしが恥を掻《か》く。それで、うちの家内が隠し言葉で返事をしたのや」

「隠し言葉てなんですねん」

「鞍馬から牛若丸がいでまして、名も九郎判官……つまり、菜はもう食ろうてしもて、のうなったということをあんたにわからんように伝えたわけや。それでわしが、九郎判官に引っかけて、よしよし、義経義経……とそう答えたということや」

すっかり感心した植木屋は、家に帰って同じことを試そうとするが……という筋である。

皆、大いに笑ったが、なかでも久右衛門は笑い過ぎて仰向けにひっくり返りそうになるほどだった。植木屋と女房の滑稽なやり取りや、なにもかもそっくりに真似しようとして、風呂を誘いに来る友だちの大工に、「植木屋はん」と何度も呼びかけるところ、鯉の洗いだと偽って「おからの炊いたん」を食べさせるくだりなど、喜内も厳兵衛も涙を流して笑い転げていた。勇太郎も久しぶりに腹の底から声を出して笑ったような気がした。

オチを言い終えて小清太が頭を下げると、だれもが彼の盃に酒を注いだ。

「これは祝儀をはずまねばならぬのう。——喜内」

久右衛門が振り返ると、喜内は涙を袖で拭いながら、

「ぬかりはございません」

そう言って祝儀袋を差し出した。押しいただくようにして小清太は、

「こんなところで落とし噺をさせてもろて、祝儀までもらえるやなんて、なんとも果報なことでおます」

千三が真面目な顔つきで、

「あんた、なかなか達者やなあ。これからきっと、大坂の落とし噺を背負《しょ》って立つような芸人になるで」

小清太はかぶりを振り、

「まだまだ未熟でおます。今後も一層精進いたします」

殊勝なことを言う。

思わぬ出し物が挟まり、一同はますます盛り上がった。トキが、豆腐のあんかけ、ちくわと南京の煮もの、厚揚げの焼いたやつ、蕪《かぶ》と鶏《とり》の皮の味噌汁……といった新たな料理を出したことで酒も進んだ。紙屑屋と青物売りもしだいに打ち解けてきて、話の輪に入るようになった。

「うちの若がその場にへたへたっと座り込んだ姿を、皆さんにお見せしたかったなあ」

厳兵衛が、暴れ馬の話を面白おかしく尾ひれをつけてしゃべっているのを、勇太郎は苦々しげに聞きながら酒を飲み干すと、

「おまえを助けるためにやったことだ。もっとありがたく思ってもらいたいな」

「いやあ、馬の前脚が若に掛かったときは、『死んだ!』と思いましたわ」

「いい加減にしてくれ。なにごともなかったからよかったが……」

自分でも、もうだめだ、と思ったのだ。

「ということは、その浪人らしき武士をおまえたちは探しておるのだな」

喜内がそう言ったので勇太郎はあわてて、

「いいえ、その……押し込みの詮議の合間に、ちょこっとしておるだけです」

かなり酔っているらしい久右衛門が、

「かまうまい。礼を失するは、武士として恥ずべきことじゃ。ましてや、わが西町奉行所の馬のせいだとすれば、わしも捨て置けぬ。見つかれば多少なりとも褒美を取らせたい。——よい、わしが許す。村越、本日ただいまよりおまえは、その浪人探しに専心いたせ」

「そ、そういうわけにはまいりませぬ」

当たり前である。

「それにしても、歳の頃なら五十歳ほどで、鼠色の着流しに月代を伸ばし、刀の鞘の塗りが剝げ、喉に刀傷のある浪人か。江戸ならどこにでもおりそうではないか。たとえ大坂でも、なかなか見つかるまいのう」

久右衛門がそう言うと、突然、紙屑屋の運助という男が、

「わて……その方知っとりまっせ」

「なんだと！」

勇太郎は思わず大声を出した。

「す、す、すんまへん。悪気はなかったんで……」

「叱っているのではない。まことにあのお方を存じておるのか」

「へ、へえ……たぶん……」

「たぶんとは頼りないなあ。詳しく話してくれ」

運助の言うには、彼が時折紙屑を買いに行く長屋が菅原町《すがわらちょう》にあり、その一番奥から二軒目に榊原忠左衛門《さかきばらちゆうざえもん》という浪人が住んでいる。妻には早くに先立たれて、十七、八の娘がひとりいる。忠左衛門は売卜《ばいぼく》を業《なりわい》とし、娘は針仕事の内職などをしているが、暮らし向きは苦しいらしく、いつ訪ねても、古紙のほかに欠けた湯吞みだのひびの入った木刀だの妙な掛け軸だのを高く買い取れと無理強いされる。

「身なりや刀の鞘はおっしゃったとおりですし、喉に刀傷がおますわ」

勇太郎と厳兵衛は顔を見合わせた。菅原町ならば、天神橋とは目と鼻の先ではないか。

「けどなあ……」

運助は顎を指でこすりながら、

「品のええお方やけど、剣術《やっとう》が強いようには見えまへんなあ」

「見かけでは、剣術の腕はわからぬぞ」

勇太郎が言うと、

「そうそう、あの方、ひとつだけ変わったところがおますのや。今の『青菜』で思い出しましたんやが……」

「どこが変わっているのだ。早く申せ」

「あれだけ貧乏してはるのに、酒好きと見えて、毎晩、晩酌だけはかかさしまへん。けど、その酒が……かならず『柳陰』ですねん」

◇

勇太郎と厳兵衛、千三の三人は、久右衛門に許しを得てから「業突屋」を辞して、教えられた長屋へと向かった。途中の酒屋で、手土産《てみやげ》として上等の焼酎とみりんを買った。もう夜なので、長屋の木戸は閉ざされていたのを、月番に当たっていた提灯屋に無理を言って開けてもらった。紙屑屋の言っていたとおり、奥から二軒目が榊原忠左衛門の家だった。

「榊原先生、なんぞやりはりましたんか。御用になりますのん？」

提灯屋がきくので、

「とんでもない。奉行所から褒美が出るのだ」

「ひええっ」

「榊原先生はどのようなお方だ」

「そうだんなあ……ご浪人はなさってはるけど、堅い堅いおひとです」

「剣術の稽古など、やっておられぬか」

「してはりまっせ」

提灯屋はあっさりと言った。

「昼間は筮竹《ぜいちく》しか握ったことがない、というような顔してはりますけどな、夜中にこっそり、井戸のまわりで木剣を振ってはりますわ。だれにも見られてないと思てはるやろけど、長屋のもんは皆気づいとります」

「さぞ、強かろうな」

「まえに、御蔵《おくら》奉行の同心が三人、酔っ払ってあの先生に因縁をつけたことがおました。はじめはええ加減にあしろうてはったけど、酔っ払いたちがとうとう刀を抜きましたんや。そうしたら……ああいうのを目にもとまらん早技て言うんやろな、あっというまに三人を棒きれで叩き伏せてしもた」

「ほう……」

「こんなこともおました。ヤクザもんがひとを刺したあと、この長屋に逃げ込みよった。血のついた匕首《あいくち》振り回してるさかい、だれも怖あてよう近寄らん。それを聞いた榊原先生、刀を二本とも家に置いて、丸腰のまま家に入っていきはった。ヤクザが突き出した匕首を両手でぺたっと挟むようにして、そのまま畳のうえにねじ伏せはりました。ほんまだっせ。わては一部始終見てましたんや」

勇太郎は愕然とした。それはまさに柳生流の極意、真剣白刃取りではないのか。

「よほどの達人のようだが……そんな腕のあるお方がなにゆえ浪人をしておられるのだ」

「さあ、そこまでは……。まえになんべんか、仕官の話があったて聞きましたけどなあ」

破談になったらしい。相手から断ってきたのか、みずから断ったのかはわからないという。

「先生は、柳陰がお好きなのか」

「ようご存知で。夏だけやのうて、冬でも柳陰ですねん。変わってはりまっしゃろ。けど、近頃は金がのうて、その好きな柳陰も口にできん日もあるそうだす」

こう寒いと、路上で運勢を見てもらおうというものも少ないのだろう。

「いろいろよくわかった。夜中にすまなかったな」

勇太郎が言うと、提灯屋は腕組みをして、

「せやけどお奉行所も見る目おますなあ。ああいう立派な先生が貧乏暮らしじゅうのはおかしいてわてら長屋のもんはいつも言うとりましたんや。たっぷりとご褒美差し上げとくなはれ」

勇太郎たちは提灯屋と別れて、長屋の奥へと進んだ。

「旦那、おかしいと思いまへんか」

千三が小声で言った。

「なにがだ」

「今の提灯屋の話やと、どうやらそのお方、剣術の腕前があるのに、仕官もせんと、それを隠して暮らしてはるようだすがな。夜中にこっそり稽古するやなんて、ちょっと引っかかりまっせ」

「どう引っかかる」

「これはわての推量だすけど、もしかしたら……押し込みの一味とちがいますやろか」

「うーむ……」

勇太郎は唸《うな》った。今の世、たとえどんなに武芸ができても、それだけで仕官するのは難しい。町奉行所の同心をはじめ、侍のほとんどの勤めが親代々の世襲で決められている世の中なのだ。ことに大坂ではそもそも仕官の口がなく、一度《ひとたび》浪人したものがふたたびどこかに仕えるというのはよほどの強運に恵まれないと無理だった。貧窮の果てに自棄《やけ》になった浪人が悪事に手を染める……というのはありがちなことだった。

「夜分に恐れ入ります。先日、榊原先生に天神橋で暴れ馬からお助けいただいたものです。一言お礼を申し上げたく参上いたしました。どうかここをお開けください」

勇太郎は、戸のまえに立って声をかけた。しばらくすると、

「父が、なにかのお間違えであろうと申しております。どうぞお引き取りください」

若い女のものらしい声がした。

「われら、榊原先生に生命を救われたるもの。せめてご尊顔を拝して一言お礼を申し上げるまでは帰るわけに参りません。なんとかお開けくださいませんか」

また少しして、

「礼は不要、と父が申しております。今日のところはどうか……」

「先生がお好きだと聞きまして、ごく上等の焼酎とみりんを持ってまいりました。せめてその二品だけでもお受け取り願いませぬか」

心張棒《しんばりぼう》を外す音が聞こえ、戸がカラカラと開いた。若い娘が立っていた。身なりは粗末で、つぎはぎだらけの振袖に色の変わった小袖を着て、たすきに前掛けをしており、

武家とは思えない。顔は小さく、目は細くて切れ長である。化粧っ気はまるでないが、白く瑞々《みずみず》しい肌に桃色の唇がよく映えている。

「あの……父が、お入りいただけと申しておりますので……」

すまなそうに言いながら、細い目を精一杯開いて見つめられたとき、勇太郎はなぜか左胸の鼓動が速くなった。

「あ、では……失礼いたします」

三人はなかに入った。暗い。行燈《あんどん》の灯《あか》りを細くして、油が減らぬようにしているのだ。土間を上がると、五十がらみの武士が正座していた。その顔を見て、勇太郎はすぐに、あのときのひとだとわかった。喉に古傷があるのも同じである。

「榊原忠左衛門でござる。今宵は、それがしの身勝手なるおせっかいへの返礼にわざわざお越しくだされたとは、まことに恐縮千万。かかるむさき場所へお上がりいただくのは、本来なれば恥じ入るところなれど……それがしの大好物をお持ちいただいたとあっては、このまま帰すわけにはまいらぬ。ぜひ一献、口を湿らせくだされ。——これ、千《ち》代《よ》、酒肴《しゅこう》の支度をしなさい」

堅い……と勇太郎は思った。岩亀与力よりもうえかもしれない。ただ、嫌味のない、清々しい堅さは、勇太郎には好ましく思われた。娘の千代は、勇太郎、千三、厳兵衛に素焼きの湯呑みと小皿を配った。肴は焼き味噌だけだ。かたくちに焼酎とみりんを入れ、混ぜる。慣れた手つきだ。毎晩、父親のために作っているのだろう。榊原忠左衛門は、箸の先に味噌をほんの少し引っかけてそれをなめると、柳陰を飲んだ。もちろん音はしないが、「きゅっ」という音が聞こえたかのような飲み方だった。それがあまりに美味そうに見えたので、勇太郎も真似してみた。すると……。

「なるほど……」

勇太郎はこれまで、柳陰というものを飲んだことはなかった。焼酎は臭いもきつい安酒だし、みりんを入れて甘くするのも気に入らなかったからだ。だが、こうして上等の焼酎に少しばかりみりんを入れると、辛さが消えて口当たりがよくなるばかりか、清々しい味わいになる。しかも、焼酎の腰の強さは失われていない。まるで……。

(榊原さんのようではないか……)

と勇太郎は思った。はじめての客に焼き味噌だけを出すというのは貧しさの現れだろうが、父娘ともども、心まで貧窮していないようだ。

「あの折はお助けいただきまことにかたじけなく存じます」

一杯を飲み干したところで勇太郎は、きちんと両手をついて頭を下げた。厳兵衛もそれにならった。

「咄嗟にしたまでのこと。眼前に奔馬が来たればだれでもあのようにするであろう」

「余人にはできかねます。あまりに鮮やかなるお腕前。柳生新陰流とみたは僻目《ひがめ》でありましょうか」

忠左衛門の顔色がみるみる変じた。

「ご貴殿の目は節穴と見える。それがし、親代々の浪人にて、そのような貴い流儀を学ぶようなものにあらず。この暮らしを見ればわかろう。それがしの剣は、ただの田舎剣法だ」

千代という娘が、

「父上……!」

「うるさい、おまえは黙っておれ。——村越殿と申されたな。それがしは新陰流ではないぞ。つまらぬ勘違いが広まると多方に迷惑がかかる。それだけはやめてもらいたい」

だが、勇太郎は動じなかった。

「榊原先生を新陰流と判じたのはわが師です。相手の動きを見定めたうえで対処するがために遅れているように見えるのは『転《まろばし》』の極意、そして、ヤクザものの匕首を空手《くうしゅ》で受け止めたるは『無刀取り』の技。新陰流でない、とおっしゃるならば、何流なのですか」

「そ、それは……」

「俺も、榊原先生は新陰流だと思います。なぜなら……」

勇太郎は、忠左衛門が持っていた湯呑みを指差し、

「榊原先生が柳陰にこだわるのは、『柳』生新『陰』流がつねに心にあるからではありませんか」

　忠左衛門は湯呑みを取り落とした。

「わ、わしは……そんなことは……」

「冬でも柳陰というのは珍しいと思いますよ」

　勇太郎が追い打ちをかけると、それまで壁際に控えていた千代が、

「父上……このお方はなにもかもお見通しなのだと思います。それに、お役人ではありますが、信じられる方のようです。すべてを打ち明けて……」

　勇太郎は「なにもかもお見通し」ではなく、ほんの思いつきから鎌をかけただけなのだが、どうやらそれが彼らの「なにか」を揺り動かしたようだ。榊原忠左衛門は突然、はらはらと落涙し、

「あ、いや、すまぬ。わしが新陰流ではない、と申したのはまことだ。なれど、わが心には、いつも柳生新陰流がわだかまっておる。新陰流によって、わが生涯は歪《ゆが》み、狂うてしもうたのだ」

「…………」

「聞いてくれるか、村越殿」

「承ります」

「さきほども申したが、わしは親の代からの浪人でな、貧窮のうちに育った……」

榊原忠左衛門は、重い口をむりやり開くようにぽつりぽつりと語り出した。

彼は幼いころから武術を好んだが、道場に習いに行くようなゆとりはなかった。朝から晩まで親の内職を手伝いながら、日々、棒切れを振って剣術の真似事をするのが関の山だった。こども同士の剣術ごっこでは負けたことがなかった。十五歳になったころには、素人剣法とはいえかなりの腕になっており、木刀で薪《まき》を割ることもできた。両親は、清貧に甘んじながらも侍の矜持《きょうじ》は高く持っており、息子を厳しくしつけた。卜占《ぼくせん》の法も親が教えてくれた。いずれは道に出て、易者をするものだと両親は思っていた。だが、忠左衛門の内心は違った。剣で身を立てたい……そう考えていたのだ。貧乏は嫌だ。仕官がしたい。泰平の世では、剣術をもって仕官することは容易ではない。しかし、なんのつても金もない浪人の子が、ほかにいったいどうしようがあろうか。

ある日、削った楊枝《ようじ》を問屋に納めた帰り、ある道場のかたわらを通りかかった。そこは、柳生新陰流高山新六郎の剣術道場だった。竹刀と竹刀が激しくぶつかる音、気合いの声などに魅《ひ》かれてこっそり窓からのぞくと、十数人の門弟が掛かり稽古の真っ最中だった。

（凄《すご》い……！）

見ているうちにすっかり夢中になり、刻の経《た》つのも忘れた。夕暮れに気づいて、あわてて家に帰ったが、親からはこっぴどく叱られた。なぜ戻りが遅くなったのかと問われ、ありのままを話すと、剣術において技をひそかに盗むのは盗人も同じであるから二度としてはならない、と釘《くぎ》を刺された。しかし、道場に通わせてやれぬという引け目があるからか、あまりきつくは言われなかった。深夜、忠左衛門は表に出ると昼間見た稽古の様子をそっくりなぞってみた。

翌日から、忠左衛門はほぼ毎日、高山道場に通った。もちろん窓のしたから覗《のぞ》き見をするためである。そのうちに彼は、今までおのれが勝手に行っていた稽古というものがいかにでたらめで無駄の多いものだったかを思い知った。家に帰ると、夜中に覚えた型を試してみる。まずは、身についた我流を削《そ》ぎ落とすところからはじめた。そのうちに、次第に腕が上がってくるのが彼にもわかってきた。

(見よう見まねとはこのことだな……)

忠左衛門はそう思いながら、飽くことなく稽古を繰り返した。天賦《てんぷ》の才があったのだろう、三年ほどで彼は高山道場で教えられている柳生新陰流のすべてを会得してしまった。それでも忠左衛門は深夜の稽古をやめない。無名の浪人の子が、剣で仕官をしようというのだ。よほどの腕にならないと、認めてはもらえないだろう。

忠左衛門は必死だった。剣で、剣のみで浪々の暮らしを抜け出すのだ。おそらく両親は彼の深夜の稽古のことを薄々知っていたと思う。しかし、なにも咎めることはなかった。もしかしたら……と思っていたのか、そのうち思い知るだろうから今は夢を見させておけ、と思っていたのか、それはもうわからない。

稽古を積めば積むほど、忠左衛門は新陰流の剣法が好きになっていった。もう、ほかの流儀には魅力を感じなかった。「はまる」というやつだろう。

覗き見稽古をはじめて五年が経ったころ、おのれの強さを感じるできごとがあった。裏道を歩いていると、中年の浪人が近づいてきて、

「持ってるんだろ。寄越せ」

と金をせびられたのだ。相手の身なりを見ると、彼に劣らずボロ雑巾のようだった。忠左衛門は悲しくなった。浪人同士で、どうして金を奪い合わねばならないのか。

「金などありません」

「嘘をつけ。信濃屋《しなのや》から出てきたのを見たのだ」

信濃屋というのは、楊枝問屋である。男は、忠左衛門が削った楊枝を納めてなにがしかの銭を得たことをわかったうえでたかっているのだ。おそらくはそれがほんの少額であることもわかっているはずだ。

「あなたに渡す金はない、と言ったのです。これは、私たちにとって大事な金です」

「やかましい。死にたいのか」

怯《おび》えてすぐに渡すと思っていたのか、浪人は苛立《いらだ》ち、刀を抜いた。

「死にたくなくば、その金渡せ」

「渡せません」

「くそっ」

浪人は斬りかかってきた。だが、その動きが忠左衛門にはやけにのろく見えた。これなら、いくらでもかいくぐることができる。そして、

（あの刀……奪えるのではないか）

そう思った。忠左衛門は手を伸ばし、浪人の刀を拝むように受け止めて、ぐいとひねった。

「あっ！」

浪人は叫んで、刀を取り落とした。あわててその刀を拾うと、化け物にでも出会ったような目で忠左衛門を一瞥《いちべつ》し、そのまま逃げて行った。

（なんだ、容易《たやす》いではないか……）

忠左衛門は、おのれの腕がたしかなものだと思った。これならば、仕官の道が開けるかもしれない。

（よし……）

忠左衛門は、高山道場を訪れた。

「どのようなご用かな」

忠左衛門の貧しい身なりを見て、道場主の高山新六郎は訝《いぶか》しげにたずねた。

「それがしは独学にて柳生新陰流を学び申した。それがはたして免許に値するかどうか、先生に見極めていただきたく参上つかまつりました」

「は？」

高山は不快を顕《あら》わにした。

「たわけたことを……わが柳生新陰流は、独学にて学ぶような剣ではない。畏れ多くも代々の将軍家が修められる流儀だぞ。貴様のような黴《かび》浪人が学ぶなど許されぬものだ」

「でも、習得したのです。わが新陰流が、先生の眼鏡《めがね》に適《かな》うや否や、お教えいただきたいのです」

「わが新陰流だと？　習ってもいないのに当流を名乗るなど片腹痛いわ。帰れ！」

「お願いです。なにとぞ私の剣を先生にご覧いただき、新陰流の奥義を得ているかどうかを……」

「思いあがるな、馬鹿ものめ。貴様のようなものがわが流儀の一員になるなど、ありうるはずもなかろう。さあ、帰った帰った」

そう吐き捨てると高山は立ち上がったが、忠左衛門はその羽織の袖をつかみ、

「ひと目でよいのです。なにとぞわが太刀筋をご覧《ろう》じくだされ」

「くどい！」

高山は忠左衛門の顔面を蹴ったが、彼はひるまなかった。あまりのしつこさに根負けして、とうとう高山新六郎は言った。

「わかった。貴様の太刀が新陰流かどうか、見定めてやろう。当道場の高弟と立ち合うがよい」

こうして忠左衛門は、高山道場の高弟たちと試合をした。しかし、忠左衛門はたちまちに勝ちを得た。最後には師範代が出てきたが、これもあっさりと退けた。

（こんなものか……）

と忠左衛門は思った。新陰流の師範代の太刀筋も、彼には楽に見定めることができたのだ。高山新六郎は渋面を作って見守っていたが、ついには木剣を持って、

「わしが相手しよう」

忠左衛門は高山と相対したが、その構えを見て、

（勝てる……！）

そう思った。相手との力量の差異がはっきり見て取れたのだ。忠左衛門は竹刀を下段に下げた無形《むぎょう》の位のままゆっくりと間合いを詰めていく。高山は霞《かすみ》の構えだが、じりじりと下がっていく。その顔に汗の玉が滲《にじ》み出すのが忠左衛門には見えた。

「貴様の剣は明らかにわれらが柳生新陰流のものだ」

羽目板まで追い詰められた高山が口を開いた。

「おお、では私を新陰流とお認めいただけると……」

「独学でここまでとは立派なもの。どのようにして学ばれた」

喜んだ忠左衛門は竹刀を左手に持ち替えると、

「この道場の窓の下に雨の日も風の日も通い、皆さま方の稽古を拝見して、それを毎夜さらうことで身につけたのです」

高山はにやりと笑った。

「語るに落ちたな」

「――え？」

「盗人め。新陰流は将軍家御用の流儀。許しを得たものにしか伝授できぬのが決まりだ。貴様のように、こそこそと盗んで新陰流を名乗るなど心得違いも甚だしい。それだけでももってのほかだが、当道場にやってきてぬけぬけと免許に値するかどうか見定めろ、だと？　盗賊に免許をやるほど柳生新陰流は物好きではない。――やれ」

高山の合図で、木剣を手にした門弟たちが大勢現れて、忠左衛門をめちゃくちゃに打ち据えた。はじめは抗《あらが》ってみたが、多勢に無勢でどうしようもなかった。床にうずくまる忠左衛門に、高山は言った。

「江戸と尾張の柳生家ならびに日本中の柳生流道場に回状を送り、貴様の名を知らせておく。これに懲りたら、二度と当流の太刀をひとまえで披露するな。もし、そのようなことが耳に入ったら、つぎは容赦せぬぞ」

言い捨てると、忠左衛門の顔に唾をかけ、奥へ入っていった。忠左衛門は門弟たちによって表に運び出され、塵芥《ちりあくた》のように道に捨てられた。

帰宅した彼の顔は人相がわからぬほど青黒く腫れ上がり、腕も脚も傷だらけになっていたが、父母は「なにがあったのか」とききかなかった。だいたいの次第はわかっていたと思う。忠左衛門は悔しくて寝られなかった。

（勝っていたのに……）

おのれの腕は、師範代よりも道場主よりも上だったのだ。だが……、

（ひとまえで披露できなければ、仕官できない）

そのことがあってから、忠左衛門はますます剣術に打ち込んだ。今から他流を学ぶことはできない。日々鍛錬してきた柳生流は彼の骨の髄にまで染みついていた。この流儀のほかに剣はない……とまで思っていたのだ。

一念発起した忠左衛門は、細々とした手づるをたぐって、いくつかの大名家に仕官を申し入れた。だが、すぐにけんもほろろに断られる。留守居役や用人などへの面会すら許されなかった。理由《わけ》をただすと、

「柳生家から、貴公を召し抱えぬように、という書状が来ている」

と言うのだ。素性を隠し、変名での仕官も試みようかとも思ったが、柳生流であるこ

とは指南役などが見れば一目瞭然である。貴公、いずれの師のもとでその流儀を学ばれたか、と問われれば露見してしまう。身分を偽って仕官しようとしたことがバレたら、投獄されるかもしれない。

「以来、ひとまえで剣を披露したことはない。先日は、馬を止めなくてはと必死だったのでつい抜いてしまうたが、村越殿が町奉行所の同心と覚ったので、すぐさまその場を離れたのだ。挨拶もせず、すまなんだのう。かえって、せんでよい苦労をかけ申した」

これまで溜《た》めていた思いが堰《せき》を切ったようにあふれ出したのだろう、忠左衛門は饒《じょう》舌《ぜつ》におのれの来し方を語り終え、ほう……と息をついた。

「罪を犯したわけではないのに、なぜ逃げ隠れなさるのです」

「高山に言われた、二度とひとまえで当流の太刀を披露するな、という言葉が今でも耳に残っているからであろう。わしは柳生流にとっては盗人なのだ。盗人は晴れがましい場に出てはならぬ。そうではないか？」

「なれど……捨て去るにはあまりに惜しいお腕前……」

「もう、諦めた」

忠左衛門は笑った。

「わしが、妙なやり方で剣術を学んだのが悪かったのだ。金のない武士はそうでもせぬと剣を覚えることができぬ。いや、この世の仕組みというものはようできておる」

忠左衛門は柳陰を啜ると、

「わしは柳生新陰流によって剣術の極意を知り、柳生新陰流によって一生を狂わされた。わしの新陰流への思いは、謝意と恨みの両方だ。憎いが、手放せぬ。そんな思いが、この柳陰に顕れていたのだろう。わしは、ただこの味を好んでいるだけと思うていたが、村越殿に言われてハッとした」

「………」

「仕官の夢を思い切ったわしは、売卜の道に入った。両親ともすぐに故人となり、そののち良縁を得て、これなる娘千代を授かったが、妻は病で早うに亡くなった。それからはわしの手ひとつで育て上げてきた。剣術のことはきっぱり忘れたつもりだったが……人間の煩悩《ぼんのう》は計り知れぬ。昼間はひとに見つかるゆえ、夜な夜な井戸端で木剣を振るのと、この柳陰を飲むのだけが愉《たの》しみだ。はははは……」

その笑みはさびしげだった。勇太郎は、忠左衛門に好感を抱いた。腕があるのにそれが報われぬ人生。公儀にとっては、忠左衛門は長い泰平の世が生み出した無数の浪人のひとりにすぎない。だが、彼は世をすねてはいない。いろいろな思いを嚙みしめるようにして生きている。見ず知らずの他人の危機を身を挺《てい》して救ってくれた義俠《ぎきょう》の仁が悪人であろうはずがない、とは思ってはいたが、こうして直《じか》に会ってみるとまさにそのとおりだった。

てお思うと思う

「榊原先生」

辞する間際に勇太郎は言った。

「また、お邪魔してもよろしいでしょうか」

忠左衛門は笑顔になり、

「おお、ぜひともお越しくだされ。千代も同い年ぐらいの話し相手が欲しかろうと思うておったところだ」

その言葉がのちに大きな意味を持ってこようとは、勇太郎は考えてもいなかった。

3

「屑ーっ、屑は溜まってーん」

紙屑屋の運助は、杠秤《ちぎ》を肩に担いで長屋から長屋を回っていた。

紙はたいへん貴重なものである。手漉《てす》きによって長い時間と手間をかけて作られるため、一枚がたいへん高価についた。一度使った紙も無駄に捨てられることはなく、紙屑屋によって集められる。紙屑屋は、古紙だけでなく糸屑、髪の毛、金物、食器、布きれ、陳皮《ちんぴ》（ミカンの皮）なども集めた。それを紙屑問屋が一手に買い受け、紙は紙、糸は糸……と選《え》り分けたうえで、それぞれを扱う問屋に売る。紙は、漉き直し屋が買って、細かく破ってから釜で煮てどろどろにしたうえでちり紙や落とし紙などさまざまなものに作り変えられる。

集めた紙屑を眺め、

（ま、今日はこれでええか……）

かなりの成果があった。京町堀《きょうまちぼり》の長屋で、そこに住んでいた「貉《むじな》の丑《うし》」という男が昨夜急死した。泥酔して、石段を落ちたらしい。丑は、札付きの極道で、長屋の鼻つまみものだった。家賃も長年滞っていたようで、家主が運助に、

「こいつの身の回りのもん、一切合財買うてくれ。それを溜めてた家賃に充《あ》てるさかい」

こうして運助は財布の底をはたいて、丑の屋財家財《やざいかざい》をそっくり引き取ったのだ。といっても、たいしたものはなく、破れ布団にひとり分の食器、包丁、カンテキに火鉢、あとは反故紙《ほごがみ》ぐらいのものだ。

運助は、集めた紙屑を白銀町《しろがねまち》にある紙屑問屋淡路屋太郎兵衛《あわじやたろべえ》に運び入れた。主人の太郎兵衛は通り名を「淡太郎《あわたろう》」といい、よそよりも高く買い上げてくれるので、少々遠いが運助はもっぱら淡路屋に持ち込むことにしていた。

「運助はん、これちょっとおかしいなあ」

手代が店先で紙屑をざっと選り分けるのを、たまたま通りがかった主の太郎兵衛がの

ぞきこんだのだ。

「なにがおかしいんだす」

「ほら、この手紙や」

太郎兵衛は一枚の紙を運助に示した。そこには、
二十七日、子がかしわもち、早《はや》まくで食らふなり
と書かれていた。

「な、おかしいやろ」

「どこがですねん。こどもがかしわもち食うた、いうだけやおまへんか」

「かしわもち食べるのは五日や。それに、かしわもちは江戸のもんやで。こっちでは粽《ちまき》食うやないか」

さすが、大店《おおだな》の主ともなれば学問がある。

「それに、今はまだ冬やで。五月でもないのにかしわもちゆうのは変や」

「去年の手紙かもしれまへんで」

「そんなはずはない。墨がまだ新しい。おそらく何日かまえに書かれたもんやろな」

なるほど、と運助は思った。たしかに彼の目にも、そう古いものには見えなかった。

「早まくで、ゆうのもおかしいがな。なんでかしわもちを急いで食わなならんのや。――この紙屑、どこで集めたんや」

「京町堀の長屋だすわ。『貉の丑』ゆう男が昨夜亡くなったんで、家主の頼みで持ちもんを皆買わしてもろたんで……」

「ほう……」

「なんでそんなことをおききになりますねん。この紙屑の出所《でどころ》がおかしいとでも……」

「そうは言うとりゃせん。けど、わしも年寄役を務める身。どうもひっかかるのや」

「考え過ぎだっせ。旦さんも歳のせいか、年々疑り深《ぶこ》うなってきとるんやおまへんか」

「やかましいわい」

そう言ったあと、淡路屋はその手紙になにかきらりと光るものがくっついていることに気づいた。

「なんや、これ……」

つまみ上げてみて、彼は言った。

「これ、たぶん鯉の鱗やで」

◇

勇太郎は、それからたびたび榊原忠左衛門のもとに顔を出した。そのたびに焼酎とみりんを持参するのを忘れなかった。忠左衛門は恐縮しつつも、かならず土産を受け取った。謹厳な彼が受け取るのだから、やはりよほど柳陰が好きなのだろう。勇太郎が頻繁に忠左衛門を訪れるのは、おのれと厳兵衛の命の恩人である、という思いもさることながら、「馬が合った」のである。歳こそ違えど、話がはずんだ。

（もし、父が生きていたら、こんな風に話ができたのかなあ……）

そんなことを思ったりもした。

ある日、いつものように焼酎とみりんを携えて榊原家を訪れると、

「村越殿、今日は折り入って話がある」

日頃から堅苦しい忠左衛門が、一段と堅苦しく挨拶をした。

「な、なんでしょうか」

「村越殿はたしか、妻女はおられなかったはずだな」

「はい。まだ独り者ですが」

藪《やぶ》から棒になにを言うのか、と勇太郎が訝しんでいると、忠左衛門は彼が思いもしなかったことを切り出した。

「うちの娘、千代のことだが……」

「はあ」

「男手ひとつで今日《こんにち》まで育ててきたが、婦女《おんな》ひととおりのことは仕込んである。いつか

は嫁がせねばならんが、どうせならば村越殿、貴殿のようなしっかりした人物のもとに行かせたい。いかがであろう、千代をもらってはくださらぬか」

「え？　ええーっ？」

勇太郎はひっくり返りそうになった。

「い、いえ、その、なんと申しましょうか……」

「千代では不足か」

「そ、そんなことはありません。ではありますが……」

「不足ならば不足とはっきり申してくれたほうが良い。千代も思い切れるであろう」

「え？　千代殿が……？」

「さよう。このあいだからどうも貴殿が来られるたびに様子がおかしいのでな、問いただしてみると、白状しおった。貴殿のことを憎からず思うておる、とな」

「うーん……」

勇太郎がちらと千代を見ると、耳たぶまで真っ赤に染めて、家から出て行ってしまった。狭い長屋のこと、外に出るほかないのだ。

「頼む、村越殿。千代をもろうてくれ」

忠左衛門が頭を下げた。

（とんでもないことになった……）

気がつくと、勇太郎は顔にびっしょりと汗を搔いていた。

「そ、その……大事なことゆえ、母とも話をして、その、なんと申しましょうか、後日、返答するということでいかがかと、その……」

しどろもどろにそう答えると、

「あいわかった。では、返事をお待ちいたそう」

そのあと、どうやって榊原家を辞し、家まで戻ったか覚えていない。

「勇太郎、どないしましたんや。なんぞあったんか」

草履も脱がずに家に上がろうとした汗だくの勇太郎を不審に思ったらしく、すゑが声をかけたが、

「い、いえ、なんでもありません……」

じつは「なんでもあった」のだった。

◇

「おかしいなあ……」

まだ細い三日月から夜の光が漏れている時刻、三平は川崎東照宮近くの御留池をのぞきこんで独り言《ご》ちた。明らかに鯉の数がまえよりも減っているのだ。殺生禁断釣り厳禁の池なのだから、だれかが獲《と》ったわけではあるまい。だとすると、鯉たちはどこに行っ

たのか。

「まあ、ええわ。わての釣り場はここやない。鯉の数が増えよと減ろうとどっちゃでもええ。わてに関わりあるのは……」

三平はいつもどおり手を叩き合わせると、

「クロ、元気かーっ」

だが、水面は盛り上がらない。

「あれ……？」

もう一度、手を叩く。

「クローっ、聞こえるか。わてや、友だちの三平や。今日も麩持ってきたで」

御留池は静まり返ったままだ。三平は眉をひそめた。これまで一度もこんなことはなかったのだ。

「も、もしかしたら……」

だれかがこの池で漁をしているのではないか。クロをはじめ、鯉たちを捕まえてどこかへ持ち去ったのではないか。

「どないしょ。そや……こういうときこそ、あの肥えたおっさんにご注進や！」

三平は、「あの肥えたおっさん」こと西町奉行大邉久右衛門に知らせることにした。

御留池で密漁している輩《やから》がいるとしたら、お上も動いてくれるはずだ。きっとクロの行方をつきとめてくれるにちがいない。三平は、釣竿を担ぎ直して早足で歩き出した。そんな彼の背中をじっと見つめている目があることに、三平は気づかなかった。

川崎東照宮から南へ引き返し、大川沿いに西へ折れて、天神橋を目指す。あとから考えると、東照宮からは同心屋敷のほうがずっと近いのだから、そちらに駆け付けて、勇太郎に一報するべきだった。また、中途に会所もあるから、そこの会所守《もり》に知らせてもよい。だが、クロがいなくなったことで上ずっていたのだろう、三平の頭のなかには、とにかく、

（お奉行所に行って、あの肥えたおっさんに知らせんと……）

ということしかなかった。まだ人通りのない早朝の天神橋を渡り、ずんずんと南へ進む。近江町《おうみちょう》の裏通りを抜けようとしたとき、

「おい、坊主」

後ろから野太い声がした。びくっとして振り返ると、浅黒い顔の侍が立っていた。鮒のような顔に見覚えがある。まえに三平を魚盗人呼ばわりした東照宮付きの侍だ。なぜこんなところにいるのだろう、と考えるゆとりもなく、その侍は近づいてきて、三平を板塀に押し付けるようにして、

「どこへ行くつもりだ」

「お奉行所や」

「なんのために」

「御留池の鯉がいなくなったさかい、それをお奉行さんに教えたるねん」

侍は笑って、

「おまえみたいなものが奉行所に参ったとて、まともに取り合《お》うてくれぬわ。縛られて、斬り殺されるかもしれんぞ。悪いことは言わぬ。やめておけ」

「へっへー、わてはな、あの肥えたお……お奉行さんの友だちなんや。こないだも鯉をタダで食わしたったさかいな、わての言うことはちゃんと聞いてくれはるわ」

自慢したい気持ちが出てしまった。それを聞いた侍は、

「ほう……それは聞き捨てならぬな。やはり……ここで始末をつけるか」

そう言うと、刀の柄に手をかけた。

「し、始末てまさか……」

「殺す」

侍は刀を三寸ほど鞘から抜いた。先日も、この侍は抜刀して追いかけてきた。脅しでないことはわかっている。まだ夜も明けきっておらず、だれも通っていない。大声を出したらだれかに聞こえるかもしれないが、そのまえに斬られてしまうだろう。

「もしかしたら、おっさんが鯉泥棒か」

「だとしたらどうする」

「なるほどなあ。御留池の見張り役が鯉泥棒やったら、こらだれにも見つからんはずや。こないだわてを斬ろうとしたのも、わてに罪をなすりつけるつもりやったんか」

「頭のよく回る坊主だ。黙っておれ」

「おっさん、御留池で殺生しすぎて罰が当たったんとちがうか」

「――なに？」

「顔が鮒にそっくりやで。鮒や、鮒や。この鮒侍めが！」

聞き覚えの「忠臣蔵」の台詞《せりふ》とともに竿を叩きつけると、三平はひらりと身体をひるがえして走り出した。

「このガキ！ わしは鮒侍と言われるのが一番腹が立つのだ！」

侍が追いかけてきたのは足音でわかったが、もちろん振り向くひまはない。方角もわからぬまま必死に走る。細い橋がある。今橋《いまばし》だ。もつれそうになる足をなんとか整えて駆け抜ける。どたばたという足音が追ってくる。

（しもた。西へ来てしもた。あのまままっすぐお奉行所のほうに行ったらよかったんや）

そうすれば門番にでも助けを求めることができたのに。

（どないしょ。ここでくたばるわけにはいかんで。なんとかせんと……）

今橋一丁目から浮世小路、八百屋筋、高麗橋《こうらいばし》のあたりを右に曲がったり左に折れたりもとに戻ったりしながら、なんとか鮒侍を引き離そうとしたが、相手も案外足が速く、三平にぴったりついてくる。早朝とはいえ町なかを刀を抜いて走り回るというわけにはいかぬ。そこが三平のつけめだ。こうして追いかけっこをしているうちに、人通りが多くなってくるはずなのだ。しかし……。

（なんちゅう足の速いおっさんや……！）

三平も、足には覚えがあったが、鮒侍もかなりのものだった。そのうちに三平のほうの息が上がってきた。

（あ、あかん……どないかせな）

そこでひらめいた。

（そや……！　このへんて『鯉八』の近くのはずや！）

「鯉八」は、三平が釣った鯉を買い上げてもらっている川魚料理屋である。道修町の薬問屋街のなかにある。まだ表の閉まっている「鯉八」の戸を三平は激しく叩いた。

「すんまへん！　すんまへん！　いつも魚を納めてる三平です。悪いやつに追われてますねん。助けとくなはれ！」

大声を上げると、くぐり戸が開き、こまっしゃくれた顔の丁稚が目をこすりながら顔を出した。

「なんじゃい、三平か。こんな朝早うなんの用事や」

「悪いやつが追いかけてきますねん。中に入れとくなはれ」

「ほんまやろな。でたらめやないやろな」

「でたらめやない。もうじき、ここへ来よる。斬られてしまう。は、は、早よ入れて」

「斬られるて、相手は侍かあ？」

「侍ですねん。川崎東照宮の寺侍ですねん」

「嘘つけ。こんなとこで朝っぱらから揉《も》めてたら番頭さんに叱られる。帰ってんか」

三平が、生意気な丁稚と押し問答をしていると、

「店が騒がしいな」

丁稚は振り向くと、

「あ、旦さん……」

後ろから現れたのは「鯉八」の主、鯉屋八兵衛である。まだ三十代半ばだが、顔には精気がみなぎり、眼光も鋭い。

「おお、三平やないか。どないしたんや」

低い声でそう言われたので、

「川崎東照宮のお侍に追いかけられてますねん。旦さん、どうぞ匿《かくも》うとくなはれ」

「ほう、それは聞き捨てならん」

八兵衛は店の外に出ると、あちこちを見渡し、

「それらしいものは見当たらんが、おまえが言うのならほんまやろ。さ、なかに入りなはれ」

「かましまへんの。おおきに……おおきに！　ほんまだっせ、悪もんがすぐそこまで……」

「しっ。まだ朝も早い。ご近所の迷惑になる。大声出したらあかんで」

「すんまへん。ありがとうございます」

三平は喜んで、丁稚をにらみつけながら「鯉八」の店に入った。そのあとに続く八兵衛が、向かいの家の軒下に向かって目配せをしたことに、彼は気づかなかった。

◇

奉行所の面々は、ぶすっとした顔の久右衛門の近くにはなるべく寄らぬように過ごしていた。「目の吊り上がった犬と機嫌の悪いお頭には近づくな」というのがことわざのようになっているほどだ。

「喜内！　喜内はおらぬか！」

吠えるような声で久右衛門が用人を呼ぶ。

「佐々木さま、呼ばれてまっせ」

下働きのものが教えたが、

「わかっておる。放っておけ」

「よろしゅうおますのか」

「かまわん。どうせお小言だ。しばらくは寄りつかぬほうがよい」

長年、久右衛門に仕えている佐々木喜内はこういうときの扱いを心得ていた。

「喜内！　喜内！　喜内喜内喜内喜内！」

次第に吠え声が大きくなっていき、奉行所の外にまで届くほどになったので、

「やれやれ……そろそろ行くか」

喜内はため息まじりに久右衛門の部屋に入った。

「お呼びでございますか」

「どれだけ呼んだら参るのじゃ」

「買い物に行っておりましたので。——なにごとです」

「三平は参らぬか」

「はい」

「あやつは小児のくせに嘘つきじゃ。また鯉を持って参ると言うておったのに、まるで来ぬではないか」

「三平は商いで釣りをしておるのです。当方は、獲物が多いときにおすそ分けをもらっておるのですから、勝手なことは申せませぬ」

「ううぬ……町奉行をあなどりおって、三平め、許さぬぞ」

「なにを馬鹿なことを……」

「わしは鯉が食いたいのじゃ。それも野鯉をのう。こうなったらわしみずから釣りに参るか。野鯉は一日一寸と申す。今日より、淀川に通い詰め……」

「おやめいただきます。町奉行としての務めがおろそかになりますゆえ。そろそろまたつぎの押し込みがあるやもしれませぬぞ」

「ふん！」

久右衛門は鼻を鳴らすと、

「そのようなこと、どうでもよいわ。ああ、鯉が食いたい。わしは鯉に恋しておるのじゃ……」

「それは、まえにも聞き申した」

久右衛門はぶすっとした顔をより一層ぶすっとさせて立ち上がると、

「出かけるぞ」

「どちらへお出ましで」

「わからぬ。どこかの料理屋じゃ。野鯉がなくとも、なにか川魚を食う。鮎《あゆ》でもなんでもよい」

「この冬のさなかに鮎はございませんぞ」

「わかっておるわい！」

「行くのなら業突屋になさりませ」

「なぜじゃ」

「ただいまご当家は手元不如意でございます。業突屋ならば安くつきます」

「景気の悪いことを申すな。ただいま、ではなく、いつでも手元不如意ではないか」

「それこそ景気の悪い話でございます」

というわけで、ふたりは業突屋に向かった。

「許せ」

久右衛門が暖簾をくぐると、なかは笑い声がこだましている。見ると、岩亀与力、勇太郎と千三、そして噺家の小清太、紙屑屋の運助らがいる。

「貴様らもほかに行くところはないのか」

憎まれ口を叩きながら久右衛門は床几《しょうぎ》のひとつに腰を下ろした。巨体が乗るといつも床几がみしりと音を立てる。久右衛門は豆腐の田楽《でんがく》、寒鮒の煮付けと塩焼きを注文してから、

「なにを笑《わろ》うておった。わしの悪口ではあるまいな」

トキが乱杭歯《らんぐいば》を剝《む》き出しにして、

「村越さんが、けっこうモテる、ゆう話だす」

勇太郎は顔を赤くして右手を左右に振り、

「ちがいます。モテるとかそういうことではありません」

「聞こうではないか。酒の肴にのう」

しかたなく勇太郎は、浪人榊原忠左衛門とその娘千代について久右衛門と喜内に物語った。

「ほほう……そのような御仁がおられるか」

久右衛門は、勇太郎の恋話よりも忠左衛門の境遇に興味を抱いたようで、

「将軍家御用の流儀か。くだらぬことよ。その道場主はケツの穴が小さいのう」

「全国に回状が送られているならば、あのお方は剣術での仕官は叶《かな》わぬのでしょうか」

「ううむ……」

久右衛門は剛毛の生えた腕を組み替えると、

「わしにはそういうことはわからぬ。柳生新陰流で柳陰のう。――トキ、柳陰をくれぬか」

「へいへい」

トキは焼酎とみりんを混ぜ、ざっと掻き混ぜて供した。冬場なので、あえて冷やすことはない。

「うむ。美味い」

がぶりと一息で飲み干す。鮒の煮付けと塩焼きにも箸をつけ、

「身が締まって良い味じゃ。なれど……」

唇についた塩気を舐《な》めながら、

「鯉とはちがう」

当たり前である。

「鰤《ぶり》のようにモジャコ、ツバス、ハマチ、メジロ、ブリ……と大きゅうなるたびに名の変わる魚を出世魚と申すが、真の出世魚は鯉じゃ。上方ではまだ根付かぬが、近年江戸では五月幟のかわりに鯉のぼりなどと申して、鯉が空を泳ぐ形の幟を立て、男児の出世を願うと申す」

「御前は天下の大坂町奉行。もう出世せずともよいではございませぬか」

喜内が言うと、

「たわけ。わしは、榊原殿のことを申しておるのじゃ」

そのときである。

「えらいこっちゃ……えらいことだっせえ！」

葦簀で囲っただけの業突屋に、店を吹っ飛ばしそうな勢いで老人が飛び込んできた。よほど急いで走ってきたのか、床几にすがりつくようにして身体を支えながら、今にも倒れそうなほどの荒い息をついている。

「釣り師の陣平ではないか。なにかあったのか」

勇太郎が言うと、

「やっぱりこちらだしたか。孫が……三平がいなくなりましたんや」

「ええーっ！」

一同は驚いた。

「詳しゅう申してみよ」

久右衛門にうながされて、陣平は話しだそうとしたが、激しく咳《せ》き込んだので、トキが水を飲ませた。

「す、すんまへん。――二日前のまだ暗いうちに、源八の渡しのあたりに野鯉釣りに行きよりましたんやが、いつもは朝のうちに戻ってきますのやが、いつまでたっても帰ってこん。一日過ぎてつぎの日になっても帰りまへん。これまでそんなことはいっぺんもおまへなんだ」

「同い年ぐらいの友だち仲間と、どこぞに遊びに行ってるんやないか？　わてがガキのころは、しょっちゅうそんなことしとったで」

千三が言うと、陣平はかぶりを振り、

「三平にかぎって、そんなことはおまへん。わしが言うのもなんやが、あいつは口こそ悪いがジジイ思いの優しい子でしてな、わしのことを気遣って、かならず毎日家には帰ってきよるんだす。きっとあいつの身になんぞあったんやと思て、まずは源八の界隈《かいわい》に行ってみましたんやが、釣り人にたずねてもわからん。あいつがいつもお参りしてたらしい川崎東照宮さんにもきいてみたけど、だれも見かけてないらしい。そこで思い出したんが、あいつが釣った鯉を買うてもろとった川魚料理の『鯉八』さんだす」

「『鯉八』か。わしも知っておる」

久右衛門は苦い顔をして一言挟んだ。

「もし鯉を釣り上げとったら、間違いなく『鯉八』には向こうとるはずや。けど、あちらの旦さんにうかごうたら、おといは来てないで、て言いはった。がっかりして今橋を渡ろうとしたら……橋の根際《ねき》にあいつの竿が転がってましたんや」

「なんやて！」

千三が叫んだ。

「わしがこさえた竿やさかい見間違えおまへん。その横に、こんな紙も落ちとりました」

そう言って陣平がふところから取り出したのは、くしゃくしゃの紙だった。そこには、
二十七日、子がかしわもち、早まくで食らふなり

と書かれていた。

「なんじゃ、これは。端午の節句でもないのに、なぜかしわもちを食らわねばならぬ。――おい、トキ、かしわもちはないか」

「そんなもん、今時分おますかいな」

皆がのぞき込むようにして見ていると、紙屑屋の運助が大声を出した。

「こ、これ……おんなじもんを見たことありますわ！」

「――なに？」

岩亀与力の目が光った。

「どこで見たのだ」

「へ……買うた紙屑のなかに入っとりましたんや。紙屑問屋の淡路屋の旦さんが目をとめはって、かしわもち食べるのは五日やし、上方では粽を食べるさかいおかしいやないか、早まくで、ゆうのも変や、て言いはりまして。わては、気にもとめまへんでしたけど、こうなってみたら気になりまんな」

「どこで買った紙屑かわかるか」

「淡路屋の旦さんもそないおききになりました。京町堀の長屋に住んどった『貉の丑』ゆう鼻つまみものの男が死んだんで、そこの家主に頼まれて家財を一切合財買うたなかに混じってましたんや」

岩亀と勇太郎は顔を見合わせた。

「あ、それともうひとつ、手紙には鯉の鱗が一枚貼りついとりました」

「ええっ！」

陣平は真っ青になった。岩亀与力が、

「これはなにかある。三平はなにか悪事に巻き込まれたのかもしれぬ。――陣平、三平が帰らなかった日になにゆえすぐに奉行所に届けなかったのだ」

「す、すんまへん。もし、しょうもないことやったら、お奉行所にえらい迷惑をかけると思て……」

「我らはそのしょうもないことで動くのが役目なのだ」

久右衛門が、

「亀よ。陣平を叱ってやるな。孫がいなくなって、もっともつらい思いをしておるのはこやつなのじゃ」

「は……」

岩亀は久右衛門に頭を下げ、

「そのとおりだ。陣平、すまぬ」

「旦那、孫は……三平は無事だっしゃろか」

「案ずるな。我らに任せよ」

岩亀は陣平を落ち着かせると、

「村越、この面妖な手紙が二通ある。おまえは、これはどういうことだと思うか」

「はい……」

勇太郎はしばらく考えたすえに、

「盗人のつなぎ、でしょうか」

岩亀はうなずき、

「わしもそう思う。つぎの押し込みは二十七日、ということであろう」

陣平の顔からますます血の気が引いた。

「ほ、ほな、三平は盗人にかどわかされて……」

「まだ、そうと決まったわけではない。この文《ふみ》の意がわかれば手がかりになるのだが、これだけではな……」

それまで黙って聞いていた噺家の小清太がおずおずと、

「まちごうてたら堪忍しとくなはれ。もしかしたらこれ、『青菜』みたいな隠し言葉になってるのとちがいまっしゃろか」

「隠し言葉か。そうかもしれぬ」

岩亀与力は手紙をもう一度読み直して、

「かしわもち……かしわ……うーん……」

さんざん首をひねったが、

「わからぬ」

「菓子屋か餅屋に押し入る、ゆうこととちゃいまっか」

「それやったら鶏鍋屋かもしれまへんで。鶏の肉をかしわて言いまっしゃろ」

「『かしわ』は貸し金のことで、金貸しのところやないかなあ」

皆それぞれ勝手なことを述べたあと、久右衛門が、

「わしにも見せい」

紙を受け取り、ためつすがめつ見つめていたが、

「なるほど。そういうことか」

「お頭、隠し言葉がなにかおわかりになられましたか!」

勢い込む岩亀に、

「まるでわからぬ」

「はあ?」

「わからぬが、この紙……」

久右衛門は手紙に近づけた鼻をうごめかすと、

「匂いがする。——鯉こくの匂いじゃ」

岩亀は久右衛門に向き直って両手を突き、

「いずれにしてもこれは容易ならざることのように思われます。西町奉行所の与力・同心、手下《てか》連中を駆り集め、この一件に費やしてもようございますか」

「うむ。なにをおいてもまずは三平の命を第一に動くようにせよ」

陣平が感涙にむせぶなか、勇太郎と岩亀与力、そして千三は立ち上がった。

◇

「行くで」

虫の音のようにかすかなその一言を合図に、八つの影が闇のなかを動いた。黒い装束に黒い覆面の男たちが一筋になってひたひたと進むそのさまは、一匹の大きな虫のようである。夜九つ頃の大坂の町は静まり返っており、はるか遠くの咳払いすら聞こえそうだ。八つの影は、船場にある一軒の大店のまえで止まった。

「ここや。たいした店構えやのう」

首魁《しゅかい》らしい先頭の男が低い声で言うと、べつのひとりが、

「調べが万全やないよって、心配や。間取りも雇い人の人数もようわからん」

「急ぎの仕事やさかいしゃあない。この金持って、しばらくは行方をくらますんや。どうも町奉行所が動き出しとるみたいやからな。――新吉」

首魁らしき男が右手を挙げると、ひとりが進み出る。くぐり戸のまえにしゃがみ込み、

腰に下げた袋から取り出した金具を巧みに使って掛け金を外した。

「よしっ」

小さな手燭《てしよく》を掲げると、くぐり戸を開く。八人全員が店に入った。しん、として、起きているものはいないようだ。

「夜なべのもんもおらんな。手分けして、金のありかを……」

首魁らしき男がそう言ったとき、奥からまぶしい光が突然彼らのうえに投げかけられた。

「西町奉行所盗賊吟味役与力鶴ヶ岡雅史である。おとなしく縛《ばく》につけ」

「しまった。待ち伏せや」

「逃げろっ」

八人が一斉に小さなくぐり戸に突進したが、団子になってだれも出て行けない。すると、表からその戸をくぐってだれかが飛び込んできた。勇太郎だ。額に鉄片を当てて鉢巻きを締め、鎖帷子《くさりかたびら》を着込み、黒半纏《はんてん》、黒股引《ももひき》に白の帯、鎖籠手《ごて》に鎖脚絆《きやはん》という捕り物出役のときの装束を身に着けている。彼に続いて、つぎつぎと同心たちが現れた。店の帳場はたちまちいっぱいになった。最後に入ってきたのは岩亀与力だ。

「貴様らがこの『柏屋《かしわや》』に押し入ることはわかっておった。待ちくたびれたぞ」

首魁らしき男が、

「なんでバレたんや。だれかが密告《たれ》たんか」

「ちがう。貴様らのつなぎの文を読み解いたのだ。なしわもちに『柏屋』、『子』は子《ね》の刻、『早まく』は急ぎの仕事、つまり、二十七日の子の刻、柏屋に押し入るということだ。この店のものはとうによそに移した。まわりは奉行所のもので十重二十重《とえはたえ》に取り囲んでいる。もはや逃げられぬぞ、鯉屋八兵衛」

「な、なんでわしの素性が……」

「紙に鯉こくの匂いが染みこんでおったそうな。信じられぬかもしれぬが、それがわかる御仁が西町奉行所にはおるのだ」

　男は覆面を脱ぎ捨てると、匕首を抜いた。ほかのものも彼にならった。

「死ねえっ」

　斬り合いがはじまった。いくつかの龕灯《がんどう》の灯りが照らすだけの乏しい光のなか、匕首や刀が閃き、輝き、唸る。同心たちは刃挽《はび》きの剣や十手で応じているが、暗くて狭いので、身動きがとれず苦戦している。ようやく数人を捕えたとき、隙を見てふたりがくぐり戸から外へ逃げ出した。目ざとく見つけた勇太郎はあとを追った。逃げたのは、鯉屋八兵衛と侍がひとりである。

「待てっ」

　鯉屋八兵衛に追いすがろうとすると、侍があいだに入り、刀で遮二無二《しゃにむに》斬りかかってきた。鮒に似た顔立ちの男だった。左右にかわしながら、十手で受け止めようとしたが、相手もなかなかの腕で、勇太郎は少しずつ後ろに下がっていった。首領である八兵衛を逃がしてしまうことへの焦りで、勇太郎の気が侍に注がれていなかったのか、鋭い撃ちこみを受け損ない、右肘を斬られて十手を取り落としてしまった。あわてて刀を抜こうとしたが、動転していて、うまくいかない。そこへ鮒侍の第二撃が襲ってきた。刀を鞘ごと腰から抜き、両手で摑んでその撃ちこみを受け止めたが、勇太郎はそのまま尻もちをついてしまった。

（もうだめだ……）

覚悟を決めたとき、

「村越殿、わしに任せて、貴殿は逃げた男を追いなされ！」

落ち着いた声でそう言いながら、鮒侍のまえに立ちはだかったのは榊原忠左衛門だった。刀を抜いて正眼《せいがん》につけながら、

「大邉殿から報せを受けて駆け付けた。早う……早う参られよ！」

「かたじけない」

勇太郎は起き上がると、八兵衛が逃げた方角目指して走り出した。背後で、

「げええっ」

という悲鳴と、なにかが頽《たお》れるような音が聞こえたが、振り返らず一散走りに駆けた。

◇

岩坂三之助の道場で、その日、ある試合が行われた。

ふたりの剣士が進み出るとたがいに名を名乗り、木剣を正眼に構えた。ひとりは榊原忠左衛門、もうひとりは壮年の武士である。検分役として着座しているのは、当道場の主岩坂三之助、柳生新陰流の道場を営む中田大和之介の両名である。補佐役として小糸も立ち合っており、見学の座からは大邉久右衛門、勇太郎、そして忠左衛門の娘千代が見守っていた。別席にもう一名、勇太郎が名を知らぬ武士が座っていた。その身なりからして、それなりに身分のある侍と思われた。

「はじめ！」

行司役の声がかかり、壮年武士が木剣を真っ直ぐに打ち下ろした。忠左衛門は少し遅れて動いたが、受け止めるようなことをせず、彼もまた、同じく剣を打ち下ろした。カアッ――ン！という激しい音が鳴り響き、木の焦げる臭いが漂った。壮年武士は木剣を右手で握り直したが、忠左衛門はそのまま正眼に戻っている。攻めがそのまま守りにもなっているのだ。そこまでは勇太郎にもわかったのだが、そのあとの攻守の動作はあまりに速く、また激烈で、目がついていかず、なにがなにやらわからなかった。壮年武士は木剣を右肩に担うように振り上げ、そのまま忠左衛門の右小手を狙ったが、軽く外された。ほぼ同時に忠左衛門の打ち込みが壮年武士の左胴に入った。斜めに打った、というより、大きく円弧を描くように木剣が胴に吸い込まれていった……と勇太郎には見えた。腕ではなく、腰ごとぐいとひねっての打ち込みで、壮年武士はその凄まじい打撃に耐えられず、床に倒れ込んだ。

「勝負見えた」

行司役と検分役が右手を挙げた。忠左衛門は息ひとつ乱れておらず、検分役と久右衛門に向かって一礼すると木太刀を収めた。中田大和之介は感に堪えぬという顔つきで立ち上がり、

「柳生新陰流合《がっ》し打ち、そして右旋左転、たしかに見届け申した」

忠左衛門は深々と頭を下げ、

「お恥ずかしい。見よう見まねの猿真似剣法、本来ならば固く封印し、柳生流直系のお方にお見せしてはならぬものなれど、町奉行大邉久右衛門殿のたっての願い、辞退もできず、ご披露つかまつった。慚汗《ざんかん》の至りでござる」

大和之介はかぶりを振り、ようよう立ち上がった壮年武士を指差して、

「このものは柳生新陰流免許皆伝の腕前にて、わが道場の師範代を務めるもの。それをあたかも小児のごとくあしらうとは……驚きいった次第。われらが足下《そっか》にかかる当流の名人あるを知らず、柳生流を学ぶものとして恥じ入るしかござらぬ」

忠左衛門の顔に朱が差した。

「では……それがしを柳生新陰流とお認めいただけると……」

「無論でござる。早速、江戸と尾張の柳生宗家に書状を送り、榊原殿を当流門下のひとりとして正しく迎え入れるよう進言いたす」

「そ、そのようなことがありえましょうか」

「でなくば、柳生流は大きなものを失うことになる。大邉殿のお口添えもあるゆえ、高山新六郎がなんと言おうと、認められることは間違いありますまい。岩坂殿はいかが思われるか」

岩坂三之助も、

「それがしは他流なれど、榊原殿は柳生流の神髄を得たるお方と拝察つかまつった。中田殿のご英断に賛同いたす」

「か、かたじけのうござる」

中田大和之介がそれまで無言で控えていた武士を見て、

「これで話が早うなった。——友田《ともだ》殿、いかがでござろうか」

武士はにこっと笑って、

「申し分のないお方かと……。ただちに帰国のうえ主君に申し上げ、手続きに入りたく存じまする」

「まあ、待たれよ。当人がどう思うか聞いてみねばならぬ。――榊原殿、じつは先日来それがし、丹波篠山《たんばささやま》青山家より、剣術指南役を新規に召し抱えたいゆえ人品よろしく腕のたつものを推挙してほしいと頼まれておったのだが、ご貴殿がまさに適任と存ずる。これなるは青山家の家老友田殿だ」

友田という武士は穏やかな声音《こわね》で、

「代々青山家の指南役であったものに不都合あって家禄没収となり、代わる指南役探しを中田殿に頼んでおりましたが、ただいまの試合拝見し、当家にうってつけの人材と信ずるにいたったる次第。いかがでござろうか。急なことで申し訳ないが、青山家に仕えるお気持ちはござらぬか」

「なんと……」

忠左衛門は絶句して、娘千代を見た。千代は泣きながら、

「おめでとうございます……」

忠左衛門は友田に向き直って、

「よろしく……お願いいたす」

かくして榊原忠左衛門の仕官が決まった。久右衛門がふところから扇子を取り出すと、

「この泰平の世におのれの腕一本で仕官を勝ち得るとは……天晴れじゃ！　ご政道の冷たさゆえに困窮し、苦しみあえいでおる浪人どもに望みを与えるであろう」

皆に見えるように広げてみせた。そこには、「道の辺《へ》に清水流るる柳陰しばしとてこそ立ちどまりつれ」という西行法師《さいぎょうほうし》の歌が書かれていた。

◇

明日から東町に月番が替わるという前夜、業突屋で酒宴が催されていた。一座しているのは、大邉久右衛門、喜内、岩亀・鶴ヶ岡の両与力、勇太郎、厳兵衛、岩坂三之助と介添え役の小糸、三平、陣平、千三、噺家の小清太、紙屑屋の運助、そして、丹波への出立を控えた榊原忠左衛門だった。人数が多いので、店の外の床几に腰かけているものもいる。料理は、鯉の洗い、鯉のうま煮、鯉の塩焼き、鯉の鱗を揚げた鯉煎餅《せんべい》、鯉のつみれ汁、鯉の子付けなます、鯉の煮こごり、そして鯉こくなどがずらりと並んでいる。使われているのはもちろん、三平が釣ってきた淀の鯉である。

久右衛門が重々しい口調で、

「ではこれより、夜盗鯉屋八兵衛一味の召し捕りと榊原忠左衛門殿の青山家剣術指南役仕官を祝って宴を催す。鯉も酒も存分にある。皆のもの、たらふく食せ。たらふく飲め。今宵は無礼講じゃ！」

この店ではつねに無礼講だ。皆が忙しく箸を動かすのを満足げに見つめながら、久右衛門は茶碗酒《ちゃわんざけ》を傾けていたが、

「どうじゃ、美味いか」

　皆が一斉に、

「美味い！」

　と叫んだ。久右衛門はうなずいて、鯉こくを口に運び、

「うむ……美味い。鯛が海魚の王なら鯉は川魚の王じゃな。榊原殿も鯉が滝を上るがごとく出世したし、三平も無事であった。よかったよかった」

「わて、ほんま、どえらい目に遭《お》うたわ」

　三平が鯉の塩焼きを頬張りながら言った。

　八兵衛一味は、鯉料理屋「鯉八」を隠れ家に大店ばかりを狙っての盗みを繰り返してきた。一味のうち三人は「鯉八」の店の住み込みだが、残りの五人はよそに住んでいるため、そのつなぎを隠し言葉を使った文で行っていた。「鯉八」はただの隠れ蓑《みの》のつもりだったが、鯉料理人気の高まりで店が儲《もう》かり出したので、川崎東照宮の寺侍を仲間に引き込み、御留池の鯉を密漁するという悪事も行っていた。それを三平に気づかれたので、かどわかしたのである。

　三平は、手足を縛られ、猿ぐつわをかまされて、「鯉八」の布団部屋に押し込められていたところを、西町奉行所の同心に助けられた。クロも、今まさに包丁が入ろうという間際に危うく救われ、今は御留池に戻っている。

「三平が、いかくお世話になりまして……」

泣き上戸なのか、陣平は鼻水を啜りながらそう言ったが、三平はへらへら笑いながら料理を食べまくっている。宴もたけなわ、となったところで忠左衛門がそっと勇太郎に近寄って、

「村越殿……もとはといえば貴殿がそれがしをお訪ねくださったことがはじまりじゃ。なんと礼を申してよいやら……」

「なにをおっしゃいます。榊原先生の剣術の腕が認められたのです」

「それと……」

忠左衛門は言いにくそうにしながら、

「仕官となると、青山家に骨を埋める覚悟でなくてはならぬ。代々、指南役を続けていくには、一人娘の千代には他家から養子を取らねばならぬが……貴殿は長男として村越家を継ぐべき身じゃ」

彼は絞り出すような声で、

「まことに勝手を申すが、千代とのことは変改《へんがい》にさせてもらえぬか。千代にはわしから言い含めることにする」

「え？　あ……もちろんです。いえ、その、残念ではありますが、しかたありませんよね。榊原先生と千代さんの幸せを願っています。ああ、残念だなあ」

「すまぬ……！」

忠左衛門は年下の勇太郎に深々と頭を下げて、戻っていった。入れ替わるように小糸がやってきて、

「なにが残念なんです？」

「いや……なにも」

勇太郎はそらっとぼけた。

（注）川崎東照宮は、日光東照宮に匹敵する規模の社殿を誇り、四月の権現祭は「浪花随一の大紋日」と呼ばれるほど大坂中の老若男女が集ったが、幕末に衰退し、明治六年に廃絶した。

左記の資料を参考にさせていただきました。著者・編者・出版元に御礼申し上げます。

『大坂町奉行所異聞』渡邊忠司（東方出版）
『武士の町 大坂「天下の台所」の侍たち』藪田貫（中央公論新社）
『町人の都 大坂物語 商都の風俗と歴史』渡邊忠司（中央公論新社）
『歴史読本 昭和五十一年七月号 特集 江戸大坂捕り物百科』（新人物往来社）
『江戸のファーストフード 町人の食卓、将軍の食卓』大久保洋子（講談社）
『なにわ味噺 口福耳福』上野修三（柴田書店）
『大阪食文化大全』笹井良隆（西日本出版社）
『都市大坂と非人』塚田孝（山川出版社）
『江戸物価事典』小野武雄（展望社）
『江戸グルメ誕生 時代考証で見る江戸の味』山田順子（講談社）
『上方庶民の朝から晩まで 江戸の時代のオモロい〝関西〟』歴史の謎を探る会編（河出書房新社）
『江戸時代役職事典』川口謙二・池田孝・池田政弘（東京美術）
『江戸料理読本』松下幸子（筑摩書房）
『花の下影 幕末浪花のくいだおれ』岡本良一監修、朝日新聞阪神支局執筆（清文堂出版）

『大阪の橋』松村博（松籟社）
『料理百珍集』原田信男校註・解説（八坂書房）
『江戸の食文化　和食の発展とその背景』原田信男編（小学館）
『居酒屋の誕生　江戸の呑みだおれ文化』飯野亮一（筑摩書房）
『大阪の町名―大阪三郷から東西南北四区へ―』大阪町名研究会編（清文堂出版）
『図解　日本の装束』池上良太（新紀元社）
『江戸商売図絵』三谷一馬（中央公論新社）
『彩色江戸物売図絵』三谷一馬（中央公論新社）
『清文堂史料叢書第１１９刊　大坂西町奉行新見正路日記』藪田貫編著（清文堂出版）
『相撲の歴史』新田一郎（講談社）
『平凡社カラー新書62　相撲の歴史』池田雅雄（平凡社）
『物語日本相撲史』川端要壽（筑摩書房）
『相撲今むかし』和歌森太郎（隅田川文庫）
『ちゃんこ風土記』山本保彦（スポーツニッポン新聞社出版局）
『ものと人間の文化史89　もち（糯・餅）』渡部忠世・深澤小百合（法政大学出版局）
『大阪　淀川探訪　絵図でよみとく文化と景観』西野由紀・鈴木康久編（人文書院）

『野ゴイ釣り　投餌音で寄せる』小西茂木（西東社）
『釣りキチ三平　湖沼釣り selection 2　コイ釣り編』矢口高雄（講談社）
『新典社選書66　江戸時代落語家列伝』中川桂（新典社）
『江戸武士の身体操作　柳生新陰流を学ぶ』赤羽根龍夫（スキージャーナル）
『日本の剣術』歴史群像編集部編（学習研究社）
『赤穂義士事典』赤穂義士事典刊行会

解説

国木田かっぱ

「田中啓文」という名前を初めて僕が見たのは、手紙の差出人としてでした。およそ二十年前、僕は百人の演劇ファンと文通をしていたのですが、田中さんも僕の主宰していた『かっぱのドリームブラザーズ』というお笑い劇団を贔屓《ひいき》にしてくれていて、文通相手名簿に名を連ねていたのです。

百人のうち、何人かの人を除いて殆《ほとん》どの方の顔も知りません。田中さんの名前は覚えていましたが、お顔も、やり取りした内容も全く記憶にありません。

自分を含めて劇団員というのは、芝居だけではろくな収入はなく、アルバイトが生活の糧となっています。この田中啓文さんもご自身を小説家だとは文面に書いてらっしゃるけれど、きっと道路工事か何かの傍らペンを走らせている人だろうと思っていました。えっと、つまり、当時の僕にとって田中啓文さんという名前は……えっと、つまり……まぁ、百人いる文通相手の中の……まぁ、ひとり、というか……そういうことだったんでしょうねぇ。

そうこうするうちに百人と文通する企画も一年で終わり、田中啓文という名前を見ることもなく、記憶の彼方《かなた》へ。これから知らぬ間に幾星霜。

次に田中さんの名前を見たのは演劇公演のチラシでした。『桂九雀《かつらくじゃく》で田中啓文、こともあろうに内藤裕敬《ないとうひろのり》。笑酔亭梅寿謎解噺《しょうすいていばいじゅなぞときばなし》　立ち切れ線香の章』という長ったらしい題名ですが、そこに僕の大好きな九兄ちゃん（桂九雀さんは僕の落語の師匠的存在の方なのですが、厚かましくこう呼ばせてもらっています）と、関西小劇場のドン・内藤裕敬さんの名前に並んで田中啓文という文字。

「え？　まさか、あの田中啓文さん？」

どういうこと？　道路工事の傍らで小説を書いていた人が、いつの間にか僕の中の二大ビッグネームに挟まれているなんて！（僕の中ではもう、そういうキャラになっていました）

気が付くと公演当日、劇場の客席にわくわくして座っていました。白熱の芝居の感想はまたの機会に書くとして、終演後のロビーにお客さんをお見送りするために出演者の九兄ちゃんと演出家・内藤さん、そして二人に挟まれて作者の田中啓文さんが出てきました。

この時にお顔を初めて拝見したのですが、想像とは違って気弱そうな、素朴なお顔でしたので「こんなんで道路工事、務まんのかいな？」と思いました。

受付では作品の原作になった『ハナシがちがう！』の販売をしていたので、「こりゃいいや。もっと他の話も読みたい」と購入するために列に並んだのですが、僕の手前で売り切れてしまいました。仕方なく帰ろうとしたところ、

「代わりにこの本はいかがですか？」

と出されたのが本書のシリーズ一作目の『鍋奉行犯科帳』だったのです。でも、今観《み》た芝居の原作が欲しかったわけですから、これはスルーしようと思っていると、

「今なら田中啓文のサインが付きます」

「特別に桂九雀と内藤裕敬のサインも付きまぁす」

え？　それって、どうなん？　原作本でもない本に、作者でもない人のサインも？

なんかおかしな具合になってるな、と思いつつも、周りの雰囲気につられて僕も購入する羽目に。

列に並ぶと、その列は、購入↓三人の前に行く↓サインをもらう↓握手する、という流れになっていて、つまり、僕も旧知の九兄ちゃんと内藤さんにサインをもらって握手するというわけで、なんだか気まずいというか、照れくさいというか、何やってんねん！　みたいな経験をしてしまいました。それは九兄ちゃんと内藤さんも同じで、内藤さんには「すまないねぇ」と言われ、九兄ちゃんに至っては「なんでかっぱちゃんと握手せなあかんねん」と言われてしまいました。

あまりにもこの微妙で奇妙な出来事が強すぎて、初対面の田中さんの印象も、道路工事の人っぽくない、というだけで、後に夢中で貪り読むことになる『鍋奉行犯科帳』を手にした印象もないに等しかったのです。

そんな田中啓文さんとグッと距離が近づいたのはやはりお酒でした。

僕は現在、大阪の道頓堀《どうとんぼり》にロックカフェバー「USA☆GI」（うさぎ、と読みます）という、エルヴィス・プレスリーをテーマにしたバーを経営していて、僕も時間が許す限りカウンターに入っています。そこに田中啓文さんが顔を出してくれるようになったんです。そうなるとこちらもマスターとしてお客さんのことを勉強しなくてはと思い、『鍋奉行犯科帳』のページを初めて開いたのでした。それからは読者の皆さんと同じく、軽快でスリリングなストーリーに魅力的なキャラクターが跳ねるように活躍する大坂西町奉行所の騒動に引き込まれてしまいました。

面白いものは人に薦めたくなるもので（みんなとこの思いを共有したいですもんね）、しばらくすると『鍋奉行犯科帳』はバーの常連さんの間で読者率をじわじわ引き上げて行きました。今では「もし、この鍋奉行犯科帳をドラマ化するなら、どんな配役が考えられるか？」が酒の肴《さかな》になることも。

田中さん曰《いわ》く、モデルは一切いないとのこと。そこで常連客と一緒に無責任にあやこや考えた〈ドラマ・鍋奉行犯科帳〉の配役を敬称略で発表しましょう。ばばん！

村越勇太郎　東出昌大
母すゑ　岸本加世子
綾音　佐藤江梨子
小糸　土屋太鳳
蛸足の千三　宮川大輔
佐々木喜内　笹野高史
大邉久右衛門　笑福亭鶴瓶

なかなか視聴率も期待できるキャスティングでしょう？　僕も一応、役者の端くれですので、家僕の厳兵衛役に立候補させていただきたいと思います（ええでしょ？）。

田中さんは僕のバーに、小説家仲間のグループで来店されることがしばしばあります。小説家同士の会話というものはどれほど知的なんだろう？　仲間とはいえ、ライバルなんだし、知識のひけらかしあいのバトルになるのかと興味津々で、皆さんの情熱的な会話に耳を傾けてみると、

「俺は百万円あったら一年間暮らしていける。余裕や」

「うそや、無理に決まってる」

「いや、せめて百三十万円くらいないと」

「無駄遣いせんかったら百万円でいけるやろ」

「その生活レベルでの無駄ってなんやねん」

「晩御飯のおかずを一品減らすとか」

何というか、夢のあるようなないような、失礼ですけどほんましょおもないというか、小学五年生級の発想にプロの小説家の展開力が加わって、ほんましょおもないんです。

「おれ、この前のナントカ賞もろた時の賞金で一年暮らしたで」

「おぉ、あれ百万円か」

「賞金言うたらボーナスみたいなもんちゃうんか？ それを生活費にするの虚《むな》しないか？」

「あほ。胸張って一年暮らしたで。他の仕事一切せえへんかった」

「それ、かっこええな」

「かっこええやろ？ お前もせえ」

「そやな。ほならその前に賞取るわ」

なんだか少年とおっさんがごっちゃになった人たち。これを小説家と言うのでしょうか？ 文字を生業《なりわい》にしていると、普段は誰とも喋《しゃべ》ることがないから、その反動で内容問わずこんなに喋ってしまうのでしょうか？ しかも聞いてみると、さっきまでこの四人でトークイベントをしていたそうです。

トークイベントで散々喋ってきたはずなのに、なんなんだ、この人たちはっ！

唖然《あぜん》とする僕に、

「いやぁ、僕たち仲良しなんです」

と少年おやじ・田中さんはニッコリ笑ってはりました。どうやら大阪の小説家というのは、喋っても喋っても口だけでは喋り足らんから、ペンを持たせた手を使ってまで喋るんですね。

ところでひとつ気になることがあります。

この『鍋奉行犯科帳』シリーズはあらゆる食べ物が重要なテーマになっているので、当然、毎作品、食に対して相当な情報が必要でしょう。ならば田中さんはよっぽどの食通、食いしん坊のはず。食べることが好きな人だからこそ、あのストーリー、あの垂涎《すいぜん》ものの描写が生まれるに違いない。だったら当然、田中先生も大邉久右衛門のように体中に栄養を纏《まと》ってブクブクと……。ところが、そんな想像をバッサリと裏切るように、実際の田中さんはスリムな体型をされている。というより、もうちょっと栄養を付けた方がいいのでは？

これは一体どういうことだろうと真実を確かめたところ、田中さんは毎作、好きなもの（落語や音楽など）をテーマに作品を書いておられます。この『鍋奉行犯科帳』のテーマもご自身の好きな食べ物です。だからこそ執筆に必要な膨大で骨の折れる下調べの作業も楽しく進められるそうですが、とことん調べに調べを重ねているうちに、やっぱりだんだん苦痛になってくるそうで、作品が完成したときには、その食べ物が嫌いになってしまい、食欲もなくなってしまうそうです。それであのお姿なのですね。

あぁ、今回でまた餅、なんきん、鯉と嫌いなものが三つ増えてしまったようです。

最後に僕の勝手な希望ですが、いつかバーを舞台に小説を書いてほしいのですが……。でも、うちに来なくなっちゃうと悲しいので、このリクエストは封印させていただきます。

（くにきだ・かっぱ　俳優／リポーター／ミュージシャン）

本書は「ｗｅｂ集英社文庫」で二〇一五年二月から五月まで連載された作品に、書き下ろしの第二話を加えたオリジナル文庫です。

集英社文庫

鍋奉行犯科帳《なべぶぎょうはんかちょう》　お奉行様《ぶぎょうさま》の土俵入《どひょうい》り

2015年5月25日　第1刷　　定価はカバーに表示してあります。

著　者　田中啓文《たなかひろふみ》

発行者　加藤　潤

発行所　株式会社　集英社
東京都千代田区一ツ橋2-5-10　〒101-8050
電話　【編集部】03-3230-6095
【読者係】03-3230-6080
【販売部】03-3230-6393（書店専用）

印　刷　図書印刷株式会社

製　本　図書印刷株式会社

フォーマットデザイン　アリヤマデザインストア　　マークデザイン　居山浩二

ISBN978-4-08-745323-2 C0193